殺人者の手記 上

ホーカン・ネッセル

「エリック・ベリマンの命を奪うつもりだ。お前に止められるかな？」バルバロッティ捜査官が休暇に出かける直前に届いた手紙に書かれていたのは、殺人予告ととれる内容だった。悪戯かとも思ったが、無視することもできず、休暇先から署に連絡して調べてもらう。だが同名の人物が五人もおり、警察は半信半疑でいるうちに、一人が遺体で発見されてしまう。予告は本物だったのだ。急いで休暇を切り上げたバルバロッティの元に新たな予告状が届き……。スウェーデン推理作家アカデミーの最優秀賞に輝く傑作。

登場人物

グンナル・バルバロッティ……シムリンゲ署の警部補
エヴァ・バックマン……シムリンゲ署の警部補
イェラルド・ボリセン（ソリセン）……シムリンゲ署の警部補
レイフ・アスナンデル……シムリンゲ署の警部
クルト・リリエスコーグ……プロファイラー
シルヴェニウス……検察官
アストル・ニルソン……ヨーテボリ署の警部
ヨンネブラード……国家犯罪捜査局の警視
タリン……国家犯罪捜査局の警部
サラ……バルバロッティの娘
マリアンネ……バルバロッティの恋人
ヨーラン・ペーション……エクスプレッセン紙の記者
アクセル・ヴァルマン……バルバロッティの大学時代のルームメート
エリック・ベリマン……第一の予告状の人物
クリスティーナ・リンド・ベリマン……エリックの姉

アンドレアス・グリムレ……………エリックの共同出資者
アンナ・エリクソン……………第二の予告状の人物
コンヌ・ヘーンリンド……………アンナの恋人
ヴィヴェーカ・ハル・エリクソン……………アンナの母
ユリウス・ベングトソン……………アンナの元婚約者
ハンス・アンデション……………第三の予告状の人物
ヘンリック・マルムグリエン……………第四の予告状の人物
カタリーナ・マルムグリエン……………第四の予告状の人物

ムステルランの手記

わたし……………語り手
エリック・ベリマン……………
ヘンリック・マルムグリエン……………
カタリーナ・マルムグリエン……………
グンナル……………
アンナ・エリクソン……………
（以上五名）わたしが旅行中に知り合った人々
トロエ……………ムステルランで知り合った少女

殺人者の手記 上

ホーカン・ネッセル
久 山 葉 子 訳

創元推理文庫

EN HELT ANNAN HISTORIA

by

Håkan Nesser

殺人者の手記　上

注記

シムリンゲという町がかつて地図に存在したことはないし、バーコ社のレンチ、型番０８０７２がフランスで販売されたこともない。それ以外は、この本の内容の大半が、世に広く知られた現状と一致している。

I

ムステルランの手記

二〇〇二年六月二十九日

わたしは他の人間とはちがう。

同じでいたくもないが。この人生で、属してもいいと思えるグループがみつかったとすれば、それはわたしが丸くなっただけのことだろう。このわたしですら、慣習や愚かさという名の基《き》盤岩《ばんがん》に削られ、角が取れてしまう――ただそれだけのことだ。これほど本質的な前提を変えられるきっかけなど、他に何もないのだから。わたしは選ばれし者。それは明白な事実だ。

ここに残ったのは間違いだったかもしれない。自らの衝動に従い、断るべきだった。だが、〝もっとも無難な選択肢を選ぶ〟という法則には逆らえないし、エリックは最初の数日わたしを楽しませてくれた。ともあれ、十人並みの男ではない。それにわたしも特に予定があるわけではなかった。これはなんの構想もない旅なのだ。南へ――唯一大事なのは、南へと向かうことだけ。

しかし今夜は、その自信が揺らいでいるわけだ。ここに残る理由は何もない。リュックに荷物を詰めて先へと進むことはいつでもできる。それに、この状況は未来への大切な保険のようにも感じる。よく考えれば今すぐにでも、今この瞬間にも発つことができるのだ。時刻は二時、闇の中で海の単調な声が聞こえている。わたしが今これを書いているテラスから数百メートル離れたあたりから。満潮が近づいているのだ。海岸に下りて、東に向かって歩きだすこともできる。この上なく単純なことだ。

けだるさ、そして疲れが血中のアルコールと相まって、わたしを引き止めている。少なくとも明日まで。おそらくあと数日。それに何より、わたしには急ぐ理由がない。結局、観察者という役割に魅力を感じているのだ。ここに書き記せるような出来事が起きるかもしれないのだから。長い旅に出るつもりだと伝えたとき、ドクターLはさして嬉しそうな顔はしなかったが、新しい環境に身をおいて考えたり文章を書いたりする時間が必要なのだと説明すると――まさにそれを目的としているのだから――うなずいた。そしてわたしの幸運を祈ってくれたが、意外にも本心からのようだった。わたしは一年以上彼の治療を受けてきたが、患者を自由な世界に解放するなんて、稀有《けう》な勝利のように感じられたのだろう。

エリックについて言えば、完全に無料で泊めてくれるなんて寛大な心の持ち主だ。もともとは恋人と一緒にこの別荘を借りたが、キャンセルできない時期になってから別れてしまったそうだ。だがわたしは最初から、彼は嘘をついていると思っていた。おそらくゲイで、わたしを戯れの相手にしたいのだろうと。しかしそうではなかったようだ。同性愛者には思えない。確実にちがうのかと言われれば自信はないが。両性愛者なのかもしれない。ともかく、単純な男ではない。だから我慢できているのだ。わたしは彼の暗い影の部分に魅了されている。少なくとも、その中をまだ探索しないうちは。

それにエリックは充分に金をもっているようだし、別荘はお互い疲れない程度に広い。わたしがここにいる間、食費はシェアすることで同意している。それ以外にもシェアしているものがある。ある種の敬意とでも言えばいいのか。リール郊外のガソリン・スタンドで彼がわたしを拾ってから四日が経とうとしている。いつものわたしなら、その十分の一の時間で相手に辟《へき》易《えき》するのに。

しかし今夜、これを書いている最中に初めて強い戸惑いを感じている。それは今日の昼間、ベノデの港で長い時間をかけて昼食を食べたときに始まった。そのときすでに、過酷な宵《よい》がスタートするのを感じていたのだ。そういうことは、はっきりわかるものだ。こんな考えすら浮かんだ。あの騒がしいレストランでやっと席につき、ウエイターに注文を理解させたときに。

このテーブルの全員を殺して立ち去ろうか。

それが関係者全員にとっていちばんいい。わたし自身も痛くも痒くもない。手段さえあれば。少なくとも武器、それに逃走路が必要だ。

暑すぎる現実から生まれた発想だったのかもしれない。酷暑と狂気は紙一重だ。われわれはテーブルを動かし、パラソルをあっちへ引っ張りこっちへ引っ張りして日陰を作ろうとしたが、どうやってもわたしは日向に座ることになった。椅子の背にもたれるとよけいに。どう考えても快適ではなかった。この状況自体が疼《うず》くような痛みでしかない。震えるような苛立ちに、終着点への非情なカウントダウンが始まった。

ともかく、始まりはやはり、悪名高い愚かさのせいだった。誰かが直接的な主導権を握ったわけでもないし、よくある不適切な配慮のせいだったのかもしれない。ブルターニュ地方の小さな町の、土曜のマーケット。そこで複数の同国人が偶然出会った。そんな状況なら社交性が求められるのは当然だ。お決まりの儀式が繰り広げられた。わたしは社交が嫌いだ。社交を重視する人間と同じくらい嫌いだ。

ストックホルムやマルメのレストランのテーブルを囲むハンガリー人のグループに対してはそうは思わないかもしれない。わたしがどうしても我慢できないのはグループの内面であり、外見をとやかく言うつもりはない。知識があって見透かすことは、無知であるよりも性質《たち》が悪い。もしくは無知なふりをするよりも。言語を完全には理解できない国に暮らすほうが楽だ。例えば、フランス語。今われわれを取り囲むその言語は、何を言っているのかよくわからないときにこそ深い意味をもつ。

しかしわたしは絶対に考えを顔に出さない。一匹たりとも悪魔に橋を渡らせたりはしない。胸の内では嘲《あざけ》りつつも、顔をほころばせ微笑む。そう、顔をほころばせ、微笑む。この状況においても進むために身につけた術だ。航海することが必要だ《ナウイガーレ・ネケスセ・エスト》——かつてコロンブスが言ったように。感じのいいやつだと思われた可能性すらある。考えが考えであるうちは危険はない。それはもちろん真実に非常に近い真実だ。

それに、わたしは感じの悪いことは一切言わない主義だ。

わたしたちが出会ったのは、二組のカップルだった。最初、彼らは知り合い同士で、ここで一緒にバカンスを過ごしているのだろうと早合点した。だが、そうではなかったわけだ。わたしたちは六人とも、広場の屋台でたまたま出会っただけだった。自家製のチーズ、自家製ジャムにマーマレード、やはり自家製のミュスカデやシードル、かぎ針編みのショール。エリックは女二人のどちらかに性欲を感じたのだろう。二人とも若く、比較的美しかったから。いや、両方ともにそそられたのかもしれない。シーフードをつつき、次々とワインを空けていく間、エリックはあからさまに魅力を振りまこうとしていた。

わたしだって、そうだったかもしれない。

不思議なのはシムリンゲとの関わりだ。エリックは生まれてからずっとその町に住んでいるらしいし、女のうちの一人は十代の頃にそこに住んでいて、のちにヨーテボリに引っ越している。もう一人の女は十歳のときからシムリンゲで暮らしている。三人とも一切知り合いではなかったが、この地理的な偶然には、いやおうなしに全員が興味をそそられた。あのエリックですらも。

わたしはといえば、興味が湧くのと同じだけ吐き気もした。まるで、スウェーデンの田舎町から貸し切りバスに揺られてやってきた一団だ。それが今、フランスの村のレストランに座り、ここの人たちの習慣や特徴を酒の肴《さかな》に、母国と比較して楽しんでいる。シムリンゲや他のスウエーデンの町と。わたしはメイン料理が来る前に冷えた白ワインをグラス三杯飲み、その間、太陽の中で汗をかきながら、よく知る絶望感に心が支配されるのを感じた。疼くような痛みだった。さっきも言ったように。

わたし自身のシムリンゲとの関わり、それについては黙っておくことにした。誰にも正体を知られていない自信がある。それならば、ここに残るのも不可能じゃない。

カップルのうち一組はヘンリックとカタリーナという名前で、苗字はマルムグリエンだった。カタリーナが、十代の頃にシムリンゲに住んでいた女だ。今はヨーテボリ郊外のメルンダールに住んでいるという。二人とも三十代で、妻のほうはサールグリエンスカ病院勤務、夫のほうはなにがしかの学者らしい。明らかに結婚しているが、子供はいない。女は妊娠できそうにもしたそうにも見えるから、医学的な問題があるとすれば男のほうだろう。神経質そうで干からびたような印象で、肌が赤くなっている。日焼けしやすいようだ。わたしと同様に、このランチも苦痛なのかもしれない。そのように見て取れた。外で人に会うよりも、パソコンの前や埃だらけの本に囲まれているほうが快適なのだろう。そもそも、なぜこの二人がカップルになったのだろうか。

もう一組はグンナルとアンナだ。結婚してもいないし、一緒に住んでもいないようだ。二人とも、必死で自然に振舞おうとしている。色々考えた挙句に、このライフスタイルにたどりついたように見せようと。だが、もちろんうまくいかなかった。特に女のほうは、ぎこちない態度に徹したほうがよっぽどよかった。男のほうは教師らしいが、詳しいことはよくわからない。女は広告代理店勤務。顧客と接することが多い仕事内容らしい。その顔と上半身が最大の武器であることは間違いない。最近二人でトロット（騎手が一人乗りの二輪馬車に乗って競う競馬）の競走馬を手に入れたようだ。少なくとも、手に入れようとしている。

理由は不明ながら、カタリーナ・マルムグリエンはほぼ完璧に近いフランス語を話した。テーブルを囲む仲間は、誰一人として彼女に遠く及ばない。ランチの間、カタリーナは巫女《みこ》か神官かというほどの敬意を一身に集めていた。皆で少なくとも八種類のシーフードを食べたが、そのひとつひとつに関してウエイターと込み入った会話をしていた。コルクに針を刺したものを使って、殻から中身を引き出す。口の中でその小さな筋肉を嚙みしめると、それが生きているのか死んでいるのかもわからなくなる。とにかく、飲みこむ前に嚙んで殺すしかない。

飲み物はエリックが担当した。平凡な辛口の白ワインで始まり、三本空けたあとに地元産のシードルに移行した。強くて甘いシードルはキツネも殺せそうな味で、午後に二時間も昼寝をする羽目になった。

それからグンナルとアンナの別荘で宵を過ごした。レストランから二、三百メートルの距離で、海岸ぞいをベグメイユ方面に行くと、またひとつ絵のように美しい一軒家が砂丘に囲まれて建っていた。六人でテラスに座り、さらにシーフードを食べ、ワインとカルヴァドスを喉に流しこんだ。グンナルなど、ギターを弾きながら歌い始めた。スウェーデンのエーヴェルト・

トウベ、ビートルズにウッレ・アドルフソン。他の皆も気が向けば声を合わせ、魔法にかかったような夜だと思いこむのも無理はなかった。真夜中過ぎには酔いが回り、裸で泳ごうという話まで出た。いちばん乗り気だったのは女二人とエリックとグンナルで、スパークリングワインの瓶を手に、皆で肩を組んで海岸に下りていった。

わたし自身は、そっけないヘンリック氏と二人でテラスに残った。当然、そのタイミングで彼の仕事について尋ねるべきだった。どんな研究に励んでいるのかなどを。しかし彼と話す気分にはなれなかった。黙ったまま、カルヴァドスをすすっているほうがよかった。ヘンリックのほうは何度かぎこちなく会話を始めようとした。ここフィニステール県の人々のことなんかを。しかしわたしは協力しようとしなかったし、相手もすぐに黙りこんだ。わたしが物事にどういう見解をもっているかなんて関心ないのだろうし、こちらとて同じことだ。どうやらヘンリックは、そっけなさの中になんらかの一貫性を秘めているようだ。二人とも、向こうの闇の中で泳ぐ四人に耳を澄ましていた。当然ヘンリックのほうが聞き耳を立てる理由がある。服を脱いで三人の見知らぬ人間と一緒に泳いでいるのは、彼の妻なのだから。わたしではなくて。

わたしにも妻がいたが、もう五年以上前の話だ。恋しいと思う瞬間もあるが、たいていは忘れている。

戻ってきた四人は、バスタオルをきっちり身体に巻きつけていた。何よりも、海に下りていったときよりずっとテンションが下がっていた。何か秘密を共有したのではと疑いたくなるほど。

何かあったのに、それを隠している。

いや、単に酔いが回って疲れているだけかもしれない。それに身体も冷え切っていた。六月の大西洋の水温は、二十度を大幅に下回ることもある。海から戻ってきたあとは、半時間もしないうちにお開きになった。海岸づたいに自分たちの別荘に戻るとき、エリックは明らかに足がもつれていた。そして家に入ったとたん、サンダルだけ脱いでそのまま気を失うように眠ってしまった。

わたしはといえば、驚くほど頭が冴えていた。分析的な気分だと言ってもいいほどだ。言葉と思考が、夜にしかありえない明晰さを帯びている。それも、こんな選ばれし夜にしかありえないような。闇の向こうに海の存在を感じる。気温は二十五度はあるだろう。虫がランプにぶつかり、わたしはゴロワーズに火をつけると、今日最後の一杯に舌鼓を打った。エリックは無心に眠り続けている。そのいびきが聞こえてくる。なにしろ血中にワインが二リットルは流れているのだから。時刻は二時を数分過ぎたところだった。わたしはやっと独りになれてせいせいしていた。

マルムグリエン夫妻は反対の方向に別荘を借りていた。ムステルラン岬の向こう側だ。この海岸ぞいだけで五十軒ほどの貸家がある。そのほとんどが海から一キロも離れていないところに建っている。そのうちの三軒をスウェーデン人が借りているという事実は、驚くことでもない。エリックの話によれば、同じ仲介業者を通したわけではないが、他の四人もわたしたちと同じくらいここの初心者らしかった。

目の前には、三週間の共存の可能性が広がっている。急に自分が、意に反して、アンナのことを考えているのに気づいた。彼女が海から戻ってきたときの無防備な顔と濡れた髪のせいだ。言ったとおり、やましさのようなものもあった。一方、カタリーナの目には別のものが宿っていた。何かに焦がれているような。

あのとき、ヘンリックの顔を盗み見ればよかった。対位法を使うように。だがそうはしなかった。観察者としての役割を常にまっとうするのは簡単なことではない。

死ぬか生きるかはどうでもいい。わたしはなぜそんなことを考えてしまうのだろう。塵《ちり》のようなものだ。われわれは、永遠に塵でしかないのだ。

二〇〇七年七月のコメント

あれから五年が過ぎた。

十五年にも思えるし、五カ月のようにも思える。時間の伸縮性には驚くばかりだ。何ごとも、どの視点から物事を見るかによるのだ。ときにはアンナの顔がはっきりと目に浮かぶことがある。今この部屋の中で、向かいに座っているかのように。しかし次の瞬間には六人を――自分自身も含めて――高いところから見下ろしている。まるで海岸で右往左往する蟻《あり》のようだ。うぬぼれたダンスのような無意味な動き。永遠という冷たい光の中で、天と地と海が三位一体となった中で、滑稽《こっけい》なほどに稚拙《ちせつ》だ。

まるで今後も生き続けられると思っているかのようだ。自分自身の死さえも充分な意味や重みをもたないのか？　しかしわたしは心を決めたし、決めたことをやり遂げるつもりだ。行動には影響が伴う。そうでなければ神の創造物は常軌を逸してしまう。決定は遵守《じゅんしゅ》されるべきだし、一度決めたことに疑問を呈する必要はない。混沌の中に秩序という名の細い線を刻みこむ、われわれにできるのはそのくらいだ。良識ある個人の義務は、そこにこそ存在するのだから。

彼らにはそれがふさわしい。まさにそうなのだ。

まず驚いたのは、なんの予兆もなかったことだ。この最初の晩、わたしはちっとも理解できていなかった。海岸の別荘に泊まる六人のスウェーデン人、その意味を。翌日にはリュックに荷物を詰めて、この平坦な海岸を去ることもできたのに。そうすれば、すべてがまるっきりちがった話になっていただろう。

それとも、選択肢はなかったのだろうか。ベノデのレストランですでにそのことを考えていたという事実は興味深い。このテーブルに座る全員を殺して立ち去る。そのときすでに、あの瞬間すでに、その後何年も経ってから何が起きるのかをわかっていた節がある。

誰が最初かはもう決めた。順番も、けっして些末《さまつ》なことではない。

二〇〇七年七月二十四日～八月一日

1

犯罪捜査官グンナル・バルバロッティは一瞬ためらったが、それから七本ピンシリンダーの錠をかけた。

普段ならそんなことはしない。施錠を怠《おこた》ることすらあるのだ。侵入しようとするやつらは、どうにかして侵入するものだ。いつもならそう考える。それなら無駄に大仕事をさせることもない、と。

そんなふうに考えるのは、敗北主義の表れかもしれないし、自分自身が培《つちか》ったキャリア年数への信頼が欠如しているせいかもしれない。どちらも自分の世界観と相容れないわけではない――そう思おうとした。ともあれ、現実主義者ではありたい。原理主義者になるよりは。だが、どちらの方向の兆しも見当たらなかった。

同時に、たかがドアに鍵をかけるかどうかで、これほど幾多もの穴だらけの発想が湧き出てくることにあきれてしまった。

とはいえ、朝から脳みそが稼働しているからといって困るわけでもない。五年半前に離婚してバルデシュ通りの質素な3Kに引っ越して以来、招かれざる客の訪問には見舞われていない。娘のサラが微妙なクラスメートを一人二人連れ帰ったくらいで。周囲の人間は善人とみなす、少なくとも、その逆が証明されるまでは。それは最善主義の母親から信じこまされた原理だった。信じこめる歳になってすぐにだ。それが当然生きる上での信条になった。

それに、滅多にないくらい間抜けな強盗のはずだ。マホガニーのラミネート加工を施した安物のドアの中に、盗む価値のある物が隠されていると思うなんて。それも一種の現実主義か。ともかく、今日は厳重に鍵をかけたわけだ。それには相応の理由があった。アパートは今日から十日間無人になる。バルバロッティや娘のサラがそこに足を踏み入れることはない。なお、サラはもう一カ月以上ここに足を踏み入れていない。六月の頭に高校を卒業した直後にロンドンへと旅立ち、ブティックで働き始めた。いや、パブかもしれない。父親を無駄に心配させないよう、そのあたりは曖昧《あいまい》にしか教えてくれない。そういうことなのだ。

十九歳の娘を手離すのは手足をもぎ取られるような体験だったが、それもやっと徐々に癒えようとしていた。驚くほど時間がかかったのだ。それと同じ速度で、もう二度とひとつ屋根の下に住むことはないかもしれないという気づきが、父親の胸に沁みこんでいく。

〝すべてのことには季節がある〟——グンナル・バルバロッティはストイックに考えながら、ジーンズのポケットに鍵束を突っこんだ。〝天が下のすべてのわざには時がある〟のだから。

共に生き、別れ、死ぬ。

半年前から聖書を読み始めたのだ。それは父なる神の思し召しであり、驚くほど頻繁《ひんぱん》に言葉や一節が頭に浮かぶようになった。親愛なる神よ、あなたは実際には存在しないのに——とよく考える。この聖なる書典は腹が立つほどいい本だというのを認めざるをえません。まあ少なくとも、部分的には。

それについては、わが主も必ず同意してくれる。

バルバロッティは片手で布のスーツケースを、もう一方の手でゴミがいっぱい詰まったビニール袋を摑んだ。そして階段を下り始めたとたんに、心に喜びが湧き上がるのを感じた。階段を下りるという動きには、特別なものがある。今までも、何度もそう思った。心地よい螺旋《らせん》を描く階段を、ちょうどよい速度で下りる。多様性のるつぼのような外の世界に出ていくために。人生の本来の意義とは、動きではなかっただろうか。こんなふうに舞うような、力の抜けた動き。角の向こうに冒険が待ち受けている？　今日にかぎっては、この階段の窓も大きく開いている。そこから真夏が流れこんでくるようだ。刈りたての芝の匂いが鼻をつき、下の中庭からは楽しそうな子供の笑い声が聞こえてくる。

少女が豚のような奇声を上げている。とはいえ、耳に入る音すべてに耳を傾ける必要はない。郵便配達員は、きっとタンゴを踊るのが趣味なのだろう。だって、実にエレガントな動きで一歩退いたから。スーツケースになぎ倒されないように。

「おや、ご旅行ですか？」

「失礼、ちょっとスピードを出しすぎたな。ああ、そうなんだ」

「海外に？」

「いや、今回はゴットランド島で充分だ」

「こんないい季節にスウェーデンから出る理由はないでしょう」意外なほど饒舌《じょうぜつ》な郵便配達員

は、頭を傾けて中庭のほうを示してみせた。「本日の収穫をご所望で？　それとも郵便受けに入れておきますか？　しばらく見なくてすむように」

バルバロッティは一瞬考えた。

「もらおう。だが、ダイレクトメールはいらない」

郵便配達員はうなずき、手にもっていた郵便物の束をめくって、そこから封筒を三通差し出した。バルバロッティはそれを受け取ると、スーツケースの外側のポケットに突っこんだ。よい夏を、と相手に声をかけ、さきほどよりは多少速度を落として地上を目指した。

「ゴットランドは美しい島だ」後ろから郵便配達員の声が追いかけてくる。「スウェーデンでいちばん日照時間が長いし」

日照時間？　バルバロッティは車でシムリンゲをあとにしながら思った。車内の気温はやっと二十五度まで下がった。まあ日照時間が長いのにはなんの異存もないが、十日間ずっと雨だったとしても、がっかりするつもりはない。

そこで待っているのは、別の種類の温かさだ。だが郵便配達員には知る由もないか。〝ふたりが一緒に寝れば暖かである。ひとりだけで、どうして暖かになり得ようか〟

おやおや、今日は『伝道の書』ばかりだな。バルバロッティはそう思いながら、時計を見た。まだ十時四十分だ。つまり、郵便配達は珍しいくらい早かったのか。今日の午後は、湖にでも泳ぎにいくつもりなのかもしれない。気持ちはよくわかる。シムメン岬かボリヤ湖か。いやまったく、今日のような美しい日には、すべての人間にやりたいことをする権利がある。つい、心地よいため息が口から洩れた。そうだ、ため息とはこうあるべきだ、と急に思う。ため息とは、つくものではなくふと洩れるもの。『伝道の書』にそう書かれていてもおかしくない。

バックミラーで自分の顔を観察すると、笑みが浮かんでいた。髭は剃っていないし、髪も少少乱れているが、顔じゅうに笑みが広がっている。左の耳たぶから右の耳たぶまで。笑みを浮かべずにはいられないのだ。フェリーはニィネースハムンの港から五時に出港する。目の前の道路には、雲ひとつない空のごとく、車一台見当たらない。ずっと心待ちにしてきた旅の第一日目。バルバロッティは車のスピードを上げた。プレーヤーにルシリア・ド・カルモ（ポルトガルのファド歌手）のCDを入れると、人生は愉しい、と思った。

それから、マリアンネのことを考えた。

それから、結局それも同じことだと思った。

知り合って間もなく一年になろうとしている。時間が軌道を外れてしまったとしか思えない。まだたった一年しか経っていないなんて。出会ったのは去年の夏、ギリシャのタソス島だった。極めて都合のいい状況下で——自由で、なんの責任もなく、未知の環境、ベルベットのような夜、排卵、地中海の温かい水。ところが、バカンス先でのアバンチュールには終わらなかった。わたしはアバンチュールにうつつを抜かすような女じゃないから、とマリアンネは言い切った。初めて夜を過ごした直後に。おれもちがう、とバルバロッティも認めた。アバンチュールなんて、どうやればいいのかもわからん。女性の目をじっと見つめたら、必ず結婚もする。マリアンネは、それを極めて信頼性の高い発言だと受け取ったようだ。だから二人はスウェーデンに戻っても会い続けた。定期的に。二人の中年、まるで孤独な親の惑星——よくそんなイメージが湧く。ゆっくり、抗えないままに、重力に引かれてゆく。傍からは、そんなふうに見えたかもしれない。だから、油断なく振舞わなければ。デリケートに、しかし明確な目的意識をもって、慎重さと勇気半々で橋を架けるような行為なのだ。マリアンネはヘルシンボリに住んでいて、十代の子供が二人いる。バルバロッティのほうはそこから二百五十キロも北のシムリンゲに居を構えている。ちょうど巣立ったばかりの娘が一人と、略奪された息子が二人。だから、相当に長い橋が必要だと言えよう。

ラーシュとマッティン、つまり息子たちに考えが及ぶと、一筋の憂鬱《ゆううつ》が胸に差した。今は母親とコペンハーゲン郊外で暮らしている。夏休みの初めに二週間一緒に過ごしたが、八月にも一週間会えるのが楽しみだ。それでも、二人を失いつつあるという感覚は否定できなかった。新しい父親はトルベンとかいう名前で、ヴェスタブロー地区でヨガスタジオを経営している。一度も会ったことはないが、前任者よりは数段ましという印象は受けた。なお、前任者は奇跡のように素晴らしい男だった。突然、重篤《じゅうとく》な精神錯乱を起こし、コートジボワール出身でベリーダンスを踊る爆弾女と出奔《しゅっぽん》する前の日までは。

だから、おれはあのときなんて言った？　バルバロッティは当時そう思ったが、賞味期限をとうに過ぎた、疲弊《ひへい》しきった満足感しか得られなかった。

それに息子たちは、デンマークに住まなければいけないのにとりたてて不幸そうでもない。父親としては、その事実を受け入れるのも辛かった。問題は何より、魂のいちばん黴《かび》臭い隠し戸棚の中では、二人が幸せでないことを願っている自分自身だ。ヘレナとの冷戦は永遠に終わらないのか？ 永遠に、精神を病んだように青白い〝だから、おれはあのときなんて言った？〟と書いた看板を掲げるつもりなのか？

あの子たちを幸せにするのはわたしの務めよ、とヘレナはいつも主張する。あなたを、じゃなくて。過去にはそうしようとしたこともあったけど。

また別の魂の隠し戸棚では、自分でも彼女が正しいのはわかっている。離婚したあと、父親と暮らすことを選んだのはサラで、今どうにも恋しいのは娘だった。元妻や息子たちではなくて。正直に言えばそういうことだ。サラが五年以上も、孤独という名の悪魔から自分を守ってくれたのだ。だから今のほうが辛い。あの子がおれを残して広い世界に出てしまった今。

その代わりにマリアンネが現れた。幸運の星に礼を言わなければいけないのはわかっている。もしかすると、ひょっとしたら存在するかもしれない神に。たまに紳士的な交渉を試みてもいる。

マリアンネは、自分がどれだけ大きな穴を埋めなければいけないか、わかっているだろうか。いや、気づかないほうが幸せかもしれない。しばらくして、そう思い直した。心の支えが必要な中年男の世話を焼くなんて。それを心底楽しいと思える女ばかりじゃないのだ。ましてや長期的には。

心の中で勇気がしぼんでいく。鼻先を水面に出しておくのがこれほど難しいとは。その瞬間にインスツルメントパネルに赤いランプが灯ったので、ちょうど道ぞいに現れたガソリンスタンドへと曲がりこんだ。

ガソリンとコーヒー。すべてのことにはタイミングがある。

ゴットランド島行きのフェリーは、危惧していたほどは混んでいなかった。

火曜日だからかもしれない。まだ週の真っ只中だ。首都からやってくる海水浴客の大群は、週末に集中するのだろう。それに、今日からマリアンネと十日間過ごすのは、ヴィースビィの町中ではない。グンナル・バルバロッティは感謝の念を感じていた。前の結婚生活の終盤の一週間が、嫌悪とともに思い出される。今と同じような季節に中世の城壁に囲まれたヴィースビィの中心部に、めちゃくちゃ高いアパートを借りたのだ。観光客に占拠された遊園地で暮らしているような感じだった。怒声と嘔吐物、裏通りでは若者がいちゃついている。夜中三時まではとても眠れやしなかった。まったく勘弁してくれ——当時はそう思ったものだ。観光収入がそんなに重要なら、ストックホルムの王宮をビヤホールと売春宿にすればいいじゃないか。それならわざわざフェリーに乗らなくてすむし。

当時は三人の幼い子供の世話もあり、さらに無力感を味わった。それに結婚生活も虫の息だった。お互い相手に、一晩自由に過ごす権利をプレゼントしたのを覚えている。ヘレナが先に取り、朝の四時にまんざらでもない顔で帰宅した。バルバロッティのほうも負けたくなかったので、翌夜はビニール袋に入った缶ビールをお供に、明け方四時半まで独りぼっちでノーデシュトランド海岸に座っていた。

だがまあ、朝日の差す遺跡と薔薇《ばら》の生活を抜けてアパートに戻ったとき、ヴィースビィの町は美しかった。それだけは、バルバロッティにもわかった。腰が抜けそうなほどに、美しかった。

マリアンネにゴットランド島に行ったことがあるかどうか訊かれたとき、若い頃に何度か訪れたくらいで、フォーレー島とカットハッマルシュヴィークに滞在したと答えた。悪夢のようなヴィースビィでの一週間のことは話さなかった。

そして今回は、ホーグレンが舞台となる。名前の由来は〝大きなトウヒの木〟という意味だ、とマリアンネが教えてくれた。島のちょうど真ん中あたりに位置する小さな村で、あるものといえば四つ辻と教会くらいだが、そこにマリアンネが姉と二人で所有する一軒家がある。前世代の遺産らしい。少々気難しい兄の相続分を買い取った家で、あらゆる種類の迷惑な観光客から隔離されているのは間違いない。

海から十キロ以上離れてるしね、とマリアンネは説明した。いちばん近い海水浴場はトフタで、子供たちは週に何度か自転車でそこまで出かけるが、マリアンネはたいてい遠慮する。ちなみに、今日から九日間はまだ子供たちは登場しない。

〝平和な場所〟だなんて、やけに使い古された表現よね。残念だわ、だってその表現がまさにグスタボーの本質を表しているのだから。

グスタフという男が自分の名を冠したわけだが、その彼が一八〇〇年代の中頃に白い漆喰《しっくい》壁の家を建てたのだ。五〇年代初頭にマリアンネの父親がその家を購入したのは、何よりも名前のせいだったという。彼もまたグスタフという名で、妻が死んでからの人生最後の五年、ほとんどの時間をそこで過ごした。

グスタボーのグスタフ。

生きていく上で必要なものは揃っている。水道に電気にラジオ。しかしテレビや電話はない。携帯電話ももってきてはいけない、とマリアンネに釘を刺された。お子さんたちには隣の農家の電話番号を伝えておいて。それで充分だから。せっかくグスタボーにいるのに、そばで全世界が騒いでたら意味がない。うちの子たちでも、その条件は受け入れるようになったわよ。

その代わりに、ラジオで海洋情報や『今日の詩』を聴いたりするの、とマリアンネはつけ加えた。子供たちも気に入ってる。ヨハンなんて、灯台をひとつ残らず描きこんだスウェーデンの地図を作ったんだから。

バルバロッティは彼女の願いを聞き入れ、フェリーに乗る前に携帯電話の電源を切ると、港の駐車場に停めた車のグローブボックスの書類の下に突っこんだ。この車を盗むんなら、携帯電話のおまけつきだ。車にも携帯電話にも、七本ピンシリンダー錠はついてない。

フェリーがゴットランド島に近づくと、デッキに上がり、かの有名なヴィースビィの町のシルエットが、最後の夕日の筋に燃え上がるのを眺めた。中世の建築物の屋根、塔に尖塔——痛いくらい美しかった。かつて良き友が言っていたのを思い出す。ゴットランドはただの島じゃない。別世界だ。

マリアンネが約束どおり港で待っていてくれるといいのだが。公衆電話を探して、隣の農家とやらに電話するのは大変だからな。

公衆電話なんて、まだあるんだろうか。


しかしマリアンネはそこで待っていた。

よく日に焼け、夏らしい美しさで。こんな女性がおれのような男を待っていてくれるなんてありえない。何かの間違いだ。

しかし彼女は両腕をバルバロッティの首に回し、キスをした。だから、彼が来ることは予定に入っていたのだろう。

「きみは美しすぎるよ。もう一度キスされたら、気絶しそうだ」

「我慢できるかどうか、努力してみるけど」マリアンネは笑った。「なんだか……」

「なんだい?」

「すごいことよね。美しい夏の宵《よい》に愛する男を迎える。フェリーで港に着いたところを」

「ああ。だがもっといいこともあるぞ」

「なあに?」

「フェリーでやってきて、愛する女性に迎えられる。そうさ、きみは正しい。これはかなりすごいことだ。毎晩やるべきだな」

「こうやって、いったん立ち止まって物事を理解できるようになるなんて、歳を取るのも悪くないわね」

「そうだな」

バルバロッティは笑った。マリアンネも笑った。二人は黙って見つめ合い、そのうちにバルバロッティの喉の奥で温かくて湿ったものがこみ上げた。咳ばらいをしてそれを払い、何度か目をしばたたかせた。

「ああまったく、きみと出会えて本当に感謝しているよ。ほら、プレゼントだ」

バルバロッティはアクセサリーの入った小さな箱を取り出した。なんてこともない、小さな赤と黄色の石がゴールドのチェーンにぶら下がっているだけのネックレス。しかしマリアンネは興奮した指ですぐに箱を開き、それを首からかけた。

「ありがとう。わたしもプレゼントがあるのよ。でも家に帰るまで待ってね」

家に帰る――？　まるでおれたちの家のような言いかただ。

「行きましょうか」

「車はどこだい？」

「ここの駐車場よ、もちろん」

「そうか。じゃあ、世界の果てまで連れていってくれ」

そして時が果てるまで一緒にいさせてくれ――心の中でそうつけ加えた。こんな美しい夜は、豚商人でも詩人になれるはずだから。

グスタボーの周りには本当に何もなかった。少なくとも、日が暮れてから着くとそう感じられた。自分で運転していたら、道をみつけられなかっただろうと思う。ここからヴィースビィには戻れるだろうが、逆は無理だ。ほんの三十分もしないうちに、車は石壁の切れ目に吸いこまれ、自分が世界のどこにいるのかさっぱり見当もつかない、そんな心地よい感覚に包まれた。ライラックの脇に駐車して、二人は車を降りた。柱についたランプが、白い石造りの家の壁を照らし出している。前の芝生には、二本の果樹とスグリの茂みがある。そこに透明な夏の夜のとばりが下り始めていた。静寂が、まるで生き物のように感じられる。

「グスタボーにようこそ」マリアンネが言った。「そう、こんな場所です」

その瞬間、教会の鐘が二度鳴った。バルバロッティは自分の腕時計を見つめた。九時半。そして振り返ると、マリアンネが指す方向を見つめた。

「教会が村の中心に当たるの。ここの隣は教会墓地よ。異論はないといいけど?」

バルバロッティはマリアンネの肩に腕を回した。

「で、あっちに牛たちが」

マリアンネがまた別の方角を指し、バルバロッティもほんの数メートル先に牛がいるのに気づいた。反芻《はんすう》動物の重そうなシルエットが、石塀の向こう側に見えている。

「この季節は一日じゅう外にいるの。お隣の農家は、牛を中に入れるんじゃなくて、自分が放牧地に出て乳搾りをする。こんな場所でも東西南北があるのよ。東が教会、北では牛が草を食んでいる。西は世界いち黄色い菜の花畑。明日になればわかるわ。そして南に森」

「森だって？」グンナル・バルバロッティはあたりを見回した。「あれを森と呼んでいいのか？」

「広葉樹が六十八本。ナラ、ブナ、カエデ、どれも負けずに古くて、ほとんどが樹齢百年以上よ。もういいわね、入りましょう。あなた、約束を守ってくれたならいいんだけど」

「なんのことだい？」

「フェリーでドカ食いしないでって頼んだでしょう。オーブンにお料理が入っているし、ワインの栓も抜いてある」

「船ではネズミの形のグミを一個食べただけだ」グンナル・バルバロッティは請け合った。


目を覚ますと、薄いカーテン越しに穏やかな朝日が差しこんでいた。それがかすかな風に揺れている。夏の朝の濃密な香りが、開いたままの窓から流れこんでくる。バルバロッティは振り返り、マリアンネを見つめた。うつぶせでぐっすり眠っている。裸の背中が尻まで続き、たっぷりとした栗色の髪が、枕の上で乱暴に扱われた扇のように広がっている。バルバロッティはベッドサイドテーブルに手を伸ばし、自分の腕時計を探した。

四時半。

愛を交わし終えたときにも時計を見たのを覚えている。三時十五分だった。

まだ、起き出して新しい一日に飛びこむような時刻ではない。

かといって、また目を閉じる気などさらさらない。バルバロッティは布団をめくるとそっと起き出し、キッチンに向かった。そして、蛇口から直接ごくごくと水を飲んだ。ついでに用も足しておこう。そう思いつき、庭へと出た。一瞬そこで立ち止まり、朝露に濡れた芝生の上で嬉しげにつま先を動かす。おれは今、ここに立っている。真っ裸で、ここに。グスタボーの夏の明け方。これ以上の幸せはない。

すごいことに思えた。フェリーで到着するよりもっとすごいことだ。この瞬間を、一生忘れるものか――。そうやってしばらく教会の上にかかる朝焼けを見つめていたが、それから例のご立派な森へ向かい、用を足した。飛んできた蝙蝠《こうもり》を避けるために、思わず身を屈める。驚いてこう考えた。蝙蝠は夕暮れにしか飛ばないんじゃなかったか?

そのまま石塀ぞいに進み、さっきとは別の方角を向いて立ち止まった。

牛。そして菜の花畑。

ぶるりと震え、家の中に戻った。素朴なカントリースタイルの部屋を見回す。白い漆喰壁に茶色の木の家具でまとめられている。そのとき、キッチンの長椅子の脇にある自分のスーツケースが目に入った。まだ開いてもいない。外側のポケットから、何か白いものが覗いている。キッチンテーブルの向こうまで行くと、昨日家を出るときに饒舌な郵便配達員から受け取った三通の封筒だとわかった。それを手に取り、じっと見つめる。二通はどうやら請求書らしい。電話会社テリアと、加入している保険会社。その二通はポケットに戻した。

三通目の封筒は、手書きで宛名が書かれていた。バルバロッティの名前と住所が、黒い角ばった、少しぎこちない手書き文字で書かれている。差出人の名はない。ヨットの絵柄の切手。一瞬ためらったが、キッチンカウンターの包丁立てから包丁を抜き出すと、封筒を切り開いた。二つ折りになった用紙をつまみ出し、文面を読む。

エリック・ベリマンの命を奪うつもりだ。
お前に止められるかな？

マリアンネが寝室で寝言を言うのが聞こえた。もう一度、文字を見つめる。
天国に蛇が現れたのか——？

2

「どういうこと？」マリアンネが尋ねた。

「言ったとおりだ」バルバロッティは答えた。「手紙が届いた」

「ここに？　ここまで届いたの？」

二日目の午前中だった。二人は庭の菜の花畑側で、パラソルの下のデッキチェアに座っていた。空が青い。ツバメが直線を描いて飛び、蜂がぶんぶんうなっている。ちょうど朝食を終えたところで、今行われていることといえばコーヒーのお代わりと消化活動くらいだった。

もちろん、会話も。なぜその話を持ち出したのか、バルバロッティは自分でも不思議だった。すでに後悔している。

「いや、昨日家を出ようとしたときに届いたんだ。スーツケースに突っこんでおいて、今朝やっと開いたというわけだ」

「犯行予告って言った？」

「まあそんなところだ」

「見せて」

一瞬指紋のことが頭をよぎったが、今はバカンス中なのだと決めこみ、家に入って手紙を取ってきた。

マリアンネは片眉を上げ、もう一方の眉は下げて、手紙を読んだ。初めて見る表情だが、驚きと集中が組み合わさったものらしい。なかなかエレガントな様子だった。よく考えてみると、彼女自体がエレガントだ。擦り切れた年代物の、つばの広い麦わら帽子を除けば、透けるような薄い布を身にまとっているだけ。ガラスの水槽のように中身を隠せていない。

見間違いでなければ、麻の布だ。

「こういう手紙はよく届くの？」

「今までは一度も」

「つまり、警官にとっても日常茶飯事ではないのね」

「少なくとも、おれは今まで受け取ったことがない」

マリアンネは考えている様子だった。

「で、エリック・ベリマンというのは？」

「さっぱりわからない」

「本当に？」

バルバロッティは肩をすくめた。「少なくとも、記憶にはない。だがもちろん、珍しい名前ではないが」

「誰がこんな手紙を送ってきたのか、心当たりはないのね？」

「ない」

マリアンネは封筒を取り上げ、じっと見つめた。「消印がよく読めない」

「ああ。語尾はｏｒｇのようだが、かなり擦れているな」

マリアンネもうなずいた。「でも、なぜあなたが受け取ったの？　頭のおかしな人の仕業なんだろうけど、なぜ他の誰でもなくあなたに？」

バルバロッティはため息をついた。「マリアンネ、言ったとおりだよ。さっぱりわからない」

バルバロッティは手で蠅《はえ》を払うと、手紙のことを持ち出したのをまた後悔した。こんな完璧な朝に、警察の捜査のことを話しているなんて、ばかばかしいにもほどがある。

しかしこれは警察の捜査とは関係ない。さっき自分でそう決めたんじゃなかったか？　瞬間的にいらっとしたものの、今追い払った蠅以上に注意を注がなくてもいいはずだ。

「でもあなたにはある程度……なんて言えばいいのかしら、直感？　それがあるはずでしょう。何年警官として働いてきたの？　二十年？」

「十九年だ」

「そうだったわね。わたしが助産師として働いてきた年数と同じ。そういう話をしたわよね。じゃあ少しは、その経験から指先の感覚が養われたんじゃない？　わたしは養われたよ、少なくとも」

バルバロッティはコーヒーを一口飲んで、考えた。「そういうこともある。でも今回はだめだ、残念ながら。朝からずっとそのことばかり考えていたが、何も思いつかない」

「でもあなた宛なのよ。あなたの自宅の住所」

「ああ」

「警察署じゃなくて。それってつまり、その男——もしくは女が——あなたと関係があるということでしょう」

「関係があるというのは言いすぎだろう。その男——いや女かも——がおれのことを誰だか知っていれば充分なんだ。さあ、そろそろ別の話をしよう。この話を持ち出して悪かったよ」

マリアンネは封筒をテーブルに置くと、椅子の背にもたれた。「じゃあ、どうだと思うの?」

簡単にはあきらめないつもりらしい。

「どうだと思うって、何が」

「手紙よ、もちろん。犯行予告のこと。本気だと思う?」

「おそらくちがうだろう」

するとマリアンネは麦わら帽子を首の後ろへやり、眉を両方とも上げた。「なぜそう言い切れるの」

バルバロッティはまたため息をついた。「普段から、匿名《とくめい》の犯行予告はけっこう届くからだ。だが、ほとんど全部が偽の予告だ」

「それでも、警察はどれも真剣に捉える義務があると思っていたけど。例えば学校を爆破するという予告が届いたら、警察はもちろん……」

「ああ、どれも真剣に捉えるよ。偶然に任せることはない。だがきみは、おれがどの程度本気だと思うかと訊いた。それは別の話だ」

「わかったわ、保安官さん。言わんとすること《シー・ユア・ポイント》はわかる。で、つまりあなたはこれは偽の犯行予告だと思うのね」

「ああ」

「なぜ？」

いい質問だ――。実にいい質問だ。なぜなら……なぜなら偽であってほしいと願っているからさ、もちろん。今おれは、愛していると確信している女と一緒にグスタボーという名の天国にいるんだ。だからどっかのばかが、別のばかの命を奪おうと思っているからといって、邪魔されたくはない。それでもこれが本物の犯行予告だと判明したら……天国から家に戻って初めて封筒を開いたと弁解すればいい。

「答えてくれないの？」

「だからそれは……いや、よくわからない。絶対にそうだとはもちろん言えない。今はこの話はやめにしよう」

マリアンネは身を乗り出し、バルバロッティを睨《にら》みつけた。「何をばかなことを言ってるの。やめにしようですって？　なんらかの対処が必要でしょう。あなた、犯罪捜査官じゃないの？」

「今は第七天国でバカンス中なんだ」

「わたしもよ」マリアンネはそれでも抵抗した。「でもその第七天国に妊婦がやってきて子供を産みたいと言ったら、お産を手伝うわよ？　わかる？」

「なるほど」

「助産師に一点ね」マリアンネが大きな笑顔を浮かべた。「ところで昨夜はありがとう。あなたと愛し合うのは大好きよ」

「実のところ、数秒間くらい、空を飛べるんじゃないかと思ったよ」バルバロッティも告白した。「だがあの封筒を開いたのは愚かだった。もうそのことは忘れよう。家に帰ってから手紙をみつけたことにしようじゃないか」

「そんなの、絶対にごめんよ！」マリアンネが叫んだ。「考えてもごらんなさい。あなたがシムリンゲに戻ったときに、エリック・ベリマンが殺されていたとしたら？　それでも平気で生きていける？　わたしは良識と良心をもつ男に出会ったと思ってたけど？」

バルバロッティは降参することにした。サングラスを外すと、相手を真剣な表情で見つめた。

「オーライ。じゃあ、どうしたらいいと思う？」

「わたしが提案するの？」

「だめかい？　バカンスのときくらい、ちょっと職業を取り替えてみてもいいじゃないか」

マリアンネは声を立てて笑った。「じゃああなたが第七天国でお産の手伝いをするのね？」

「もちろんさ」

「お子さんたちが生まれるときに立ち会った？」

「ああ、三人とも」

マリアンネは満足気にうなずいた。「じゃあいいわ。赤ちゃんを一人も無駄にしたくないだけ。目の前に、ふたつの選択肢が見えている」

「どういうものだい？」

「ひとつめは、ヴィースビィの警察署に届ける」

「ヴィースビィには行きたくない。もうひとつのほうは？」

「シムリンゲ署のあなたの同僚に電話をする」

「悪くないな。だがひとつ問題がある」

「そうなの？」

「電話がない」

「それはなんとかなるわ。あなたを隣の農家に連れていって紹介するから。ヨンソン氏よ。ハグムンド・ヨンソン」

「ハグムンド？」

「ええ、父親の名前もハグムンドだった。そのおじいちゃんもね」

バルバロッティはうなずき、無精髭をかいた。「なら、おれもひとつ提案していいか？」

「なあに？」

「きみがそのすけすけのハンカチよりもう少し何か身につけることだ。じゃなきゃハグムンド三世が気絶してしまう」

マリアンネは声を立てて笑った。「でも、あなたはこれが好きでしょう」

「ああ、とてもね。裸よりよっぽど裸に見えるよ」

「がお〜」ヘルシンボリ在住四十二歳の助産師が吠えた。「まずは少し中に入りましょうか。ハグムンドはまだあと一時間は帰らないと思うから」

「がお〜」シムリンゲ在住四十七歳の犯罪捜査官も応えた。「この菜の花畑はなんだかアフロ……なんていったかな？　媚薬《アフロディジアック》のようだ」

「ええ、アフロディジアックで正しいわ」助産師が請け合った。「でも菜の花のせいじゃないでしょう、おばかさん。わたしのせいよ」

「きみが正しいんだろうな」

それから一時間半経ってやっとヨンソンの農場へと道を渡ったが、ハグムンドはまだ帰宅していなかった。しかし妻は家にいた。六十五歳で小柄ながら強靭《きょうじん》なヨランダという名の女性。彼女の母親も祖母もヨランダという名前だったのだろうか。しかしそんな疑問を口にする勇気はなかった。

まあとにかく、その陽気な女性は電話を貸すのを拒否した。まずはコーヒーとゴットランド名物のサフランケーキ、それに十一種類のクッキーを振舞ってからでなければ。というわけで、やっとシムリンゲの警察署と連絡が取れたのは、午後二時を過ぎてからだった。

幸運にも、エヴァ・バックマン犯罪捜査官が自室にいて、一トンもの書類と格闘している最中だった。バルバロッティはバックマンにつないでもらい、三十秒ほどで用件を説明し終えた。

「あらまあ、なんてこと。すぐに上司のところへ行って、あなたのバカンスを中止し、任務に戻すよう提案してくる。かなりやばそうな話だし」

「それなら、われわれの友情は終わったものとみていいぞ。バカンスのことを冗談のネタにするもんじゃない」

バックマンは電話の向こうで大笑いした。「はいはい。じゃあどうしてほしい？」

「さっぱりわからん。おれは休暇中なんだ。ただ責任感の強い一市民として、匿名の犯行予告のことを通報したかっただけだ」

「ブラボー、お巡りさん。お手伝いしますよ。もう一度、書いてあったことを読みあげてくれる？」

「〝エリック・ベリマンの命を奪うつもりだ〟」バルバロッティは素直に相手の要望に従った。

「〝お前に止められるかな？〟」

「お前、と書いてあるのね？」

「ああ」

「手書きで？」

「ああ」

「あなた個人に宛てて？」

「ああ」

「ふうん、じゃあそれをファックスで送ってもらえる？」

「今、グスタボーにいるんだ。グスタボーにファックスはない」

「じゃあヴィースビィまで行きなさいよ」

バルバロッティは素早く自分と相談をした。「明日なら行くかもしれない」

「はいはい。で、どうなの？　それはある特定のエリック・ベリマンのことなのか」

「わからない。だがおれの知り合いにエリック・ベリマンという名前の人間はいない。きみはどうだ」

「いないと思う。まあいいわ、とにかくシムリンゲに何人いるかは調べてみる。気の毒なエリックがシムリンゲの住人かどうかは書いてある？」

「今読みあげた以外のことは何も書いていない」

「わかった。まあ、とにかく明日ファックスしてちょうだい。封筒の宛名の面もね。調べてみましょう」

「じゃ、そういうことで」

「ところで、実物もビニール袋に入れてこっちへ送ってくれるでしょう？　そうすればわたしが責任感の強い一市民に代わって、この小さなつまらない事件の捜査を進めてあげるから。で、マリアンネは元気？」

「実に元気だ。今一緒だよ」

エヴァ・バックマンはまた声を立てて笑った。「仲が良さそうでよかった。こっちは雨よ。そちらは……」

「雲ひとつない。ではこの件はきみに託した。二週間後に会おう」

「そういうわけにはいきません。その頃にはわたしが夏休みよ」

「おや」

「まあ、そういうこともあるでしょう。ところで、わたしのほうでエリック・ベリマンという名前の人間を何人かみつけたら、一応あなたにも見てもらったほうがいいと思うんだけど。もしかして知っている人がいるかもしれないでしょう、結局のところ」

「リストがあまりに長くなければな」

「ありがとう、お巡りさん。じゃあどこに送りましょうか」

「ちょっと待ってくれ」

バルバロッティは受話器を写真立てや銀食器のひしめく戸棚の上に置くと、テラスにいるヨランダとマリアンネのところへ向かった。「すまない、グスタボーの住所は?」

「ゴットランド島、ホーグレン、グスタボーで着くわよ」マリアンネが言った。バルバロッティは礼を言い、電話に戻った。

「リストはヴィースビィ署にファックスしてくれ。おれもそこからファックスを送るから。これは換算すると残業八時間分だな」

「そうすれば？　じゃあ楽しんでね、警部補さん。マリアンネによろしく」

そうするよ――グンナル・バルバロッティはクッキーのせいで胸やけがした。まあともかく、これで一件落着だ。

隣家を出ると、ちょうどハグムンド・ヨンソンが帰ってきた。七十歳くらいで、妻が小さくて丸いのと同じくらいわかりやすく、背が高くて痩せている。

「マリアンネに男ができたとはねえ。遅すぎたくらいだが。さあて、あとは、未求婚の時間を満喫するのみだな」

最後の一言、昔ながらのゴットランド方言で発されたその一文が、まるで聖書の一節のように響いた。未求婚の時間だって？　バルバロッティは老人と握手を交わした。

「まるで子供の頃に戻ったみたいじゃないかね？」ハグムンドはマリアンネの返事も待たずに先を続けた。「世の中も人生も、不確かな約束に満ちているばかり。それに、まだ予測できていない香りや予感にも。予測してしまったら、空っぽになるんだからな。Omne animal post coitum triste est（生きとし生けるものは、交尾のあとに悲しい）。あとは新しい期待を創り出すしかない。そしてそれを実現するのを遅らせるしか」

「まったく、おっしゃるとおりね」マリアンネはそう言うと、バルバロッティを引っ張って門を出た。

「ハグムンドは哲学者なの」道に出るとマリアンネが言った。「ひとたび会話が始まると、数時間は離してもらえない。ところで、さっきのラテン語どういう意味？」

「よくわからないが、愛し合ったあとにはメランコリックな気分になるとかそういうことだ、たぶん」

マリアンネは眉をひそめた。「それは男ならたいていそうでしょう。でも幸せな人たちよねえ、ハグムンドとヨランダは。あの二人、第一回の宇宙旅行に参加を申し込んだのよ」

グンナル・バルバロッティはうなずいた。

「新しい期待を創るためかな」

「おそらくね。牛舎の中に、自分で組み立てた望遠鏡もある。世界最高レベルらしい。でも数年前に新聞に取材されて以来、誰も見てないの。もう誰にも見せたくないんですって」

「で、なぜ彼らが幸せだとわかるんだ？」

マリアンネはため息をついた。「そうよね。もちろんわからない。でもそう思いたくて。わたしにとっては大事なことなの」

「そういうことならわかるよ。これからどうする？」

「あなた、天国でじっとしてるのにもう飽きたんでしょう」

「一日に二回以上愛し合うのは無理だからな。特にこの歳では」

マリアンネは声を立てて笑った。「ええ、そのとおりよね。メランコリックになられてばかりでも困るし。自転車で三十キロほど走るのはどう？」

バルバロッティは目を細めて真っ青な空を見上げ、風の匂いを嗅いだ。「悪くないな。ともあれ、宇宙旅行よりはずっといい」

3

「なぜ警官になったの？　話してくれてないわよ」

「それはきみが一度も訊かなかったからだ」

「わかったわよ、じゃあ今訊く。なぜ警官になったの？」

「よくわからないんだ」

「そう言うと思った」

「なぜだい」

「だって男って、なぜそういうことが人生で起きるのか、ちっともわかってないみたいだから」

「それは困ったな。いったい何人の男を調査したんだ？」

「あなたが二人目よ。ああそれか、二・五番目ってとこね。でも、あの物理教師のことは結局最後までよくわからなかった……。とにかく、わたしが正しいのを認めなさい」

　二人は今、壁が石灰岩でできた古い教会の庭で、ナラの木の下に寝そべっている。時刻は午後の五時だった。気温は二十五度はあり、二人は二時間自転車を漕いでここまでやってきた。緑生い茂る、真夏の田園風景を抜けて。低い石垣、ヤグルマギク、ケシ。白い平屋の漆喰《しっくい》塗りの家々の壁は、つる薔薇《ばら》や蔦《つた》に覆われている。白黒の牛、空にはヒバリ、怠惰《たいだ》な夏のゴットランド人たちがハンモックでいびきをかいている。小さな屋台ではコーヒーやサフラン味のアイスクリームが売られ、サイクリング中の人たちがそれを買っていく。バルバロッティには、グスタボーがどちらの方向なのかもわからなかった。ただ、それ以外に特に悩みはない。

「だいたい今みたいな感じだったんだ」

「え？」

「警官になろうと思ったのは」

「どういう意味？」

「尻が痛かった。やみくもに自転車を乗り回したわけでもなかったのに。自転車に乗って、五年間大学に通ったんだが」

「ルンドの法学部？」

「ああ。それで、もし法律関係の仕事に就いたら、この尻であと四十年同じように座ってなきゃいけないことに気づいた。警察の仕事のほうが少しは身体を動かせるだろ？」

「新鮮な空気に熱い友情？」

「そう。それに定年後の条件もいい。早めに撃たれなければだがね」

「予想どおりになった？　つまり、身体は動かせたの？」

グンナル・バルバロッティは炭酸水を一口飲んでから考えた。

「まあ、椅子と椅子の間をたらい回しにされたときなんかにはね」

マリアンネは声を立てて笑い、よく葉の茂ったナラの樹冠に向かって足を上げた。そして満足そうにつま先を上下に動かした。「あなたもわたしみたいにすればいいのよ」

「どんなふうに？」

「椅子はなくすの。わたし、ほとんど一日じゅう立ってる」

「へえ。きみのほうは、助産師になると、もちろん高校生のときから決めていたんだろう？」

「中学よ」マリアンネが訂正した。「学校に助産師が来て、どんな仕事なのかを語ったの。その日にはもう心を決めたわ」

「それ以来、一度も後悔はせずかい？」

「まあ、ときにはね。ひどいことが起きたときなんかは。生まれてきた赤ん坊が死んでいたり、ひどい障碍を負っていたりしたら。でもそういうショックは次第に薄れる。それが自然の摂理なのだと理解したから。ええ、そういう意味では後悔したことはないわね。人生が始まる瞬間に立ち会えるのは特別よ。同じことは二度とないんだから。それに、たいてい中絶には立ち会わなくてすむから。じゃなきゃそれでしょうね、いちばん辛いのは」

バルバロッティは首の後ろで手を組んだ。「学校に警官が来て仕事の話をしてくれたら、それ以外の職に就いただろうな。だがいいじゃないか、生と死に関する問いの答えが毎回同じじゃないのは。それは正しいよ」

「あなた、本当は何をしたかったの？」

バルバロッティは長いこと黙っていた。蜂の羽音に耳を傾けながら、実は本気で考えていた。

「わからない。別の仕事に就くために勉強し直すには歳を取りすぎたし、これで我慢してもらうしかないな。ここの郊外でバスを運転するのなら考えてみてもいいが」

「バス？」

「ああ、田舎道を走る黄色のバスだ。乗客は一日平均十一人。ルートを午前中に一周、そして午後にもう一周。戻る前に、花咲き乱れる道脇で魔法瓶に入ったコーヒー……そんな感じの」

マリアンネはバルバロッティの頬をなぞった。「気の毒に。あなたは疲弊《ひへい》しきった中年男なのね……。何日かハグムンドに弟子入りしたら？」

「悪くないな」バルバロッティはつぶやいた。「あそこで下男を募集しているかどうか知ってるか？」

そのとき急に、本当に疲れたと感じた。突然、目を開けていられなくなったのだ。大きなナラの深い緑がかすかな風にささやいている。明らかに、彼を眠りへといざなうために。

それにマリアンネの手。それが今、胸の上に落ち着いている。優しくしかし確実に、同じ方向へといざなっている。昨日はあまり寝ていないことに気づいた。だからつまり……中年であることとは関係ないのだ。眠ってしまう前に、それだけははっきりとさせておこう。

「あの手紙は……」それが耳に入った最後の言葉だった。「とりあえず、ちょっと怖い、それはあなたもそう思うわよね？　あら、寝ちゃった？」

アスナンデル警部の夢を見た。

記憶にあるかぎり、これまでそんなことは一度もなかったし、今でもその意味がよくわからない。アスナンデルは夢の中でもいつもとまったく同じ様子だった。間隔の狭い目、小柄できちんとしていて、意地悪そうで。少々目を引くのは、片手に乗馬の鞭、もう一方の手に懐中電灯をもっていることだった。彼は怒っていた。大きな建物の中を歩き回っている。バルバロッティにとって知らない場所でもあったし、むしろよく知る場所でもあった。後者の場合、シムリンゲの警察署を思わせないこともない。ともかくはっきりしているのは、アスナンデルが何かを捜していることだった。ただし、ここにはいくらでも狭い空間や薄暗い隅っこがある。だから懐中電灯を携帯しているのだ。それがかすかな光の筋を廊下に投げかけ、足音が響く。グロテスクに歪んだ螺旋《らせん》階段を上り、水の滴《したた》る地下のトンネルを進む。おれはさっきまでゴットランド島のナラの木の下に寝転んでいたはずなのに——そんな考えが頭をよぎる。その瞬間、自分が夢の中でもあおむけに横たわっていることに気づいた。しかしそこは平和な田舎の教会のナラの木の下ではない。暗い部屋のベッドの下だ。馬毛のマットレスがのった、ぎしぎしと音を立てる鉄パイプの古いベッドの下。そして……そして、アスナンデル警部が捜しているのはバルバロッティ自身だった。息を止め、耳を澄ますと、アスナンデル独特の入れ歯をチュッと鳴らす音が聞こえてくる。もうすぐそばまで来ているのだ。なぜ自分がベッドの下に身を隠しているのかはわかっていた。大失態を犯してしまったから。そう、責任から逃げたのだ。しかし今こそ判決と処罰のときが来た。くそ、お前など頭に血栓を詰まらせて、地獄の炎に……しかしそこで戦略を変え、もう一人の権力者に向かって素早く、実存的な祈りを捧げることにした。

祈ること自体はよくやる。普段なら目覚めた状態でだが。わが主との取引であり、その中でわが主が自らの存在を証明するのだ。従順な神の僕《しもべ》である犯罪捜査官バルバロッティがまともな回数、天に祈りを送ればの話だが。それから得点がつく。バルバロッティの祈りが聞き入れられれば、わが主がポイントを稼ぐ。聞き入れられなければ減点だ。この夢を見ている現在、つまり二〇〇七年七月にゴットランドの教会の庭でナラの木陰にいる時点で、わが主は十一ポイント獲得して存在を確かなものにしていた。だから今、素早く、二ポイントも得点を与えるという提案をしたのだった。もしアスナンデル警部がベッドの下もしくはナラの木の下もしくは今この瞬間に現実が進んでいる場所で、おののき震えるバルバロッティ警部補を捜し出せないようにしてくれるなら。

善良なる神よ。あんなのただの短い手紙じゃないですか。おれはバカンス中なんですよ、とバルバロッティは素早く祈った。あの手紙、まさか本気なわけないでしょう？

「実はエリック・ベリマンという名の少年を知ってたの。今思い出したわ」

「え？」

バルバロッティは目を覚ました。目を開くと、驚いて——同時にほっとして——緑に輝く枝葉を見つめた。ここにアスナンデル警部はいない。助産師が一人いるだけだ。マリアンネは彼の胸に頭をもたせかけていた。それに、言ったとおり、ナラの木。確実にこっちのほうがいい。どのくらい眠っていたのだろう。十分？　それとも一分？　マリアンネは気づきもしなかったのかも。そんな様子だった。まだ手紙のことを話している。ああ、ひょっとするとおれが夢を見たと勘違いしたのか？

「昔、エリック・ベリマンという名の少年を知っていたのよ。考えてもみて、その子が死ぬんだとしたら？」

グンナル・バルバロッティは咳ばらいをして眠気を払い、両手を頭の後ろへやった。

「もちろんちがうさ。恋人だったのか？」

「いいえ、でも高校で同じクラスだった。それに、きっとシムリンゲには住んでいない。だってそうでしょう。命を落とす予定のエリック・ベリマンはシムリンゲ在住のはず」

「ああまったく、おれにわかるわけがないだろう。それに、誰も命は落とさない。その話はやめよう」

マリアンネは答えなかった。

「これは頭のおかしな人間の仕業なんだよ。明日ヴィースビィに行って、義務は果たそう。さて、おれのお尻がまたサドルにまたがりたいと言ってるが、きみのはどうだ？」

「いつになく元気よ。触ってみる？」

バルバロッティは素早く教会の庭に視線を走らせてから、提案されたとおりにした。本人が証言したとおり、状態は実に良好なようだ。正確を期して言うと、驚愕するほどいい状態だ。自分が誰なのかわからなくなりそうなくらいだった。

「それじゃあ」マリアンネが優しく彼の手を払った。「家に向かって漕ぎだしましょうか。それから夕食の支度ね」

シムリンゲにエリック・ベリマンは五人いた。

木曜の午前中にヴィースビィの警察署で受け取ったリストから、それがわかった。いちばん年上は七十七歳で、いちばん若いのは三歳半だった。

つまり、エリックというのはどの世代でも通用する名前というわけだ。南塔の脇のベンチに座って、マリアンネが野菜の買い出しを終えるのを待ちながら、バルバロッティは殺人被害者候補のリストを見つめた。

七十七歳は寡夫で、リンデレース通り六番に登録されている。現役の頃はずっと国鉄の役人で、ここ四十年間同じ住所に住んでいる。警察のデータベースにはなんの注記もなかった。

次に年上なのが四十四歳で、比較的最近シムリンゲに引っ越してきた男だった。ハンデルス銀行の市場分析官、二年前から二人目の妻とともにグレナードヤーシュ通り十番に住んでいる。彼も過去の犯罪歴はない。

二年というのは結婚のことなのか、住所のことなのか。その点ははっきりしなかったが、おそらく両方なのだろう。

三番目は三十六歳で住所はヘデニウス通り十一番。IT業界で起業した独身男で、わかっている範囲内では清廉潔白の身だった。シムリンゲで生まれ育ち、数シーズン、シムリンゲ・バドミントンクラブに所属していたこともある。しかしちょうど十年前に膝を痛め、キャリアを断念している。

いったい誰がこんなリストを。十年ものの膝の傷だと？　バックマンはおれをからかうつもりか。

エリック・ベリマンその四は三十二歳だった。二番と同じく引っ越してきたばかり。リッケボー通りに住む三人の子供の父親で、シムリンゲヴィーク小学校で学童教員をしている。警察のデータベースにひとつだけ記載があった。一九九六年にロースンダで行われたサッカーの国際試合で、公務執行妨害。激しく泥酔した状態で、マスタードとケチャップ、それに刻んだピクルスをかけたホットドッグを警官の顔に押しつけ、日数罰金刑に処せられた。それは当然の処置だ。

そしてエリック・ベリマン、三歳半。まだ職業はなく、犯罪歴もないが、住所はあった。モルン通り十五番のシングルマザーの元に。

なるほどなるほど――バルバロッティはあくびをした。きみたちのうちの誰かが死ぬというのか？

ヴィースビィの警察署では、バックマン警部補と五分ほど電話でも話した。バルバロッティは、何か対策を講じたのかどうか尋ねた。

もちろん対策は講じた、とバックマンは説明した。アスナンデルがその五カ所の住所に一日に二回パトロールを送るという決定を下した。おかしなことが起きていないかを確かめるために。なお、今のところ判明しているのは、エリックのうち二人は休暇でシムリンゲを離れていること。二番と五番だ。

だが……犯人に名指しされた男たちになんの警告もしなくていいのか？　バルバロッティは尋ねた。

アスナンデルはその必要はないと考えた。頭のおかしな手紙の書き手を相手にしているからといって、警察までおかしな行動に出る必要はない。わかるだろう、二十四時間態勢の警備にどれだけ金がかかるか。

それでも、いざ手紙を前にすれば、じっくり見てみるはず。そして別の判断を下すかもしれない。約束どおり、ビニール袋に入れてシムリンゲに発送してくれたんでしょう？

グンナル・バルバロッティはそうしたと請け合った。それからバックマンに素敵な仕事の一日を祈り、電話を切った。

リストをたたみ、ズボンの後ろのポケットに突っこみ、自分もアスナンデルと同じ判断を下しただろうと思った。自分に決裁権があったとしても、それ以上大仰な対策は取らなかったはずだ。

入ってくる犯行予告はすべて本物だと認識しなければいけない一方で、常時いくらでも人材を投入できるわけではない。もちろんそんなわけはないのだ。だから、〝ことの進展を真摯《しんし》に見守る〟ほうが長期的には相当安上がりになる。いつの時代にも政治家や外交官はそうやってきた。絶対に表向きにはしないが、関係者の間では、二十件中二十件の犯行予告が偽だと言われている。だが問題は、二十一件目にぶち当たったときだ。

やっとマリアンネが戻ってきた。あらゆる問題の中で、いちばん小さくて美しい問題。バルバロッティは素早く捜査上の疑問を頭から振り払うと、立ち上がった。買い物袋を手にスーパーから出てくる彼女を見つめるのは、夕暮れの波止場で迎えられるのとはまたちがうが、それでも充分だった。彼女が視界に入っただけで、胸の中で心臓が少しだけ速く打ち始める。

二年後には彼女と結婚しているといいが——急にそんなことを思った。本気でそう思っているのだろうか、それとも、ただ単に脳みそがついそんな言葉を発してしまっただけか？　だって、こんなに美しい天気なのだから。

「どうだった？」マリアンネが尋ねた。

「何もかもうまくいったよ。任務の振り分けも終わり、これからおれはきみのものだ」

「あらま。買い物袋は二個とももちたい？　それとも一個？」

「もちろん両方だ。おれを誰だと思ってる？」

4

「普段から聖書を読むのかい？」

「あら。寝てると思ったのに」

「ああ、寝ていたよ。だがベッドが空なのに気づいて目が覚めたんだ」

「なるほどね。ええ、ときどき少し読むわ」

マリアンネは緋色の聖書を閉じ、テーブルの上の紅茶茶碗の横に置いた。寝椅子に寝そべり、バルバロッティを見上げている。それは火曜日だった。八日目の朝——会ったのは夜だったが、その日、つまり前週の火曜日を第一日目と数えるなら。まあ、そんなことは論理上の話で、些《さ》末《まつ》なことだ。グスタボーにいると、時間を計ることなどどうでもよくなる。少なくとも、過ぎてしまった時間については。グンナル・バルバロッティはそんなことを考えながら、あくびをした。

ともかく、今は朝だった。空では雲が切れ始めている。昨夜は雷雨で、二人はリビングの窓から外を眺めて感動していた。真夜中過ぎから午前一時十五分までの約一時間。菜の花畑の上にひらめく稲妻《いなずま》は、見とれるほどの迫力だった。

「じゃあきみは……神は存在すると思っているのかい？」

マリアンネはうなずいた。

「その話、今までしたことがなかったわね」

マリアンネは声を立てて笑った。少し恥ずかしそうに。

「実は信仰心はあるつもりなの。でも声を大にしてそのことを触れ回るつもりはない」

「なぜだい？」

「だって……だって、皆、そういう話題を疎《うと》ましがるでしょう。それに、教会にも行かないし。教会は好きじゃなくて……もちろん、建物自体は美しいけれど、組織としては。わたしにとって、これはプライベートなことなの。わかる？　神様とわたしだけの関係」

バルバロッティは向かいの椅子に腰を下ろした。

「わかるよ。おれは疎ましいとは思わないが」

「本気でそう思ってる？」

バルバロッティは考えてから答えた。

「ああ、思ってる」

「でもあなたは神を信じてはいないでしょう」

「まあ、そう言うなよ」

一瞬、舌の先まで出かかった。自分と神の特別な関係、その本質を詳細に語りそうになった。しかし胸にしまっておくことにした。知り合って間もなく一年。ああ、それはマリアンネとの話で、わが主とのほうがもっと長く過去をシェアしている。マリアンネとは、この類《たぐい》の告白にはまだ機が熟していない気がする。それについては神も同意見だと、ほぼ確信している。つまり、われわれの間には一種の……そう、一種の紳士協定のようなものがある。プライベートなことなのだ。彼女も言ったとおり。

「どういう意味？」

「何が？」

「まあそう言うなよ、って。それどういう意味？」

「自分でもわからないってことだ。だが頻繁《ひんぱん》に考えるテーマではある」

マリアンネは、懸念するような顔でバルバロッティを見つめた。

「頻繁に考えるの？」

「うーむ、そうだな。ちょっと言いかたが……いや、そんなことはどうでもいい。ところで、きみの信仰というのは？　子供の頃からなのかい？」

マリアンネは首を横に振った。

「ちがうわよ。子供の頃にそんなホラを吹いたら、家から追い出されていたでしょうね。マルクス主義者みたいなものだったから、うちの両親は。もう八〇年代だったのに。母はすでに亡くなっているけれど、父がいまだに左翼党に投票していても驚かない。特に党首のシィマンが辞めてからはね。彼女はまるで鎖につながれた犬だと、会うたびに批判していた」

「で、きみの信仰は？」バルバロッティが思い出させた。

「ゆっくり忍び寄ってきた……という感じかしらね。古いペルシャの詩があるんだけど。〝勝利した神は、ゆっくりとロバ革の柔らかいサンダルで進む〞っていう。それがぴったりのイメージ」

「ロバ革の柔らかいサンダル……？」

「ええ。それにもちろん、わたしの職業も影響してる。ちょっと重みが必要なのよね。でもそれも、あくまで神様とわたしの間の話であって。表面的なことは気にしない。ときどき……」

「なんだい？」

「ときどき、宗教をつくったのは悪魔じゃないかと思うことがある。自分が人間と神の間に立ちはだかるためにね」

「それは自分で考えついたのかい？」

「いいえ、どこかで読んだんだと思うわ。でも関係ないでしょ？」

「ああ。それに、コーランとブッダとカバラは？」

「〝愛される子には多くの名前がある〞と言うじゃない。ねえ、この話、本当に疎ましいと思っていない？」

「ちっとも」バルバロッティは請け合った。「きみはスウェーデン警察の精神世界に偏見をもっているようだね。とにかく、聖書をこっそり読む必要はない。聖書なら、おれもよく覗き見してるから」

マリアンネは声を上げて笑い、手のひらを上に向けると、それを宙に上げた。「聖書を覗き見ですって？　ああ神様、今の聞こえました？　あなた、それどういうこと？」

「ひとつだけ確かなことがある」バルバロッティは相手の興奮に引きこまれたように続けた。「わが主が存在するなら、実にユーモアのセンスのある紳士のはずだ。それ以外は考えられない。それに、まったく全知全能でもない」

マリアンネがまた真剣な表情になった。かすかに震える瞳に見据えられ、バルバロッティはなぜか急に息苦しくなった。おれは十四歳の少年に戻ったのか？　いったい何が起きてる？

「そんなことを言うと、ひょっとしてあなたを愛しているのかもと思ってしまう」

「それは……座っててよかったよ」舌が口の中でくっついたみたいだったが、なんとかそれだけ言った。「じゃなきゃ……気絶してただろうから」

その瞬間、誰かが咳をするのが聞こえ、ハグムンド・ヨンソンが芝生の上を歩いてくるのが見えた。肩に鍬《くわ》を担ぎ、手には死んだウサギをもっている。

「マリアンネ、まさかきみが刑事さんを捕えるとは夢にも思わなかったが。祝いの言葉を言わせておくれ。きみが鍬をかまえても、相手が逃げ出さなかったことにね。ところで、これを今日の夕食にどうだね」

ハグムンドは血だらけのウサギを振ってみせた。

「どうも。でも大丈夫です」マリアンネは目をそらした。

「だが本来の用件はこれじゃない。刑事さんに用があってね。電話がかかってきた。急用らしい」

「電話？」バルバロッティが訊き返した。

ハグムンドはうなずき、うなじをかいた。「携帯通信機は本土に残してくることにしたそうだね？　それについては賞賛を送ろう。だが言ったとおり、うちの台所で、切迫した声を出す女性の捜査官が待ってる。わしと一緒に来て、電話に出てみたほうがいいんじゃないか？　で、本当にこの小さないたずらっ子はいらないかね？」

ハグムンドはまた二人の目の前でウサギを振ってみせた。マリアンネは首を横に振り、バルバロッティは立ち上がった。

「行きます。なんの用だと？」

「守秘義務だそうだ。普通に考えれば国家の危機なんだろうな。じゃなきゃこの天国にまで邪魔をしに来る意味がわからない」

ハグムンドは意味ありげに片目をつむってみせた。マリアンネはガウンをしっかり身体に巻きつけた。グンナル・バルバロッティは農家の老人について外に出た。


「ねえ、あなたの文通相手は本気だったみたいよ」

バルバロッティはすぐには返事ができなかった。なんてことだ……わかっていたのに。

そして、ヨランダ・ヨンソンにキッチンのドアを閉めてくれと手で合図し、彼女がそうするのを待った。盗み聞きしたければ、ずうずうしく別の部屋で受話器を取ればいいだけなのだが。

「もしもし？」エヴァ・バックマンの声が聞こえる。

「ああ、聞こえてる」バルバロッティが応答した。「もう一度言ってくれ」

「天国に行く前に受け取った手紙のこと、忘れたわけじゃないわよね？」

「ああ。忘れられるわけないだろう。で、何があったんだ」

バックマンがそばにいる同僚に何か声をかけたが、バルバロッティには内容までは聞こえなかった。

「失礼。そう、ジョギング中の市民が、エリック・ベリマンの死体を発見したの。数時間ほど前に、ブレンスヴィークでね。知ってるでしょう、あのあたりはジョギングコースが川ぞいに、丘の上まで続いている。被害者——つまりベリマンも、そこにジョギングをしに来てたみたい」

「おれをからかっているわけじゃないだろうね？」

「いいえ。残念ながらちがいます。こちらは今大騒ぎよ。発見者の職業がジャーナリストだったこともあって。ヨハネス・ヴィルタネン、知ってる？」

「誰だかは知っている。だが、マスコミは手紙のことは知らないだろう？」

「ええ。その点についてはまだ隠しとおせてる」

「よし。で、結局どのエリック・ベリマンだったんだ？　この間のリストには……」

「ああ、そうだったわね。三番目よ。膝を痛めて、ＩＴ業界で起業した」

「なるほど、よくわかった」

それは修正の入った本心だった。頭がくらくらするのがはっきりと感じられる。思考活動をしているというよりは、古い車のエンジンを思わせた。最後の吐息を吐く段階に入ったエンジンを。

「教えてくれ」バルバロッティはキッチンの長椅子に座りこんだ。目の前の壁には芸術的なまでの刺繡《ししゅう》の壁かけが下がっている。〝明日のことを思いわずらうな〟と書かれている。なるほど、そのとおりだな。ああ、今日という日もまだ始まったばかりだというのに。

「死体発見時刻は午前六時五十五分。知ってのとおりベリマンは独り暮らしだけれど、彼のことをかなりよく知る男性に話を聞くことができた。アンドレアス・グリムレといって、ベリマンの会社で働いている男性よ。どうも共同出資者でもあるみたいね。その男性によれば、ベリマンは週に二、三回、朝そのジョギングコースを走ってたんですって。少なくとも、夏の間はね。朝食の前に。六時から七時くらい」

「殺害方法は?」

「ナイフ。ああ、ごめんなさい、言ってなかったか。背中に一刺し、腹部に三刺し、首にも切りつけられていた。わりとすぐに死んだはず。自分の血の中に浮いているような状態だったから」

「素敵な光景だな」

「そうでしょう」

「現場には行ったのか?」

「もちろん。あとは鑑識が何をみつけるかだけど、あまり期待しないほうがいい。地面は乾いていたし。足跡はなし、争った形跡もなし。犯人はおそらく後ろから突然襲ったんじゃないかと」

「だが被害者は走っていたんだろう？　それなら……」

「どうなんでしょうね。そこは考えてみる余地がある。まず声をかけて止めたのかもしれないし。助けてくれとかなんとか言って」

「そうかもな。捜査を率いているのは誰だ？」

「初動捜査責任者は検察のシルヴェニウス」

「いや、警察のほうの責任者は？」

「誰だと思う？」

バルバロッティは答えなかった。答える必要もないと感じたからだ。

「わかったわよ、つまりこういうこと。アスナンデルが当面、この件を有能なわたしに託した。でももちろん、今現在は全員が駆りだされている。最大限に力を結集してるのよ。それに、明日にはあなたも出動してほしいという期待をはっきり感じたけど」

「今はバカンス中だ」

「月曜じゃなくて明日から勤務に戻れば、ヘラジカ猟の時期に一週間休みを取れるわよ」

「狩りはしないんだが」

「あくまでイメージよ」

「わかったよ。アスナンデルがそう言ったのか？」

「いいえ、わたしが行間を読んだだけ」

「それはありがたい」バルバロッティはため息をついた。

エヴァ・バックマンは咳ばらいをした。「うちの上司に毎回同意するわけじゃない。それは知ってるでしょ？　でも今回は同意よ。あなたが個人的に手紙を受け取ったんだから。わたしやソリセンや、他の誰でもなくね。警察署に届いたわけでもなかった。だから……だからあなたが担当みたいなもの。言ったとおり、実際にはもちろん全員が巻きこまれるけれど」

グンナル・バルバロッティは考えを巡らせた。

「それが目的なのか？」

「何が？」

「犯人の目的だよ。おれを捜査責任者にすることが」

「それも考えた。つまり、あなたと知り合いの人間……」

「だが、なぜだ。なぜこんなばかなことをする？　わざわざリスクを冒すようなことを」

「ばかなこと？　どうかしら。自信満々と言ったほうがいいかも。ともかく、あなたはこの挑戦に応じるしかない」

バルバロッティは三秒間考えた。自分に選択権はない気がする。

「オーライ。アスナンデルには明日の朝から出勤すると伝えてくれ。午後五時に出るフェリーがあったはずだ。だがそれまでに誰かが警察署にやってきて自白したら、教えてくれ」

「そうはならない気がするけどね、残念だけど。こんな形で愛のバカンスを中断させて申し訳ない」

「残った休みは別の機会に取るよ」バルバロッティはそう言うと、受話器を置いた。

ヘラジカ猟の時期にな……と心の中でつけ足す。

まったくなんて朝だ——ヨンソン家の農場から道に出たときに、そう思った。まずは聖書の時間と神の存在に始まり、マリアンネがひょっとするとおれを愛しているなんて言うし、あとは殺人とヘラジカ猟が少々。

マリアンネは怒りはしなかった。怒るとも思っていなかったが。

「十日間のうち八日は一緒に過ごせたんだからいいじゃない」フェリーターミナルの駐車場でエンジンを止めたとき、彼女はそう言った。「それ以上は求められない。犯罪捜査官に恋をしたなら」

「あの手紙を開けるんじゃなかった。今週の金曜にみつけていたら、おれが捜査に呼ばれることはなかったのに」

自分でもそれが本心かどうかわからなかった。なんだか矛盾しているような気がする。相手に隙を与えてしまったという感覚がぬぐえない。封筒を開き、予告文を読み、警察の捜査が始まったことで。それに自分が緊急に捜査に加わることも。それがその男——いや女か?——の望むところなのでは?

そもそもなぜ、手紙を書いて誰かを殺すつもりだと伝えてくるのだろうか。実際に行動に出る前に。そこに何か意味はあるのか? それとも単に、合理的という言葉の意味を理解できない馬鹿者の仕業なのか？

　わかりようがない。今のところ、知恵を絞っても無駄だ。

だが、ひとつ確かなことがある。それは、今までこんな事件には一度も遭遇したことがないということだ。よく考えてみると、そういう事件について耳にしたこともない。そもそも犯人が殺人を計画すること自体珍しい。いちばんよくあるのは酔っ払いがかっとなって別の酔っ払いを殴り殺す事件なのだから。

　それとも妻に激怒させられたのか？　だがこの場合はちがう。その点についてはちがうと結論づけていいだろう。

「どちらにしても、素晴らしい日々だったわ」マリアンネがバルバロッティの考えを遮《さえぎ》った。「うちの野生児たちに一日も会ってもらえないのは残念だったけど」

　子供たちは木曜に来ることになっていたのだ。それから四人で一緒に午後と夜と朝を過ごすはずだった。これまでに数度会ったことがあるが、驚くほどスムーズに一緒に過ごすことができた。バルバロッティはヨハンのこともイェンヌのことも好きだったし、勘違いでなければ、彼らのほうもバルバロッティのことを我慢できているようだ。

「まあ仕方ない。きみから説明しておいてくれ。警官のおじさんは怖ろしい殺人犯を捕まえなきゃならないんだとね。ともあれそれが苦々しい現実だ」

「あの子たちはそういう言い訳は信じると思うわ」

　そしてマリアンヌはバルバロッティにキスをして、車から追い出した。

陸から離れゆくフェリーのデッキに立って別れの手を振っても、ちっともテンションが上がらない。グンナル・バルバロッティはそれに気づいた。とりわけ一週間前の到着が非常にいい思い出として残っていると。自分が四十七歳の犯罪捜査官ではなくて十四歳の少女だったらよかったのに——それなら恥ずかしげもなく好きなだけ大泣きできた。

しかしそういうわけにはいかなかった。それに少女のままでいるのは、長期的に見るとちょっと大変そうだし。

この流浪の人生で、これほど上質な週をあと何回か体験できるといいのに。フェリーターミナルの埠頭で手を振るマリアンネの姿が見分けられなくなった頃、バルバロッティはそう思った。だが、離婚だけはもうごめんだ。

それからフェリーのレストランに入り、ビーツ入りのピティパンナ（サイの目に切った肉、じゃがいも、玉ねぎを炒めたスウェーデンの家庭料理）の大盛とビールを注文した。

5

ニィネースハムン港の長期駐車場でシトロエンに乗りこんだとき、時刻は夜の九時十五分で、太陽はもう沈んでしまっていた。なぜか、理解不能な理由により、今日のフェリーはスピードを減速し、海の旅は通常より四十五分も長くかかった。

暗闇の中で帰途につくのか――バルバロッティはエンジンをかけながら思った。これから三時間半の華々しい隔離が待っている。孤独に慣れていないわけではないが、急に孤独が肉食動物のように思えてきた。一週間も腹を空かせて歩き回っていた獰猛《どうもう》な野獣。それが涎《よだれ》を垂らして、今にも牙を立てようとする。

しかし間もなく、携帯電話でバックマン警部補に連絡がついた。少しはいいこともあるもんだ。

「今夜はきみの声を聴きたい。鷲は舞い降りた。最新情報を求む」

「どうりで地面が揺れたと思った。地下世界が震撼したにちがいない。ええそうよ、わたしはまだ職場です」

「それはおめでとう。容疑者は何人みつかった？　ひょっとして大事な取り調べの最中か？　それならあとで……」

「まだそこまでいってないわ。でもその男を包囲しつつある。どうやら右利きのようよ。十七歳から七十歳までのね」

「そうか。じゃあ間もなく捕らえられそうだな。女じゃないというのは確かなのか?」

「女であってもおかしくない。でもかなり強い刺しかただったから、女だとしたら相当身体を鍛えているはず」

「じゃあ、齢《よわい》七十とはいかないな」

「せいぜい五十五ね」

「もっと教えてくれ」

エヴァ・バックマンはため息をついてから、説明を始めた。「科学的な話から始めると、鑑識が犯行現場周辺のサッカー場くらいの広さをくまなく捜査した。解析結果はクリスマスと新年の間くらいには出るんじゃない? 法医学者は明日の午前中にレポートを送ってくれるそうよ。でも驚愕するような内容にはならないみたい。被害者はナイフの刺し傷で死んだ。おそらく数分の間にね。犯人のDNAについてはお手上げみたい。ええと、それから親戚や友人関係の洗い出しも始めたわ。五十人くらい話を聞かなくちゃいけない。今その作業をしていたところ……優先順位づけをね。どの順番で誰と話すか。エリック・ベリマンはけっこう外をうろうろしていたみたいだから」

「どういう意味だ」

「たいした意味はないけど、かなりお金のある独身男だったのよ。よくバーに繰り出していた。

だから知り合いが大勢いて……パソコンおたく系ではなかった。ＩＴ系と聞いて、そういうのを想像してるなら」

「なるほど。他には？」

「ヨーテボリから犯人プロファイリングの専門家が来る。アメリカでは、犯人が手紙を書く習慣があるみたいね。その類《たぐい》の殺人犯について文献もいくつもあるらしい。ここスウェーデンではかなり珍しいけど、専門家氏が色々とためになることを教えてくれるかも。まあともかく、何を言いだすのかくらいは聞いてみましょう。明日の午後に到着するから、あなたも会えるわよ」

「被害者が脅迫を受けていた様子は？　敵がいたとか」

「いいえ、これまでのところ情報は入ってない。まあ基本的には、さっき言ったグリムレとしかまともに話してないけど。被害者の同僚のね。あとは友人二人と被害者の姉……姉はリィセシルに住んでいて、わたしが一時間話したんだけど、弟とはあまり連絡は取っていなかったらしい。被害者より五歳年上」

「被害者に子供は？」

「いない」

「両親は？」

「クロアチアでバカンス中。息子の死は伝えたわ。住民登録はヨーテボリで、正確に言うとロンゲドラーグ地区。明日の午後にランドヴェッテル空港に戻ってくる。すでに気づいたかもしれないけど、裕福な夫婦よ。じゃなきゃロングドラーグ地区には住めないでしょう。二年前に技術系の大企業を売って、引退したらしい」

「そういうことか。では恋人は？　長く交際した相手が数人はいたはずだろう。だって、何歳だと言った？　三十六？」

「そのとおり。年齢のことならね。でも女性関係についてはなかなかの劣等生みたい。十年前にある女性と数カ月同棲してたけど、それだけよ。正直言って……」

「なんだ？」

「正直言って、被害者はかなり共感力の低いタイプなんじゃないかと。女をナンパし、金を振りまき……。寝室が七部屋ある大邸宅に独り暮らし。壁には本物の芸術品、ビリヤード台にジャグジー風呂。ワインセラー、車は二台」

「いやらしい男だな。言い換えると、嫌われやすいタイプってことか」

「ええ、そうかもね」

「まあ、何度かナイフで刺してやりたいくらいには」

「ありえなくはない。そのくらい単純な事件なのかも」

「そのグリムレとやらも、ベリマンと同じタイプなのか？」

「ありがたいことにちがったわ。すごくいい人よ、本当に。奥さんと子供が二人いるけど」

誰かが部屋に入ってきたようで、バックマンはバルバロッティにちょっと待つよう言った。

そのせいでバルバロッティは一分間考える時間ができた。しかし頭に浮かぶのはある歌の歌詞だけ。八〇年代の終わりだったか、九〇年代の初めだったか。どちらにしても、歌詞を正確には思い出せない。ホワッツ・ア・マン・ウィズアウト・ア・ウーマン……その先は何だったかな？　それが思い出せない。だが確か、ヴァヤ・コン・ディオスというバンドだったはず。ともかく、歌詞がバックマンが今言ったことと合致する。

神と共に歩むだって《ヴァヤ・コン・ディオス》？　今朝のグスタボーでの対話から派生した、シナプス伝達だろうか。人間の脳というのは、大いなる力がトランプでソリティアをして遊んでいるようなものだという気がする。少なくとも、おれはそういう脳を授かった。

そんなことを思ったのは初めてだし、ちょっと意外だった。でもトランプにはいくらでも組み合わせがあるわけで、論理的に言っても矛盾はないわけだ。おれもたまには賢いことを思いつくものだな。自分でも驚きつつそう認めた。

それに、ソリティアを見事にクリアできることもあるし。

「携帯電話の使用状況は？」バックマンが電話に戻ってくると、バルバロッティが尋ねた。

「ソリセンのほうでもう確認を始めてるのか？」

「ソリセンも夏休み中。でも月曜から出勤する。それまでは携帯電話の担当はフレドリクソンとトイヴォネン。被害者は三台も所有していたしね。すでに手がかりを摑めたかどうかは知らない。まあ、たいしたことはわかってないはずよ、そうじゃなきゃ報告が来てるはずだから」

携帯電話を三台？　ということは、天国に住んでいたわけじゃなさそうだな。

「手紙は？　何かわかったことは？」

「指紋はなし」バックマンはため息を洩らした。「あなたとマリアンネのものだけ。まあ、マリアンネのだと仮定して進めてるんだけど。よくある封筒、よくある紙、皆がプリントアウトに使うような。ペンはおそらくパイロット社の……黒インク……〇・七ミリ。ヨーロッパだけでも、十四万五千店舗くらいで取り扱われていそうね」

「内容については？　文章の書きかただとか」

「何もわからない。右利きの人間が左手で書いたと誰かが言った気がするけど、どうなんでしょうね。今日改めて分析に出したの。状況がひっ迫したのを機に」

「オーライ」バルバロッティはそう言ってから、一瞬考えこんだ。

「わたし、ちょっと疲れたんだけど。あとは明日にしない？」

「いい考えだな」バルバロッティも同意した。「明日の午前中は穴倉にこもって書類を読み続ける羽目になるんだろうな。だが……」

「何？」

「今犯人の名前を教えられないと言うなら、小さな骨付き肉くらいは寄越してくれてもいいんじゃないか？　どう思う、いったいぜんたい、どういう犯人なんだろうか。というのも、あと三時間運転が残ってるんでね」

数秒間、受話器の中が静かになった。それからバックマンの声が聞こえた。

「ソーリー。知ってのとおり、普段ならかすかな予感でもあなたには隠さず話すでしょ？　でも、今回は本当にわからない」

「ごくごくかすかな予感さえないのか？」

「ええ。だからそれを言ってるのよ。わたしは今朝から……そう、何時間になる？　ざっくり十三時間ぶっ続けで働いている。なのに収穫といえば、エリック・ベリマンは殺されたとわかったことくらい」

「わかった。よく頑張ったな、お嬢ちゃん」

　すると犯罪捜査官エヴァ・バックマンは黙って電話を切った。


　十時前に雨が降りだした。柔らかく執拗《しつよう》に降り続ける雨、それにワイパーの単調な仕事ぶりが相まって、バルバロッティは眠くなった。ヴェッテン湖まで出たところで車を停め、給油をしてコーヒーを飲んだ。再び車に乗りこんだときには、なんとかぎりぎりゴットランド島に電話をかけたい衝動を抑えられていた。ハグムンドもしくはヨランダ・ヨンソンに暗い中マリアンネの家まで行ってドアを叩かせるなんて、絶対にやってはいけないことだ。それに、なんの用もないのだ。ただ彼女の声を聴きたいだけ。マリアンネが自分の携帯電話をもっていれば、夜じゅう車内で一緒に過ごしただろう。それはわかっている。だが現実はこうなのだから仕方ない。

　まあいい。木曜に子供たちが島に来るときに、緊急用の携帯電話をリュックサックに入れてこさせる。マリアンネはそう約束したのだ。ときには信念を曲げなければいけないこともある。だが、それまではバルバロッティが我慢することを誓わされた。

それまでは、遅々として進まない殺人捜査のことでも考えていろということか。

手紙を送りつけてくる殺人犯のことを。

控えめに言っても、なんとも不思議な事件だった。シムリンゲのような小さな町でも殺人が起きることはある。年に数回くらいは。ただ、言ったとおり、たいていは比較的単純な事件だ。基本的には翌日あるいは数日のうちに、犯人＝酔っ払いを捕えている。そもそも犯人がわからない殺人捜査自体が珍しい。十件中九件はドラッグや酒が主な要素で、それと同じだけの頻度で、事件に関わった者は以前から警察によく知られている。その結果、捜査は毎回同じ手順で、目的もはっきりしている。その手順さえわかっていれば、自分の頭で考える必要もない。ともかく、バックマンはいつもそう言う。殺人犯を逮捕するより、インターネットで映画のチケットを買うほうがよほど知能が要求される――一度など、そう言ったほどだ。

そんな彼女が、今回はさっぱりわからないと言う。これはいい予感がしない。まったくしない。

それでも犯人は手紙を書き、誰を狙っているかを警察に教えてきたのだ。それも、犯行に及ぶずっと前に。警察は殺人鬼からエリック・ベリマンを守るために一週間ももらっていた。なのに守れなかったのだ。

いや、守ろうともしなかった。

その部分に関しては、どうにかマスコミに洩れないといいが。でなければ、紙面にどんな見出しが躍るかは想像に難くない。

だが決定したのはアスナンデルだ。おそらく検察官のシルヴェニウスに相談した上で。言ったとおり、彼らを責めるつもりはない。自分だって同じ判断をしたはずだ。正確にどのエリック・ベリマンのことなのかがわかっていれば、別の方法もあった。それなら本人に連絡を取り、どういう危険が考えられるのかを一緒に分析しただろう。あとになって考えれば、この場合でもそうするべきだったのだろうが、結果論でものを言っても仕方がない。

しかしこの雨の夜にバルバロッティの頭を占めていたのは、ここまでの警察の動きではなかった。むしろ逆で、犯人の動きのほうだった。

だって、どう考えても型破りな手口だ。なぜ？　いったいぜんたいなぜ手紙なんか書いて、殺す予定の人間の名前を明かしてくるんだ？

それになぜおれに送ってきた。犯罪捜査官グンナル・バルバロッティ宛に。しかも自宅の住所に。

からかっているだけなのか？　そもそもそれに意味はあるのか？　やはりおれのことを知っているのか？

そして何より、おれは犯人と知り合いなのか？

頭に浮かぶ疑問にひとつたりともまともな答えを思いつかないまま、アパートのあるバルデシュ通りに車を停めた。いや、まともに近い答えさえ思いつかない。時刻は十二時四十分で、雨は半時間ほど前に止んだが、シムリンゲの道路も濡れて光っていた。

夜中を過ぎたわけだから、日付は八月一日になった。前妻の誕生日だ。町全体が、空爆に備えるかのように真っ暗だった。なぜそのふたつの考えが同時に浮かんだのかはよくわからないが、ドアに鍵を差しこんだ瞬間に、ソリティアをする権力者のイメージを思い出した。そして、死ぬほど疲れていた。それでも、時間の長さに比例して山になった新聞、郵便、広告をより分けることに時間を費やした。それが狭い玄関の床を半分も覆っていたのだ。

キッチンテーブルの上で、みっつのきれいな山に分けた。疲れがふっ飛んだのは、一週間留守にした分の郵便物に目を通している最中だった。一秒の何分の一かで、疲れが飛んだ。

とりあえず、左手をビニール袋に突っこむくらいの理性は残っていた。そうやって、包丁で封筒を切り開けた。

同じ筆跡。メッセージも前と同じように明確だった。

次はアンナ・エリクソンだ。今度も邪魔はしないな？

バルバロッティは当惑し、三十秒間自分自身と相談をした。まだグスタボーのデッキチェアに寝そべり、夢を見ているわけではないよな？　だが、そうではないという結論に達した。

それから電話をかけ、バックマン警部補を叩き起こした。

Ⅱ

ムステルランの手記

二〇〇二年六月三十日

少女はどこからともなく現れた。突然そこに立って、わたしたちを見つめていた。角ばった顔に、ちょっと皮肉な、ずうずうしい笑顔を浮かべて。

わたしたちは海岸にいた。六人全員がだ。まだ午前中だった。昨日、またここで会おうという合意があったのかは知らないが、エリックとわたしが波打ちぎわでデッキチェアに座るか座らないかのうちに、マルムグリエン夫妻がベノデの方角から歩いてきて、カラフルなビーチタオルを広げた。アンナとグンナルもその十分か十五分後には合流した。そう、だから、あとから考えると、なんとなく取り決めてあったのだろう。間もなく全員がその場に落ち着き、海岸で誰もがやるように、無気力な会話が始まった。ときどき深遠な一言が飛び出し、しばらく考えこむ。まるで深い洞察をしているかのような口ぶり。だが発した言葉になんの責任を負うつもりもない。わたしは布の帽子を顔にのせ、眠っているふりをした。眠る必要があったのだ。

トではある。

昨夜は二時半まで寝床に入らなかったし、朝も遅くまで寝ていたわけでもない。エリックは前夜あんなだったくせに、早起きだった。九時前にはコーヒーとベーコンとスクランブルエッグを準備してわたしを起こした。エリックについては毀誉褒貶《きよほうへん》あるだろうが、まあ気の利くホストではある。

デッキチェアの上で、少しの間うとうとしていたかもしれない。もちろん暑かったが、海から心地よい風が吹いてきていた。遠くから聞こえるカモメの叫びが会話と混じり合い、どちらがどちらかわからなくなった。言ったとおり、本当に寝ていたのかもしれない。そうだとしたら、少女の声で目を覚ましたのだろう。その声は子供っぽくもあり、厳しげな口調でもあった。若い身体に宿る老いた魂。そう、あのときそう思ったのだ。

「ボンジュール。サヴァ?」

皆が静まり返り、カタリーナ・マルムグリエンが声を立てて笑った。「サヴァ! ボンジュール、お嬢さん」

わたしは帽子のつばを折り返し、少女を観察した。十二、三歳の黒髪の少女だ。ワンピースタイプの赤い水着を着て、青い麦わら帽子には布の花飾りがついている。長袖のTシャツを腰に巻き、背中には小さなリュックサック。

目を輝かせ、ちょっとからかうような表情だった。

「Vous n'êtes pas français, hein?」

ええ、わたしたちはフランス人じゃないわ――とカタリーナ・マルムグリエンが答えた。スウェーデン人です。この美しいブルターニュ地方にバカンスに来ているの。すると、少女はまたあの皮肉な笑顔を浮かべた。なんだか人の心を瞬時に惹きつけるようなところがある。恥ずかしげのない無邪気な振舞いのせいだろうか。あと一、二歳上だったら、厄介なことになっていたかもしれない。

　しかし今はまだ子供だった。薄い水着の生地に硬い乳首がはっきりと浮かんでいるとはいえ。

カタリーナ・マルムグリエンが名前を尋ねた。

「トロエよ。Je m'appelle Troaë」

　珍しい名前で、綴りの説明にもそれなりの時間がかかった。正しく発音するにはもっと。フランス語の電車Ｔｒａｉｎ《トラン》の前半みたいな感じだけど、鼻に抜けるラの前にちょっとオを入れる。そう教えられ、わたしたちは口々に名前を発音してみた。少女が訂正し、アドバイスを与え、励ます。特にグンナルとアンナは、この発音練習が楽しくてたまらない様子だった。

トロエ自身も、一般的なフランスの名前ではないと言った。どこから来たのかは知らないが、父親がその名前を付けてくれた。父親は画家で、パリ在住だという。

　このような導入を経て、少女は小さなリュックサックを砂浜に下ろし、あなたたちを絵に描いてもいいか、と尋ねた。リュックサックからは茶色い木の棒が二本突き出ている。イーゼルなのだろう。

「わたしたちを？」カタリーナ・マルムグリエンがわざとらしい笑い声を上げた。「どうして？」

少女は、自分も父親のように画家になりたいのだと語った。しかし普段は退屈なパリ郊外で学校に通っているので、絵の練習は夏休みにしないといけない。あなたたちは興味深い。今日海岸にやってきたのはそのためなの、絵に描けるような人たちを探すため。

少女は砂の上にイーゼルを立て始めた。

「じゃあ、ここにはお父さんとバカンスに来ているの？」カタリーナが尋ねた。

ところが、まったくそうではないことが判明した。トロエの話では——わたしの理解が正しければ——毎年、夏はフエナン郊外に住む父方の祖母の元で過ごしているという。海岸までほんの数キロのところ。両親はパリに残っている。パパもママも。二人はずっと前に離婚して、自分は父親の家に住んでいる。まあ、ほとんどは。

話しながらも、少女は絵を描く準備を進めていた。イーゼルに木のパネルをのせ、わたしたちがいる位置から十メートルほど離れた。水彩絵具のセットを取り出したり、筆を何本も舌の先で濡らしたりと、何もかもが非常にプロらしく見えた。グンナルがおぼつかないフランス語で、始終じっとしてなきゃいけないのかと尋ねると、そんなことは全然ないが、あまり動き回らないでくれると嬉しいと答えた。わたしはそろそろ誰かがこの茶番を止めるべきだと思い始めたが、誰も海岸で絵に描かれることに異存はないらしい。まああるとしたらヘンリックくらいだろうが、彼も皆の陽気さに押されたようだ。わたしは椅子の中に隠れるように、さっきのうたた寝に戻ろうとした。

長い間、誰も口を開かなかった。三十分近くも。その間トロエは真剣な表情でイーゼルの前に立ち、海岸でバカンス中のスウェーデン人一行を絵に描いていた。さっきまで楽々と続いていた会話が、なぜか少女の存在に途切れてしまった。女性陣まで言葉を発さなくなった。わたしはさらに数分間まどろんでいたようだが、沈黙を破ったのはアンナだった。

「そろそろランチにしない？　まずはちょっと海に入ってから、食事。どう？」

「それなら画家先生にお伺いを立てなきゃいけないんじゃないか？」エリックが言った。その声からは、この状況に飽きたのか、まだ少しは面白いと思っているのかはよくわからなかった。

カタリーナが大声で少女に呼びかけた。絵はうまくいっているかと尋ね、このあたりでいったん泳いでランチを食べるつもりだと伝えた。

少女の返事を、わたしは理解できなかった。あと二分だけちょうだい、そう言ったのだとカタリーナが説明してくれた。少女自身も休憩を取るつもりだと。

「厚かましいガキだな」ヘンリックがそうつぶやくと、妻とグンナルからすぐに訂正が入った。

「可愛い子じゃないか」グンナルは言った。「人を魅了する力があるよ。五年後にはどんな美人になってることか」

「やだ、あなたって変態だったのね」アンナは頭を後ろにそらせて不自然に大笑いした。わたしはそのとき、昼食後は家に戻ろうと決めかけていた。日陰を探して、独り静かに今後の計画を練ろうと。

わたしたちはまだその場でじっとしていたが、そのうちにトロエが深々とお辞儀をして、わたしたちの忍耐に対して礼を言った。

「見てもいい？」カタリーナが訊く。

少女は首を横に振った。「出来上がるまではだめ。午後か、明日には」

「まさかあと二、三日ここに座ってなきゃいけないわけじゃないだろうな」グンナルが言った。

カタリーナがそれをフランス語に訳すと、あとは昼食後に少しだけで大丈夫だということが判明した。

少女は皆と一緒に海には入らなかったが、レストランにはついてきた。誰が誘ったのかもよくわからないが、誘ったとしたらカタリーナかグンナルあたりだろう。ともかく、トロエは即座にエリックの腕を取り、〈ル・グラン・ラージュ〉まで腕を組んだままだった。ムステルラン岬の先端から東に二、三百メートルのところにあるレストランだ。少女はエリックに身体を押しつけていた。ときどき小さく飛ぶような足取りで、クラシックバレエのポジションを披露し、その間もずっとお喋りを続けている。エリックは少女に興味を示されてまんざらでもない様子だった。彼女の言うことはすべて理解できているというような表情を浮かべ、フランス語で冗談まで口にした。一度など、少女はエリックに飛びつき、口にちゅっとキスをした。

「気をつけなさいよ」アンナがこわばった笑い声を立てた。「あの子はひょっとすると思ってるより年上かもよ」

そしてアンナは、少女がエリックにやったようにグンナルに飛びついた。グンナルは当然それを予期しておらず、二人は砂の上に倒れこんだ。それを見たトロエは歓声を上げ、自分も二人の上に倒れかかり、しばらく無秩序なレスリングのような状態だった。意外なことにヘンリックまでその騒ぎに参加し、わたしだけがちょっと距離をおいて立っていた。

それから全員が立ち上がり、笑いながら息を整え、さらさらの砂を身体から払うと、少女がスウェーデン人というのは世界でいちばん面白い人種だと断言し、わたしを養女にしてくれたらいいのにとも言った。

「その場合は、あなたのおばあちゃんに書類にサインをしてもらわなくちゃね」カタリーナがいたずらっぽく言った。「さ、もうレスリングは終わり。ランチを食べてワインを飲みましょう」

最初の一文をフランス語で、後半をスウェーデン語で言ったものだから、カタリーナはそのあと両方とも通訳する羽目になった。

「おばあちゃんなら絶対に同意するよ」トロエはそう言って、一瞬真剣な顔つきになった。

「わたしのことをしつけのなってない、いたずらっ子だと思ってるから」

少女はまたエリックの腕にしがみつき、全員で〈ル・グラン・ラージュ〉へと歩き続けた。

それから二時間の間、シーフードを食べ白ワインを飲んだ。水色のパラソルの下でこんな騒がしいやつらと一緒に座っているなんて、奇妙な感覚だった。おまけに野生児のような少女まで加わったのだ。まるで極めて自然な仲間のように。わたしはそこで気づいた。エリックとは知り合って五日になる。残りのスウェーデン人たちとは一昼夜、少女とはたったの数時間。それでも一緒にここで飲み食いし、永遠の昔から知り合いかのようにがやがやお喋りしている。ドクターLには、何にでも疑問を呈しすぎるなと言われた。最後の治療を終えて、別れの挨拶をしたときに。それが自分の問題のひとつだというのは認識している。だが、この少し風の強い午後〈ル・グラン・ラージュ〉で、躊躇《ちゅうちょ》する権利くらいはあるはずだと思った。こいつらはいったい何者だったんだ?

何者なんだ──もちろんそう書くべきだ。わたしはなぜこの一団に交ざってしまったのだろう。エビや貝をつつき、白ワインを喉に流しこみながら、話すことでもあるというのか? 何をしているつもりなんだ? これを書いているのは深夜だ。ペンと分厚いノートを携えて、昨日と同じように外のテラスに座っている。エリックは家の中で眠っている。それともベッドで本を読んでいるのか。いや、読書をするにはワインを飲みすぎていた。そもそも彼は本が好きでもないし。知性がないわけではないが、本は読まない。わたしは改めて、ここから去るべきだと考えた。しかしこの状況におけるだるさのようなものがわたしを引き止めていた。景色は魅力的だし、それもここに留まっている一因だ。暑さと浅はかさ。砂丘、そしてそれに半分隠されたような低い石造りの家々、海。ここには大きな空間がある。それにスリリングな瞬間も。わたしにも把握できない、予期できない何かが。あの人間たちの表層の下には、別のものが眠っているような気がするのだ。表に現れ出るのを今か今かと待ち構えているようなものが。ついそのことを考えてしまう。彼らはなんらかの形でお互いを必要としているようだ。カップルでいるだけでは足りないかのように。それは当然、とりわけグンナルとアンナのカップルから感じ取れる。彼らは自分の相手には目を向けていない。常に他の皆の同意や承認を求めている、そんな感じがするのだ。少女トロエにまで。この観察結果が正しいかどうか、もちろんわたしには自信がない。こんなふうに人と関わることに慣れていないし、限界もある。いつの日か、これ以上我慢ができなくなる。単純に、そういうことだ。

とりあえず、トロエはずっと一緒にテーブルにいた。コカ・コーラを飲み、水で薄めたワインも一杯飲んだ。パリでもフエナンの祖母のところでも、食事のときはいつもそれを飲むのだと言って。彼女は全員を楽しませるために最大限の努力をし、わたしたちに乾杯の歌まで合唱させた。そんなことをするのはスウェーデン国内でだけ、それも別の種類の食事仲間に限定された習慣だと思っていたのに。少女はエリックとグンナルの間に座り、その二人にできるかぎり平等に魅力を振りまいた。片方の耳にキスすると、即座に同じことをもう一人にもやった。そしてやっと勘定書きが来たときには、自分の分を払うと言ってきかなかった。当然それは皆が許さなかったが。

海岸の元の場所に戻ったときにはもう三時半で、全員が寝そべった状態で心地よい海風に吹かれながら食後の午睡をむさぼる間、少女は絵を描き続けた。十メートル離れた位置で、大きく開いた脚が砂に埋もれた状態で。麦わら帽子は首の後ろにやり、可愛い顔に集中した表情を浮かべている。カタリーナ・マルムグリエンが別荘にカメラを忘れてきたことを悔やんでいたが、その気持ちはよくわかる。この少女には逆らえないような魅力があるのだ。頑固さのせいだろうか。他とは一線を画した魅力、それに惹きつけられる。そんな分析が真実に近いかどうかはわからないが、午後になるとアンナが無口になっていることに気づいた。少女との間に敵対心のようなものが育ちつつあるようだ。大人の女対子供という構図の。いや、大袈裟《おおげさ》かもしれない。よく知らない人間が何に突き動かされているのかを分析した経験はあまりないのだから。しかしグンナルが一度アンナの尻の下にそっと手を入れようとしたとき、やんわりとではあるがはっきり払いのけられていた。おまけにアンナはうなり返した。エリックもそれに気づき、わたしたちは陰謀を企むかのように相互理解の目くばせをした。そこでなぜかわたしは苛立った。エリックの視線にだ。アンナ・エリクソンの腿の下を這っていた手については、どうでもいい。

一時間ほどして、皆が昼寝を終えた頃――イーゼルの前では、トロエがまだ立ったままじっこく絵を描いていたが――船でル・グレナン諸島へ行ってみないかという話がまたもち上がった。ベグメイユから十五ないし二十海里のところに浮かぶ小さな島の集まりだ。ヘンリックとグンナルはランチの間もその話をしていた。岬の東側の小さな港から一日に何便か船が出ているが、個人で船を借りることもできる。どうやら二人とも船の操縦に多少の経験があるらしかった。そして今は、値段他の条件を調べようという話になっていた。近々、全員でそこに行ってみようじゃないかと。アンナとカタリーナはすぐに興奮して意見を述べ立てた。お弁当とワインと釣り道具を持参しよう。観光客に占領されていない自分たちだけの島。そこで過ごす贅《ぜい》沢《たく》な一日。突然、選ばれし者のような気分になった。彼らの心の中でエリート意識が奔放に育つのを見て、心の中では吐き気が募るなか、エリックがなんの意見も挟まないことに気づいた。そろそろこのカップル二組と行動を共にするのに疲れてきたのかもしれない。だがエリックの本心を推察するのは難しい。

ル・グレナン諸島の相談は、トロエが絵を描き終えたタイミングで中断された。いや、絵自体は完成していないのだが、もうじっとしていなくていいということだった。カタリーナがまた、出来栄えを見せてもらえないかと尋ねたが、だめだと断られた。でも明日か明後日には。ともかく完成させて、絵具が乾くまでは見せられない。少女は画材を拾い集め、リュックサックに突っこんだ。そのあと、少々驚くような行動を取った。ちょっと泳いでくると宣言し、帽子を投げ捨て、水着を脱ぎ捨て、裸で海岸を駆け抜けると、そのまま海に飛びこんだのだ。その後やっと口を開いたのはエリックだった。「まったく、なんてことだ……。こんなの、見たことがない」その声は、少し感極まったようでもあった。

トロエは五分後には戻ってきた。恥ずかしげもなくそこに立ち、赤いバスタオルで身体を拭いている。小さな乳首が立っている。股間には黒い毛の房がかすかに生えているのがわかる。まだ兆《きざ》し程度だが。まるで細い刃の上でバランスを保っているような演出だった。子供らしい無邪気さと卓越した演技の間で。わたしたちは皆、身動きできなくなったかのように少女を見つめていた。六人のうち誰も、人工的な静寂に終止符を打つための言葉をみつけられないでいた。

少女はまた水着を身につけた。そしてリュックサックと帽子を摑むと、手を振って別れを告げた。波打ちぎわをちょこちょこと歩いて、消えてしまった。

「まったく、なんてことだ」エリックがそう繰り返し、高らかに笑ったが、ちょっとわざとらしい笑いかただった。「なんて悪ガキだ！」

グンナルも一緒に笑いだし、間もなく他の皆もそれに続いた。十分後にはお開きになり、マルムグリエン夫妻は西へ戻り始めた。彼らの別荘は一キロほど内陸に行ったところにあるそうだ。ベノデ方面に行く途中に。残ったわたしたちは砂丘を東に向かった。誰も一緒に夕食を食べようとは言いださなかった。全体的に、疲労と麻痺《まひ》したような満腹感が漂っている。クルー・ルーというビーチにあるアンナとグンナルの別荘の前で別れたとき、また会おうとも会わないとも約束しないままだった。エリックは無口で物憂《ものう》げで、まるで何か悩んでいるみたいだった。別荘へと歩いて戻る間、ほとんど言葉を交わさなかった。わたしと一緒にいるのに疲れてきたのだろうかと思い、家に着くとはっきりと尋ねた。わたしはそろそろ旅を再開すべきだろうかと。

「いいや、そんなふうには思っちゃいない」エリックは答えた。「だけどおれたちは結婚してるわけじゃない、それは覚えておいてくれ。お互いに自由を与えなきゃ。きみに出ていってほしい日が来たら、はっきりそう言うよ」

「わかった。じゃああと数日は残ろうと思う」

「ここで役に立ちたいと思うんなら、いつでも夕食を作ってくれていいぞ」エリックはそうつけ足した。「卵がたくさんある。オムレツにちょっと野菜があればおれは満足だ。どうだい？」

わたしはうなずいた。二人でテラスの柵に水着やバスタオルを干してから、わたしは家に入り、キッチンの中でごそごそとやり始めた。

食事をして、それぞれビールを二本飲む間、他の四人について話した。とくに女二人について。「どちらかと夜を過ごさなければいけないとしたら、どっちを選ぶ?」エリックが尋ねた。そう言ったときの彼は驚くほど真剣な顔で、わたしは答える前に少し考えた。「難しい問題だな。決める前に両方試してはだめか?」

エリックはそれを完璧な答えだと受け取ったようだ。げらげらと笑いだし、テーブルにビールをまき散らす羽目になった。「勘弁してくれよ!　二人一緒にか、それとも別々にか?」

「別々にだ。じゃなきゃ集中できないからな」

エリックはうなずき、笑うのをやめた。そういうやつなのだ。一緒にいた数日の間、わたしは何度もそのことを考えた。彼は一秒の何分の一かの間に笑うのをやめられる。そういう意味では、笑いだすのも同じくらい早い。感情の起伏は激しいが、そこに深い意味があるようにも思えない。「そのとおりだな。何をするにしても集中が大事だ。アンナとグンナルのことをどう思う?　あの二人はお互いに対して集中しているように見えるか?」

「わからない。正直言うと、あの二人はかなりくだらないと思う。特に彼女のほう」

エリックは椅子の背にもたれ、テラスを囲む木の柵に砂だらけの足をのせた。柵は青く塗られ、少しペンキがはげている。エリックはビールを瓶から一気に飲んだ。「人間ってのは無駄に関係を結ぶ生き物だ」さらに、哲学的な声色を出そうとしながら続けた。「それが間違いなんだよ。二人でなきゃいけないと思いこむのが。あの二人も、常にカップルのふりをしていなければ、もっとずっと楽しめたはずだが。きみはどう思う？」

わたしは肩をすくめた。「女と暮らしたのはずいぶん前だからな。そういった事柄に結論を言える身分じゃない」

エリックはしばらく黙っていたが、それからこう言った。「なあ、おれはアンナを口説いてみたい気分だ。ただ反応を見たいがためにね。どう思う？　そうしたら、ちょっと状況が緊迫するな」

「彼女がその気になるという確信があるのか？」わたしは訊いた。相手がその質問を期待しているのを感じたからだ。

「昨日の夜、裸で泳いだときにそう感じたんだ。それにあのガキんちょに嫉妬してたじゃないか。気づいただろ？」

「あの子はかなり挑戦的だったな」

「それはそのとおりだ」エリックが笑った。「アンナはグンナルがあの子をじろじろ見ていたのも気にくわなかった。それは明白だった。彼が見つめるべきなのは自分だと思っているんだろう。女ってのはたいていそういう気質だ」

わたしは答えなかった。こういう類《たぐい》の会話がいちばん我慢ならないのだ。偽哲学的に安っぽく偏見をひけらかしたり、乏しい人生経験で物事を結論づけたり。酒を何杯か飲むと、すぐにそれが飛び出す。くだらない愚か者め。お前に人生の何がわかる。その腹にナイフを刺し、そのままぐるりと回してやろうか。同時に鏡を当てれば、お前にだって自らの目に宿る知識の欠落がいやおうなしに目に入るだろう。そうすればこんなお前でも少しは学ぶことがあるかもしれない。

自分でも、唐突に理路整然とした憎悪が湧いたことに驚いた。今までのところエリックにだけは友情のようなものを感じていたのに。しかしそれも今は吐き気をもよおすだけだった。

「だが実は、カタリーナのほうに興味があるんだ」エリックが言った。「彼女にはまるっきりちがった種類の女性らしさがある」

「じゃあなぜカタリーナを口説かないんだ」

エリックは黙りこみ、額の上でビール瓶を転がしていた。それからやっとこう言った。「リスクが大きすぎるからだ。巨額の投資をしたのに、配当はゼロかもしれないだろ。そう、だから彼女はきみに譲るよ」

「遠慮しておくよ」

夕闇が広がり始めた。ハリネズミが一匹、芝生の上を平和に闊歩して、庭道具の入った物置の下に消えた。今こそエリックがわたし個人について色々な質問をするタイミングだと思ったが、質問はやってこなかった。今回もまた。間もなく一緒に過ごして五日が経とうというのに、彼はまだわたしのことを何も知らない。初日の車の中で名前と住所は口にしたが、それだけだ。エリック・ベリマンほど純粋に周りの人間に無関心なやつには会ったことがない。それに気づくのに数日かかったが、今となってははっきりとそう思う。同時に、いくらか安堵も感じている。わたしのことを探ったり経歴を問いただしたりするような相手なら、こんなに曖昧《あいまい》な条件下で一緒に暮らすことは無理だった。一方で、なぜ彼がわたしをここにおいてくれるのかという疑問もある。その点についてはわからない。ホモセクシュアルな期待があるのだとしたら、完璧にそれを隠しとおせている。

エリックはビールを飲み干すと、タバコに火をつけた。

「とりあえず島へのクルーズには一緒に行こうと思う」エリックが言った。「彼らが船やその他のものをすべて用意するんなら」

「そうだな」そのあとは、もうあまり話さなかった。座ったまま、濃さを増す闇を見つめているだけで。十五分、二十分してやっと、エリックがもう疲れたから寝ると言った。わたしが、食事の後片付けはしておく、もうしばらく起きているつもりだからと答えると、エリックはうなずいて自分の部屋に消えた。しばらくラジオ局を選ぶ音が聞こえていたが、すぐに飽きたようだ。わたしは約束どおりテーブルを片付け、ノートと新しいビールをもって、またテラスに腰を下ろした。そうやって、今日という一日をまとめ始めた。わたしの記述がこれほど詳細なのを知れば、ドクターLは褒めてくれたはずだ。人にはそれぞれ独自の治癒能力がある、と彼はいつも言っていた。きみの場合は執筆だ。起きたことを書き残す。それが重要な要素、いや、もっとも重要なことかもしれない。

すべての問いに関してドクターLと同意見ではなかったが、この点については正しい評価を下した、そんな思いをさらに深めた。人間に道を選ばせるのは、言葉そのものなのだ。

時刻は十時半だった。闇の中で海の音が巨大な動物の吐息のように聞こえている。虫がランプの周りを飛び回っている。自分は強い、完璧な存在だと感じている。今一時的に付き合いのある人間たちに影響はされない。自分の核心にまでは手を出させない。彼らが外周にとどまっているかぎり、手の中のペンの如く簡単に扱える。

今夜最後の思考は、トロエへとさまよった。最初に、若い少女の身体に棲む老婆のようだというようなことを書いた。単にそういう印象が頭に浮かんだのだが、よく考えてみるとかなり真実に近い。頼みもしないのに現れた感想というのは、そういうものなのかもしれない。意外にも、重みと示唆をはらんでいる。よく考えて探求した場合には得られないような示唆を。即時性とでも言おうか。

あの笑顔には何か特別なものがある。若い身体から水着をはいだ、あの的確な手つきにも。経験を重ねた動きが処女地の上を踊りながら進んでいく。そんな表現を、こんなに簡単にできなければいいのにと思う。わたしの意識に入ってこないよう、遠ざかっていてくれればいいのに。今言ったばかりの即時性は、それ自体に確かな価値はない。今夜、少女の夢を見ないといいが。

ともかく、これから寝床に入る。心の中の平安はあくまで表面的なものであり、嵐と闇を示唆しているようだが、まだあと何日かはこの太陽に溢れた海岸に居座るつもりだ。

二〇〇七年七月のコメント

彼から始めたのは実に正しかった。完全に感情が麻痺した人間との無意味な会話を改めて読み返すと、自分を褒めたたえるしかない。あの夜、まだこうなるとはまったく予期していなかったのに、エリックの性格をちゃんと見抜いていたわけだ。この世の善の結集は、彼の死によって一切減りはしない。むしろ逆だ。だが、そんな道徳的な動機に突き動かされたわけではない。全然ちがう。まあそこを指摘して悪いことはないが。エリック・ベリマンが死んだとて、誰も悲しまない。ムステルランで乱されたバランスを再び取り戻すのに、五年もかかった。取り戻し始めるのに。散々な五年間だった。数えきれない夜、腕の中の少女の身体を夢に見て、冷や汗をかいて目を覚ました。数えきれないほどの瞬間、絶望の淵に立ち、自らの命を絶とうとした。

　しかし起きてしまったことに癒しを与えるのは、わたしの死ではない。彼らの死だ。行動には影響が伴う。わたしが下す正義は道具のようなものだ。すべてが実に単純なことで、それにとらわれるつもりはない。美しい朝にエリック・ベリマンの腹にナイフを刺したとき、わたしは身体に新鮮な空気が流れこむのをはっきりと感じた。

　それ以上、説明の必要があるだろうか。

二〇〇七年八月一日～七日

6

クリスティーナ・リンド・ベリマンは四十歳くらいの黒髪の女性だった。

まず受けた印象は、驚くほど落ち着いているというものだった。たった一人の弟がナイフで刺されて殺されたばかりだというのに。まあ、すでに一昼夜は経っているが。それに、心が落ち着くような薬を飲んだのかもしれない。そこで彼女が医者であることを思い出した。それなら、その手の対策にも慣れたものだろう。

お決まりの挨拶がすみ、コーヒーも紅茶も水も断ってからまず彼女が発した言葉に、グンナル・バルバロッティは自分の判断が正しかったことを確信した。彼女は、本当に落ち着いている。

「弟とは特に仲が良かったわけじゃないんです。まずはそれを言っておいたほうがいいと思って。わたしに話を聞かなければいけないのはわかるけど、何も貢献できないとはっきり言っておきます。何ひとつね」

それはそれは……。ということは、とりあえず期待しすぎてはいけないということだな。

「ほう、そうなんですか。もう少し詳しく説明してもらえますか？」

彼女のほうも異存はなかった。目のふちから小指の関節で小さなゴミか何かを払い、話し始めた。

「わたしのほうが五歳年上なんです。他に兄弟はいません。お互いにとって大切な存在になるのには、ちょっと歳の差がありすぎた。若い頃は、もっと大人になればうまくやれるんだろうと思った時期もあったけれど。期待することで自分を騙していただけね。そうはならなかった。エリックは永遠に大人にはならなかったの」

　クリスティーナはそこで黙り、最後のコメントへの反応を待っているようだったが、バルバロッティはそのまま続けるよう手で合図した。

「そう、永遠に大人にはならなかったんです」クリスティーナは繰り返した。「結局成熟しなかった。十代の頃の価値観を一生もち続けているタイプの男ですよ。何もかもがゲームみたいなもの。周りの人間は、飽きたら捨てればいいおもちゃなんです。特に女性はね。まだ少年サッカーの更衣室にいるのかと思うくらい。辛辣《しんらつ》な言いかたかもしれないし、こんなこと言いたくもないけど、今ここでごまかしても仕方ないですから」

　そうだな、ごまかしても仕方がない。バルバロッティもそう思い、なんとなく肩をすくめたが、われながらその仕草にどういう意味があるのかわからなかった。

「残念ながらお金には一度も困らなかったから、自分の好きなように遊び暮らすことができた」バルバロッティが次の質問を投げかける前に、クリスティーナは続けた。「両親が常に弟を支えてきたからです」

「ですが、弟さんの会社はうまくいってたでしょう」

「ええ、最近はね」クリスティーナは顔をしかめた。「でもその前に父と母が何百万つぎこんだかは知らない」

「なるほど。つまりあなたの弟さんは甘やかされたお坊っちゃまだと」

「そんなところです。おまけに共感力もなかった。なんの苦労も知らずにセーリングばかりしているからといって、共感力まで欠けている必要はないのにね。そう、弟についてはもう何年も前に期待を捨てました」

「どのくらいの頻度で連絡を取っていました?」

「まったく取ってませんよ。クリスマスに会うのもやめてしまったくらい。両親がクリスマスにもスウェーデンに戻ってこなくなったし。スペインに家を買ったからです。それに弟の友達なんて一人も知りません。だから、なんの力にもなれない」

「いちばん最近会ったのは?」

クリスティーナは少し考えてから答えた。「去年の夏ね。それも偶然会っただけなんです。リィセシルのカフェで。わたしはリィセシルに住んでいるから。そこの病院で働いているんです。弟は友達二人と一緒にクルーザーで来ていた。ちょっと挨拶しただけよ」

「でも、友達を紹介されたでしょう」

「ファーストネームだけね。わたしが観察したかぎり、二人ともエリックと同じ類《たぐい》の男だった。よく日に焼けて、大口をたたいて、ちょっと二日酔いで。名前も覚えてないわ。ミッケとパトリック、とかそんな感じだったと思うけど」

バルバロッティはうなずいた。なんと素敵な家族だ。いたって強い絆で結ばれている。「あなたとご両親の関係は良好ですか?」

クリスティーナは驚いたように片眉を上げた。「弟が殺されたことと、わたしと両親の関係がどう関わってくるのかわかりませんけど」

「それでも、答えてもらうことはできますか?」

「それについても、話すほどのことじゃありません。ええ、正直言って、わたしはあの家族の中で浮いた存在なんです」

「なるほど、そうなんですね。訊かなければいけないので訊きますが、弟さんを殺しそうな人に心当たりはないですか」

「ありません」

「理由は?」

「殺した理由ですか?」

「ええ」

「それも同じことね、まったくわかりません。弟が誰かにひどい態度を取ったのは想像に難くない。そのうちの誰かが弟を刺し殺したのでは?　でもあくまで推測だし、なんの役にも立たないでしょう?」

「弟さんが殺されて、まるで驚いていないように聞こえますが」

「もちろん驚いています。知っている人が不幸に遭ったら必ずそうでしょう?」

おれは間違っていた――バルバロッティはその十分後、クリスティーナ・リンド・ベリマンをエレベーターまで送りながら思った。心を落ち着ける薬は、この場合は必要なかったようだ。

「当ててみて」エヴァ・バックマンが言う。

「二十五人か？」グンナル・バルバロッティが答えた。

「ちょっとちがう。正解は十九人。でも充分最悪でしょ？」

「そのとおりだな。見せてくれ」

バックマンからリストを手渡され、バルバロッティはアンナ・エリクソンという名前の列に素早く目を通した。そしてこう指摘した。「何人かはスペルがちがう。Eriksson じゃない」

「十九人のうち三人は Erickson、一人が Erikson。犯人がスペルミスをしていないと仮定するなら、十五人に減る。この犯人はちゃんと名前を綴れると思う？」

バルバロッティは紙をデスクに放り出した。「おれにわかるわけないだろう」その声は苛立っていた。「ところでシムリンゲ在住かどうかは、どうやってわかるんだ」

「わかるなんて一度も言ってない」バックマンは胸の上で腕組みをした。「今のところ、確実な数字は、被害者が一人ってことだけ。それでは情報として弱すぎるでしょう……でもそれを指摘する必要はないわね。ところで、エリック・ベリマンのお姉さんはどうだった？」

「優等生タイプだ。だが弟のことは何も知らなかった。おれがマックイムシの交尾儀式に疎《うと》いのと同じくらいに」

「マックイムシ……？」

「ただの一例だ」

「いったいどこからそんな」

バルバロッティは肩をすくめた。「クリエイティブになるのは大事だろ？　どんなことでも頭に浮かぶ。さて、アスナンデルは大勢のアンナたちについてはなんと？　全員に警備をつけるのか？」

「まだ決定はしてない。シルヴェニウス検察官やヨーテボリ署と話し合い中よ。とりあえずヨーテボリからは二、三人応援を送ってくれるみたい。それに加えて例のプロファイラーも来る」

バルバロッティは時計を見た。「あと五分でグリムレに話を聞く時間だ。そのあとでまた少し話せるか？　ゆっくり落ち着いて情報を洗い直してみよう」

「もちろんやってみましょう。ベリマンの両親に時間がかかりすぎなければね。もうわたしの部屋で待っていると思う」

バックマンは立ち上がり、一瞬躊躇《ちゆうちよ》した様子を見せたが、そのまま部屋を出ていった。


バルバロッティは三十分間アンドレアス・グリムレに話を聞いた。終わるとすぐにテープを聞き返し、何も聞き逃していないかどうか確かめた。

聞き逃してはいないようだった。バックマンが言ったとおり、グリムレについてはかなり共感力の高い男だというのがわかった。それにまともな男だ。ベリマンの会社には、そういう人間が一人は必要だったのかもしれない。皆が言うように、エリック・ベリマンが嫌なやつだったんだとしたら。

グリムレはまた、死んだ同僚について少しは明るいことも語ってくれた。仕事以外ではほぼ付き合いはなかったと主張しつつも。だってエリックは独身なんですから。グリムレ自身はここ五年、妻と犬と子供が二人いる。ぼくたちは人生の別の段階を生きているんです。いや、すみません、いたんです。

生きているベリマンを最後に見たのは死ぬ前日だという。二人ともヤーンヴェーグス通りのオフィスに五時まで残っていた。基本的には何もかも普段と同じだった。ベリマンに特段変わった様子もなかった。誰かに追われているとは言っていなかったし、そんなそぶりも一切なかった。

会社はこれからどうなるんです？　バルバロッティは尋ねた。

グリムレはまだわからないことを認めた。エーリングス社の税理士が間に入り、その点を調べているところだという。色々と問題があるかもしれない。おそらくグリムレと、ベリマンの両親との間で決着をつけることになる。うまくいけば、事業を続けられるだろう。ここ三年はなかなかうまくいってたのだから。

ショックかどうかって？

もちろんショックを受けている。何かあれば、なんでもいいですから言ってください。その狂人を捕まえる手伝いができるのなら、やりますから。

でもエリックが殺されたのはたまたまなんですよね？　犯人はそこで待ち構えていて、通りかかった最初の人間を刺しただけでしょう？

バルバロッティは曖昧《あいまい》にうなずき、そういう可能性もあると言った。捜査はまだ始まったばかりの段階で、犯行の動機について言及するのは早すぎるとも。

エリック・ベリマンに敵はいましたか？

いいえ。

ライバル会社は？　なんらかのビジネス絡みということは？

まさか！　アンドレアス・グリムレは本気で否定した。もちろんライバル会社はあるにはあるが、この業界はフェアプレイです。エリックはやばいやつにでも出くわしてしまっただけ。それ以外には考えられない。

なぜだ。グリムレが会社という視点だけでベリマンを見ているとしたら、同僚のプライベートに巣食っていた悪魔のことを知り得たわけがない。見方が少々偏《かたよ》っているのが自分でわからないのか？

しかしすでに昨日の聴取十二ページ分がプリントアウトされているわけだから、今日はこのくらいでいいだろう。

「ベリマンからこれまでに、匿名《とくめい》の手紙が届いたという話を聞いたことはないですか」別れの握手もすませ、グリムレが部屋を出ていこうとしたときになって、バルバロッティは尋ねた。

「匿名の手紙？」グリムレは無防備で正直な顔に、非常に驚いた表情を浮かべた。「いいえ、いったいなぜ匿名の手紙なんか。なぜそんな質問をするんです」

バルバロッティ警部補は答えなかった。少しでも捜査に関係しそうなことを思いついたらすぐに連絡がほしい、とだけ言って。

アンドレアス・グリムレはそうすると約束し、別れの挨拶をし、犯人捜しの成功を祈った。


バックマンに電話をして、〈王様のグリル《クングス・グリッツレン》〉で打ち合わせを兼ねたランチに彼女を誘おうと思ったときに、ヨーテボリからプロファイラーが到着した。

そういうわけで、代わりにプロファイラーと昼食を共にすることになった。クルト・リリエスコーグという名前で、以前何かの折に会ったことがある気がする。リリエスコーグのほうもそう思ったが、いつどこでだったのかは二人とも思い出せなかった。

リリエスコーグは六十歳くらいの痩せ型だが俊敏《しゅんびん》そうな男で、自分の職業に潑剌《はつらつ》とした情熱を燃やしていた。まるでティーンエージャーのように。あるいは、犯人プロファイリングという手法を開発したのは自分で、今そのアイデアを伝道し売りこむためのツアー中だとでもいうように。犯人を捜すのを楽しんでるようだが、それを恥じてもいない。

「手紙を書く犯人というのは実に珍しい」リリエスコーグはまずそう言った。「少なくとも、実行にも移すようなやつは。いやあ、いいレストランだね。よくここに食べに来るのかい?」

バルバロッティは、自分も同僚たちも、署の食堂が味気なくなったときに頻繁《ひんぱん》に来るのだと説明した。ここの家庭料理は文句のつけようがない。今日は二人とも日替わりランチを頼んだ。

ハンバーグとマッシュポテトのコケモモのジャム添えだ。窓ぎわの席に落ち着き、さっそくプロファイリングを開始した。

「今回捜している犯人は、ともかく承認欲求が強そうだ」リリエスコーグが言う。

そういう犯人のことなら過去に百回は聞いたが――だが、そのとおりかもしれない。「もっと詳しく説明してもらえませんか」

「もちろんだ。そのこと自体は犯人について多くを語らない。基本的にはあらゆるタイプの暴力犯罪者に当てはまるからな。自分は充分に注目されていないと皆が感じているが、その根源は遙か昔の子供時代に遡《さかのぼ》ることが多い。さらには人生を生きるうちに、自分の至らなさや失敗により強められてしまう。つまり、犯罪に走る根本的な原因だと言える」

「なるほど。それで、なぜ手紙を書くんです？」

「考えられる理由はふたつ」リリエスコーグはそこでハンバーグを真っぷたつに切り分けた。「ひとつめは、捕まりたいという欲求だ。心の底では自分がやっていることに満足しておらず、警察に止めてもらいたい」

「ちょっと待ってください。あなたは犯人が複数の人間の命を奪うことを前提で話してますよね。このアンナ・エリクソンについても本気だと思うんですか？」

「それがもっともらしいと思う。殺すつもりにしている人間のリストがあるのかもしれない。それが三人なのか七人なのか、ひょっとすると十二人かもしれない。これまでになんらかの形で犯人に意地悪をしてきた人間かもしれないし、電話帳から適当に拾っただけかもしれない。

エリック・ベリマンとアンナ・エリクソンの二人に接点があったかどうか、まだわかっていないんだろう?」

「今のところはまだですが、チームでそれに取り組んでます。ベリマンのもっとも親しい交際範囲にアンナ・エリクソンはいなかった。それは確実に言える。だから今当たっているのは知り合いの知り合いといったところだ。だがそれも少々厄介でね、というのも……」

「手紙のことを公にしたくないからだろう」リリエスコーグが言葉を継いだ。その瞬間、興奮しているようにも見えた。「それは正しい判断だと思う」

「失礼。あなたはさっき、ターゲットを適当に選んだ可能性もあると言いましたね。それに、本当は警察に捕まえてもらいたいから手紙を書いたと。わたしに捕まえてほしいんでしょうか? それと、もうひとつの理由というのは? さっき、ふたつあると言ったでしょう」

リリエスコーグは急いで口の中の食べ物を嚙み、コケモモジュースでそれを流しこんだ。

「なぜきみ宛に書いたかというのは、難しい質問だ。きみとなんらかの関係があるのかもしれない。例えば、きみが昔ひっとらえた犯罪者とか。そういう可能性も頭に入れておきたまえ。しかしきみの名前を知っていただけでも充分なんだ。新聞やテレビで見かけたのかも……電話帳に住所は載っているのかね?」

バルバロッティはうなずいた。

「それでも充分なんだ。きみがそいつを知っているかどうかはわからない。むしろ逆で、わたしは知らないと思う。それにきみのもうひとつの質問、ふたつめの理由だが。そう、それはもちろん、不思議な人物だという可能性だ」

不思議な人物だって？　まるで屋根の上のカールソン（リンドグレーンの童話の主人公で、背中にプロペラのついた不思議な男）の話をしているみたいじゃないか。「つまり……？」

「つまり、もっと合理的な理由があるというわけだ。その男が――仮にこれが男だとして――手紙を書くのには。警察の捜査を難航させ、捕まらないようにするためにね」

リリエスコーグはそこで黙りこみ、恍惚《こうこつ》とした表情を浮かべてバルバロッティを見つめた。

バルバロッティはナイフとフォークを置いた。ナプキンで口を拭き、リリエスコーグが言ったことを理解しようと努める。

「警察の捜査を難航させる？　意味がわからなくなってきた。手紙を書くことで、なぜ捜査が難しく……」

リリエスコーグは人差し指を立てた。「それはわからない。それに、そうだともかぎらない。わたしが言いたいのは、きみたちの捜査を邪魔するのが目的だということだ。手紙によって何かを見えづらくしているんじゃないか？　なぜ手紙を書いてくるのかという疑問に、多くの労力が使われるからね。本来は別のことに傾けるはずの労力が」

バルバロッティは考えこんだ。それは魅力的な考えにも、完全にありえない考えにも思えた。

「単に、このベリマンを殺すことだけが目的だったのかもしれない」リリエスコーグが興奮したように続けた。「だからきみたちの集中を分散したいのかも。あらゆる方面にね。そういう意味では成功したと言えるだろう？」

「それが本当だとしたら」数秒間じっと考えたあと、バルバロッティは口を開いた。「つまり、相当計画的な犯人ということじゃないですか」

リリエスコーグはテーブルに身を乗り出し、声のトーンを下げた。「いいや、これは稀に見るほど計画的な犯人だよ。言うまでもなく、われわれはとんでもなく複雑な問題を解決しなければいけないんだ。とんでもなく複雑な問題をね」

「どうだった？」その三十分後にエヴァ・バックマンが尋ねた。「プロファイラー氏は」

「まったく話にならない。でも最悪なのは、彼の言うことが的を射ているかもしれないことだ」

「どういう意味？」

「的を射ているってことさ、もちろん。正しいかもしれない」

「はいはい、それはわかった。だけど何よ、例えば」

「例えば、われわれが追っているのはかなり頭のいいやつかもしれない。自分のやっていることを……二度も三度も熟考してから犯行に及んだ男」

「自分のやっていること？」エヴァ・バックマンが叫んだ。「ある男性を刺し殺し、手紙を二通書いた。あなたの言いかただと……なんだか、まるで始まったばかりみたい。そんなふうに言う根拠は？」

「あまりない。自分が間違っていればいいと思うよ。きみはどう思う？」

エヴァ・バックマンはあきれたように頭を振り、汚い言葉を吐いた。「ああだこうだと考える時間なんてないし。次々と参考人を聴取して、休みなく働いているんだから」

「それは困ったな」

「午前中はずっとベリマン氏の両親に話を聞いていた。そしてこれから独身仲間四人に取りかかる。アスナンデルとシルヴェニウスおじさんがアンナ一同を見張る決定を下したりしたら、当分、家族生活は忘れたほうがいいわよ」

「おれに家族生活はない」バルバロッティが思い出させた。「だがまあ関係ない。アンナの中でもとりわけ興味深いアンナはいないのか?」

エヴァ・バックマンは肩をすくめた。「うち二人は十二歳以下。ともかくその二人がもっとも興味深いアンナではないことを願うわ。でもそれ以外に十七人残ってる……シムリンゲに限定してもね」

「シムリンゲにこだわらなければどうなる」

「どうなると思う?」

ああまったく――バルバロッティは自分の部屋に戻りながら思った。吐き気がしてきた。これはまったく異常だ。

五秒間は自分の席に座っていられたが、そのあとアスナンデル警部から電話があり、相談に呼ばれた。

7

「ヨーテボリ署のアストル・ニルソンだ」アスナンデル警部がバルバロッティに紹介した。「当面きみとバックマンで捜査を担当し、このニルソンにも手伝ってもらえ。いいな?」

「はい」

アスナンデルはいつものように入れ歯に問題があった。話しているうちにずれて外れてしまうのだ。そのせいで、毎回なるべく短い発言しかしない。この入れ歯というのは、金属バットで絶妙に狙った打撃に端を発している。十年以上前に、ドラッグでハイになった悪党にやられたのだ。その事件以来、アスナンデル警部はデスクで仕事をしている。外での任務に参加することはなく、取り調べすら滅多にしないし、週刊誌三、四誌のためにクロスワードパズルを作成して小さな副収入も得ている。それでも彼はシムリンゲ署の犯罪捜査部のトップであり、定年まで少なくともあと二年はあった。

バルバロッティはアストル・ニルソンと握手を交わした。五十代半ばの体格のいい男で、その手は万力のようだ。ヨーテボリいち力もちなのだろう。二人はアスナンデルの部屋の来客用椅子に腰をかけた。アスナンデル自身はデスクの前に座り、四台ある電話をすべてオフにした。

「鑑識は何も。痕跡もなし。複雑だ」

「目撃者は?」バルバロッティが尋ねた。「ベリマンが家から出るのを見た人間や、ジョギングコースですれ違った人間は?」

「今のところはいない」アストル・ニルソンがアスナンデルを喋る苦労から救ってやった。「だがこれから入ってくるかもしれない。近所の人やその他あらゆる人たちに話を聞いて回っているところだからな。ところで、女性が一人、ジョギング中のベリマンがキッチンの窓の外を通り過ぎるのを見たという。朝六時過ぎの話だ。八十二歳で、朝は早くに目が覚めるらしい。だがベリマンがジョギングに出ていたことはすでにわかっていたことだからな」

「そのときは一周して戻ってこれなかっただけで」バルバロッティも言う。

「ああ、そうだな」

「捜査に口を出すつもりはない」アスナンデルが宣言し、苛立った視線でバルバロッティを睨《にら》みつけた。捜査の進捗状況を話し合うために呼ばれたわけではないらしい。バルバロッティはヨーテボリの同僚と視線を交わしてから、うなずいた。

「アンナ・エリクソン」アスナンデルがまた口を開いた。「決めなければ」

アストル・ニルソンが咳ばらいをし、話し出した。本日のプログラムをきちんと把握しているようだ。バルバロッティが来たときにはもうこの部屋に座っていたし、ひょっとすると朝からずっといたのかもしれない。

「仮の標的が十九人いる」ニルソンが言う。「全員に電話をかけた。まずは自宅の固定電話、それから携帯電話に。十六人が電話に出て……」

「ちょっと待ってくれ。誰がかけたんだ。何を言った？」

「何も」アスナンデルは嚙みつきそうな表情だった。

「二人が全員にかけた」アストル・ニルソンが言う。「ボリセンとシランデルが。……そういう名前でしたね？」

「そうだ」

「つまり、ボリセンとシランデルが全員に電話をかけ、アンナが出たとたんに切った。一言も言わずにだ。五人は自宅の固定電話に出て、それ以外は携帯電話……おそらく職場にいたか、この天気だ、外に出ていたんだろう」

アストル・ニルソンは窓のほうへ頭を振ったが、そこでは悲しげにブラインドが下りていて、陽の光が一筋入ってくるだけだった。「何人かはこの町からずっと遠くにいるのかもしれない。これは、一発目の仮の電話だから……」

「失礼」バルバロッティが割って入った。「どういう戦略なんです？　その女性たちに警告するつもりなのか、それとも……」

「決める！」アスランデルが叫んだ。

「それを決めなきゃいけないという話なんだ」アストル・ニルソンが説明した。

気の毒なやつめ――やはり午前中ずっとここに座ってアスナンデルとやり合っていたのか。

「なるほど、わかった。まずは状況を説明しなければ、到底守りきれないからな。だがあなたがたはつまり、何ひとつ話さないほうがいいと？」

アスナンデルの歯が、心配になるような音を立てたが、なんの言葉も出てこなかった。

「きみはどう思う」アストル・ニルソンがバルバロッティに尋ねた。

「ふうむ。多数決でも採るか？　わたしは当然、すぐにでも彼女たちに状況を知らせるべきだと思う」

「なぜだ！」アスナンデルが吠えるように訊いた。

アストル・ニルソンが安堵と思わしきため息を洩らした。ほう、どうやらおれは正しい側についたようだな。

「なぜかと言うと……」バルバロッティはゆっくりと切り出した。まともな動機づけを探しながら。「もちろん根拠がいくつかある。だが……守るという側面がいちばん重要かと。もう一人殺されるのを止められるなら、それに越したことはない。わたしの記憶が正しければ、それが警察の任務の基本では？　市民を守るというのが。だが間違っていたら教えてください」

「ぐううう」アスナンデルがそう言って、ボールペンを二つ折りにした。

「その他の側面もある」バルバロッティが続けた。「エリック・ベリマンとアンナ・エリクソンが知り合いだとしたら、アンナ・エリクソンがそれを教えてくれるんじゃないだろうか」

「そのとおり！」アストル・ニルソンが叫んだ。

アスナンデルはまたうなり、ぶつぶつつぶやいた。「人手が」と聞こえた気がする。そしてアスナンデルは立ち上がった。

「きみらが担当。わたしに報告。行け」

バルバロッティとアストル・ニルソンはアスナンデル警部の部屋を出た。

「くそ、まったく」廊下に出るとアストル・ニルソンが口を開いた。「もう家に帰りたいよ。今まで経験した中で最悪の午前中だった。こんなこと、うちのレオンベルガーが仔犬を産んで以来だ。いつもあんなななのか？」

「機嫌の悪いところはまだ見ていないようだな。おれの部屋で相談しようじゃないか。おれの理解が正しければ、われわれ二人が捜査幹部らしいからな」

「ああまったく……」アストル・ニルソンはそう言って、嚙みタバコを口に入れた。

「被害者の名前を公表する必要があるということね？」エヴァ・バックマンが言った。「つまり、エリック・ベリマンの」

「他に被害者はいたかな？」バルバロッティが訊く。

「揚げ足を取らないで」

「電話がけを意義あるものにしたいなら、アンナたち全員に被害者の名前を伝えなければいけない」アストル・ニルソンが断言した。「だが村のほうではもう噂が広まってるんじゃないかと思うが。そういうもんだろう。それから、ベリマンと接点があったかどうかも尋ねなければ。少なくとも、誰だか知っているかどうかくらいは……。そうすると、即座に警護という問題にぶち当たるわけだが、おれの理解が正しければ……」

「それについてはソリセンがすでに計画している」バックマンが請け合った。「今のところ、あくまで紙の上でだけど。アスナンデルの言うとおり、こういうことはいくらでも労力を奪うからね」

「ちょっとズルをするという手もあるぞ」アストル・ニルソンが指摘した。

「そう?」バックマンが尋ねる。

「ああ。すべてはバラさずに女性たちに話を聞くこともできる。怯えさせてしまったら、元も子もないしな。だから、エリック・ベリマンのことだけ尋ねるんだ。彼女がどう関係があるかはバラさずに。なあ、きみたちならどうする?」

アストル・ニルソンの視線が、バックマンとバルバロッティの間をさまよった。バックマンは自分の靴に目を落とした。バルバロッティは窓の外を見つめた。そして五秒が過ぎた。

「オーライ」バルバロッティが言った。「第一段階としてはそれを試してみようじゃないか。それならおれたち三人だけでも担当できる。まずは電話をかけ、なるべく早いうちに面と向かって会えるようにも手配するんだ。ああ、そういえば何人かはバカンス中だったか」

「十九人中十六人に連絡がつくことはすでにわかってる」バックマンが言う。「つまり、話を聞くためにここに呼べばいいのね?　できれば明日」

「ああ。その方向性でいこう。少なくとも、この町周辺にいるアンナについては。マヨルカ島やタイにいるアンナまで呼び戻す必要はないが」

「で、訊くのはエリック・ベリマンを知っているかどうかということだけか」アストル・ニルソンも訊いた。「そういうことだな?」

「ああ。電話ではそれだけだ。何か面白い情報をもっていそうなアンナがいたら、即座にここに呼ぶ。そこからどうするかは明日考えよう。それでいいか？」

エヴァ・バックマンがうなずいた。アストル・ニルソンもうなずいた。

「では……ここにリストがある。アンナ・エリクソンという名をもつ十九人のご婦人がただ。きみたちが六人ずつ、おれが七人かけよう。現在の時刻は二時。二時間後にまたここで集合して、報告し合おうか」

「おれにも部屋が必要だ。少なくとも電話が」

「ついてきて。まったく問題ないから。署の半分は夏休み中よ」

部屋で独りになったバルバロッティは、ヴィースビィから帰ってまだ二十四時間も経っていないことに気がついた。もう一カ月は経ったような気がするのに。

そしてこの建物の外のどこかで、殺人鬼が警察に一歩先んじている――。

何も出なかった。

それが今日の成果だった。

夜の八時にバルバロッティは警察署を出た。連絡のついた十六人のアンナ――その全員が前に一度警察からの電話を受けているが、そのことには気づいていない。そのうちの誰も、殺されたエリック・ベリマンと知り合いではなかった。二人だけ、誰だか知っているというアンナはいた。一人は、夫がヤーンヴェーグス通りのベリマンのIT企業と壁一枚隔てて同じ建物内で働いている。もう一人は中学のとき、同じ学年の別のクラスに通っていたという。アンナのうち八人はシムリンゲの自宅にいて、そのうち五人が殺人事件のことを知っていた。あとの四人はスウェーデンの別の場所に滞在していて、さらに四人はバカンスで外国にいた。

つまり、残る三人とは連絡がつかなかった。彼女たちもグスタボー症候群か——バルバロッティは北広場《ノッラ》を横切りながら鬱々《うつうつ》と考えた。マリアンネにも連絡がつかないのだ。

とにかく不満が心に募った。おれたちはいったい何をしているんだ。観客もいないのにはしゃぎまわる道化師のようだ。予断をもたずに捜査するのがルールだが、こんなのめちゃくちゃじゃないか。

リリエスコーグが口にした可能性のふたつめが正しいとしたら、つまり、緻密に計画を立てる犯人なのだとしたら——これまでおれたちのやってきたことはどれも、犯人のもくろみどおりだったのかもしれない。誰にだって想像がついたことだ。そうじゃないか？

エリック・ベリマンが殺されて一日半が経過したのに、わずかな痕跡も摑めていない。自分自身に至っては、一日じゅう別の方向に注意をそらされていた。まだ起きてもいない犯罪のほうに。こんなに簡単に、警察の人材を望む方向に向けられるとは。バルバロッティは昔の郵便局のスローガンを思い出した。〝一通の手紙がとても大事〟そういう歌詞の歌謡曲もあった気がする。

そして、数年前に新聞で読んだ銀行強盗のことも思い出した。記憶ちがいでなければ、ドイツでの事件だった。犯人たちは、ある町の銀行三軒に爆破予告を出した。警察はあるかぎりの人材を投入したが、襲われたのは四軒目の銀行だった。

明日また手紙が来て、今度は別の名前が書かれていたら？　おれたちはどうすればいいんだ。

警察が連絡したアンナの一人が、何が起きているのかに気づいてしまったら？

そして最悪のシナリオは……アンナの一人が本当に殺されてしまい、その犯行について警察は事前に情報を得ていた、なのになんの警備対策も取らなかったことが公になったら――？

いいや、明日アンナたちに話を聞くときには、カードをすべて表に向けなければいけない。

それにどれほどの経費がかかったとしても、仕方がない。

公安警察に連絡して、三十八人ほど加勢を送ってもらってはどうだろうか。大物政治家なんかを守るときはそうするものだろう？　警備対象一人につき二人の警護。だがもちろん、大臣と平凡なアンナ・エリクソンでは話がちがうか。

それともアンナ全員を署にかくまうという提案をしようか。それが疑いなくいちばん簡単で安上がりな選択肢だ。

その考えが頭に浮かんだとき、そろそろ家に帰って数時間くらいは眠らなければいけない時間だと気づいた。

明日のことを思いわずらうな――まったく、正しい助言だ。

8

しかし、眠りに落ちるなど無理だった。

だから当然、いつものようになった。もうこれ以上目を開けていられなくなるまで本を読んだのに、まぶたを閉じたとたん、頭の中が蜂の巣のように騒がしくなった。仕方なく十二時半に起き出し、冷蔵庫からビールを取り出し、デスクに向かった。薄闇に座ったまま、窓の外のシムリンゲ川を見つめる。今年は乾燥した夏だというのが見て取れた。街灯が褪《あ》せた黄色の楕円を水面に投げかけているが、フィルターがかかり、くすんだ色合いになっている。水かさが低く、捨てられた自転車などのがらくたが泥から顔を覗かせている。美しい光景ではなかった。こんなにドロドロでは、誰かを溺れ死にさせることもできない——グンナル・バルバロッティはビールを一口飲んだ。

なぜそんな考えが頭に浮かぶのかは、考えてみなければわからない。

ランプを灯し、新しいノートを開いた。頭の中身を少しは構成してやったほうがいいだろう。それでたいてい、蜂の巣も静かになる。古い紅茶の缶からペンを一本取り出すと、考えを巡らせた。それから素早く、四人の名前を書いた。

エリック・ベリマン
アンナ・エリクソン
グンナル・バルバロッティ
犯人

四人目は人の名前ではないと気づいたが、それがこの騒動の出発点なのだ。その名前を知ることが。四人の登場人物それぞれを丸で囲った。しかしどうにもならない。犯人という単語のあとにチェック印を入れ、三十秒間凝視した。それでもどうにもならなかった。バルバロッティはそのページを破り、ゴミ箱に捨て、もう一度やり直すことにした。今度は大きな四角を描き、その四隅に名前を書いた。各名前に下線を引き、対角線も引いた。結果を凝視する。しかしまたページを破り、ゴミ箱に捨てた。まったく、ばかばかしい——。

代わりに疑問点を書き出してみることにした。十分後には、二十も集まった。そこで手を止め、考えた。どの質問に答えが書けるのかやってみよう。ペンを嚙み、集中した。

さらに十分後、答えはまだゼロのままだった。くそっ、どうにもなりやしない。二十の疑問に対して、まだひとつも答えがないのだ。捜査が進んだとは到底言えない。

ともあれ、まだ一日しか働いていない。重要な答えをみつけるには、まずは重要な問いかけをすることが大事だ。それは昔から変わらない決まりであり、バルバロッティは一瞬、わが主と対話を試みようかとも考えたが、うまい言葉がみつからなかった。それが正しいことだとも思えない。五年前の取り決めでは、記憶が正しければだが——だって遺憾ながら契約書のようなものは残っていないわけだから——進行中の捜査に直接関係する支援を頼んではいけなかったはずだ。言ったとおりわが主は全知全能ではないし、何よりも捜査官ではないのだから。しかししばらく悩んだのち、バルバロッティは妥協策をみつけた。

ああ、神よ——バルバロッティは祈った。出口を見失った警官の暗鬱《あんうつ》な頭に、どうか光をお与えください。自分ではどうにもならないし、なんのあてもないのです。あなたの大いなる慈悲のもと、一本の藁をお与えください。これはポイントとはまるっきり関係のない問題ですが、それはどうでもいい。明日の昼までに正しい方向に一歩でも進めたと思えれば、あなたに一ポイント加算します。いいですね？　ところで、あなたはもう十一ポイントも勝ってますよ。いやはや、おめでとうございます。

バルバロッティは神からの返答に耳を澄ましたが、聞こえてくるのは川向こうの栗の並木をやかましく通り過ぎるバイクの音だけだった。フーリガンどもめが。町じゅうを起こすつもりか？　警察に通報したほうがいいな。

それからビールを飲み干し、またさっきの問いを凝視した。五分間、あと五分だけ。

それが神の導きなのかどうか、それはバルバロッティにもなんとも言えなかったが、炭坑の奥深くから現れるように、ある考えがゆっくりと心に浮かび上がってきた。もしくはマルチタスク能力が完全に崩壊しかけているのか。暗い穴——遺憾ながら男という生き物は一度にひとつのことしか考えられない、それが改めて証明されたような。

どうしてもアンナたちのことが気になるのだ。それに犯人と被害者の関係も。だってもし……そう考えた瞬間、夏の薄闇に一時半を告げるカールス教会の鐘が響いた。だってもし……犯人と被害者、そして被害者同士に接点があるとしたら。つまり、どこかの異常者が電話帳から適当に名前を選んだのではないとしたら、犯人にとっては甚大なリスクになるはずなのだ。予定している標的その二の名前を、こんな形で警察に教えることは。

被害者その二が被害者その一と知り合いだと考えられるのだから――いや、知り合いとまで言うと言いすぎかもしれないが。同時にバルバロッティはつま先立ちでキッチンに向かい、ビールその二をもってきた。思考の糸を途切れさせないように、豹《ひょう》のように的確に俊敏《しゅんびん》に。なんらかの接点があるのだとしたら、さらには被害者その二が警察にそういった情報を提供できるとしたら……？

……それなら最終的に、その二人の最小公倍数、つまり、犯人が誰なのかを割り出すことができるのか？

犯人――バルバロッティは頭の中で繰り返した。

その犯人が本当に、プロファイラーのリリエスコーグが言ったように、ミリ単位で計画するような恐ろしいやつだとしたら、それはつまり……？

……そうだとしたら、アンナ・エリクソンが殺される前に警察と話す機会を与えるなんて奇妙としか言いようがない。ああ、そうか！

そういうことか。バルバロッティはビールを一口飲み、窓の外を見つめた。この分析に欠陥はあるだろうか。いや、みつからない。これは、今後の捜査にどういう影響を与えるだろうか。数秒で答えが出た。そう、明日十六人のアンナたちに話を聞いたところで、情報は何ひとつ得られない。まあ、そんなに大人数ではなかったが。今この町にいないアンナが何人もいるのだから。シムリンゲから遠く離れている。しかしそれでも……でも……。

……だって、正しいアンナ・エリクソンはかなり高い確率で、小さなグループのほうに属しているのだから。連絡が取れなかった三人のほうに。

彼女の死が計画に含まれているなら、もうあまり時間は残っていないだろう。あるいは、すでに死んでいるか。

バルバロッティは座ったまま、落ち着いてその結論を解析しようとした。二本目のビールも飲み終え、一日のこの時間帯だからこそこんな結論を簡単に導き出せたのだと思う。真夜中に、デスクで独りビールを片手に。ドロドロの川に下弦の月。

この推測が正しいはずだという事実が、ずっしりと重くのしかかってきた。それから、天上の権力者がトランプでソリティアをするイメージがまた浮かんだ。

ほらみろ、とバルバロッティは思った。今日もまた、クリアできたじゃないか。最終的には。たぶんだが。

翌朝、警察署の駐輪場でエヴァ・バックマンと出くわした。

「昨晩、あることを思いついたんだ」バルバロッティは控えめな口調で伝えた。

「わたしもよ」エヴァ・バックマンもうなずいた。「先に言わせて。力を注ぐべきなのは三人のアンナだと思う」

「いったいなぜだい？」

「説明させて。だって……」

「ストップ、ストップ！」バルバロッティが遮《さえぎ》った。「おれが思いついたのとまったく同じことだ。だから説明しなくていい。今日の聴取はすべてキャンセルしよう。守るべきアンナがいるとしたら、それは昨日連絡がつかなかったうちの一人だ」

「だめよ。それは無理。三度目の電話をかけるなんて気の毒。聴取はラーションとシランデルにやらせましょう。わたしたちのほうで質問のリストを作って。質問したからって別に困ることはないでしょう。それにたったの八人よ。でも手紙のことは一言も洩らしてはいけない。これがどういうことなのかは悟られないようにするの」

バルバロッティは少し考えてから「オーライ」と答えた。「そのとおりかもしれない。だがきみとおれで残りの三人を捜そう」

正面玄関をくぐったとき、バックマンが一瞬、バルバロッティの腕に手を置いた。「グンナル。わたし、とても嫌な気分がしてきた。たぶん……たぶんこれは稀に見るほど残忍な犯人よ」

バルバロッティは立ち止まり、バックマンを見つめた。そして急に、ふたつのことに気づいた。

ひとつは、バックマンが今までそんなことを言うのを聞いたことがない。

もうひとつは、彼女は実に正しい。
「そういう可能性は高い。だがきっと、解決できるはずだ」

九時十五分前にはもう、連絡のつかないアンナが三人から二人に減った。モリーン巡査が控えめにバルバロッティの部屋のドアを叩き、アンナ・エリクソン四十二歳と連絡が取れたことを報告してきたのだ。現在ノルウェーのロフォーテン諸島で夫と子供たちとバカンス中だという。このあたりは携帯の電波が微妙で、今日はたまたま諸島最大の町スヴォルヴァールのカフェにいたから携帯電話が鳴った。なんのご用件？

モリーンはその問いには答えなかった。警察のほうであなたと同じ名前の女性を捜しているんですが、現在シムリンゲにはいないということで、あなたではなかったようです。
「そう仮定して大丈夫ですよね？　このアンナではないと」とモリーン巡査が訊いた。バルバロッティが同意し礼を言うと、巡査は廊下に消えていった。

残るは二人だ。

そのうち一人は、グリムスタルンズ通り三十二番に住むアンナ・エリクソンだった。五十六歳で、離婚しているが成人した子供が二人いる。今は独り暮らしで、病院でバイオ医学の分析官として働いているが、現在は夏休みの三週間目。あと一週間残っているという。携帯電話を所有しているが、この二日間警察の電話には応答していない。

アンナ・エリクソンその二は三十四歳で、住所はスコール通り十五番。入手した情報によれば、スフィンクスという名の広告代理店に勤めているが、そこは八月の頭まで夏季休業で閉まっている。結婚はしておらず、住まいが四十平米のワンルームアパートであることから、独り暮らしだと推測できる。

「スコール通り十五番なら、ここからほんの三分じゃない」エヴァ・バックマンが言った。ここ三十分ほど、バルバロッティの部屋で書類と格闘していたのだ。「ちょっと行って、近所の人たちに話を聞いてくる。皆が別荘に出かけてしまう前にね」

バルバロッティはうなずき、窓の外に目をやった。

バックマンの言うとおりだ。高気圧に覆われじりじりと焼けつくようだった。

「そうしてくれ。だがまだ家宅捜索にはちょっと早すぎるよな?」

「家にいるかもしれないしね」バックマンは楽観的な発言をした。「電話番号が古かっただけかもしれないでしょ? どちらにしても、グリムスタルンズ通りのアンナにも連絡は取り続ける。そうしましょう」

「そうしてくれ」バルバロッティはまたそう言って、シャツの袖をめくった。「おれは当面、銃後を守るつもりだ」

この日の〝銃後〟は三時間にわたる打ち合わせと報告でできていた。アストル・ニルソンもプロファイラーのリリエスコーグも同席している。二人とも、シムリンゲ・ホテルに宿泊しているようだ。アスナンデル警部もほとんど会議室にいたが、一言も口を利かなかった。隅に立っているだけで、入れ歯を吸いながら、成りゆきを見守っている。少なくとも、そのように見えた。顔には苦々しい、見透かせないような表情を浮かべている。

姑の葬式に出ているような顔だな。ある瞬間、バルバロッティはそう思った。

最初に前に立ったのは、法医学者のカルヴァンゲルだった。一年前までKで始まるカールソンというごく平凡な苗字だったのに。特許庁がなぜその新しい苗字を認定したのかという疑問は、警察署内で何度も口に上っている。バルヴィンケルというペンネームで人事課に投書があったほどだ。

しかし今日の議題に苗字のことは入っていなかった。カルヴァンゲルは二十五分間にわたり、基本的には皆がすでに知っていることを詳細に報告した。エリック・ベリマン三十六歳が火曜の早朝にシムリンゲ川のティルグリエン園芸店付近で、ナイフで五カ所刺されて殺害された。少なくともそのうちの二カ所が致命傷。最後に刺されたときには、すでに意識を失っていたと思われる。死体の傷からは確実な犯人像はわからないが、ある程度の信憑性があるのは、犯人はそこそこ力が強く、同じくらいの信憑性で彼（もしくは彼女の可能性もある。可能性としては低いが）は右利きである。争った形跡は認められなかった。犯人は死体になんの手がかりも残していない。少なくとも、DNAの分析ができるようなものは。襲われた時刻は六時四十分から五十分の間だと思われる。周知のとおり、死体は六時五十五分に発見された。

カルヴァンゲルの報告の後半は、ナイフがベリマンの身体のあちこちを貫通した様子と、そのナイフのおおよその外観についてだった。まっすぐな片刃のナイフで、鋭く砥がれ、長さは十五から十八センチの間。いちばん太い箇所で幅三・五センチ程度。

「つまり、キッチンナイフのようなものか?」アストル・ニルソンが尋ねた。

「そんなところだ」カルヴァンゲルはそう答え、他に質問はなかったものだから、そのまま鑑識の責任者に場を譲った。彼のほうはまだカールソンという苗字だった。頭文字がKではなくてCだが。

　カールソンは犯行現場のことから話し始めた。鑑識の捜査は非常に残念な結果に終わったという。犯人の身元につながるような手がかりは何もみつからなかった。現場のすぐ脇の、伸び茂った藪《やぶ》に何箇所か踏まれた痕があったから、被害者を待つ間、犯人はそこに立って隠れていたのかもしれない。しかし現段階ではそれ以上はなんとも言えない。ベリマンの衣服にも特におかしな点はなかった。半ズボンに、自分の会社インフォマテックスのロゴが入ったTシャツという姿だったが、ベリマンの命を奪った犯人は、相手に触れる必要もなかったはずだ。ナイフで触れただけで。五回も。

　それからカールソンの話は例の手紙二通へと移った。今現在、二通とも詳細な分析のためにまだリンショーピンの国家犯罪科学捜査研究所《SKL》にあるが、すでにいくらかわかっていることがある。まず、指紋は検出されなかった。封筒からも紙からも。手紙の送付者は、切手を貼るために自分の唾液を使う必要もなかった。現代的なシールタイプの切手だったからだ。封筒の中からは非常に小さな、おそらく猫の毛であってもおかしくないようなものが発見された。猫の毛のごく一部とでも言おうか。だが詳しい情報は、ＳＫＬからの報告を待っている。

「猫だって？」グンナル・バルバロッティが口を開いた。

「ふうむ、なるほど」リリエスコーグも言った。「この手の犯人がペットを飼っているのは珍しくない」

「わかった。続けてくれ」

カールソン警視は続けた。犯人が使った紙と封筒はごくありふれた種類のもの。少なくとも、スウェーデン国内においては。ペンはおそらく、すでに推測していたとおりパイロット社の〇・七ミリ径。手紙が投函された場所としてはヨーテボリであってもおかしくない。二通とも。

「おかしくない？」

「ああ。だがリンショーピンという可能性も捨てきれない」

「なるほど」バルバロッティが言う。「鑑識からは他に何か？」

　他には何もなかった。そこで話は、エリック・ベリマンの知人隣人親戚への聞きこみから判明した内容へと移った。三十六人に対して聴取が行われ、そこそこ理解可能な全体像を摑むために、イェラルド・ボリセン――別名ソリセン《悲しみ》がテープをすべて聴き、プリントアウトした供述調書にも目を通すという作業を行った。どうやってそれをすべてやりおおせたのかは謎だが、ソリセンはもともと全体的に謎だとされている人物だ。控えめで寡黙で、ちょっと気難しい。そして、あだ名のとおり、少し悲しげで。

　ソリセンの報告は一時間近くかかり、エリック・ベリマンの人物像がいくぶんははっきりした可能性はある。もっとも親しい友人、つまり毎週一緒にバーに繰り出す三、四人の独身男たちのことだが、彼らの間でも、エリックの人生に入りこむのは難しいという認識だった。ちょっと偏屈、という表現まで飛び出した。人生の大部分をバーで過ごしていたというのに。酔ったときでさえ――そういうことはしばしばあったのだが――心を開くことはなかった。そのことを強調するために、ソリセンはラスムス・パルムグリエンという男の発言を引用した。小学校一年生のときからベリマンを知っている男だ。「よくわからないやつだったよ。常に別の場所にいたいような様子でね。何を考えているのかよくわからなかった」なお、エリック・ベリマンはけちではなかった。ソリセンいわく、推測するに、その点こそが社交生活を可能にしていたようだ。金はいつだって充分にあって、頻繁《ひんぱん》に他人におごっていたという。それは多くの人が認めるところだった。敵がいたと考えられるかどうかという質問、つまり、五回くらいナイフを刺してもいいと思っていそうな知人がいたかどうかは、ヒントになるような情報を誰ももっていなかった。ベリマンは争いを好むタイプではなかった。けんかが始まったり怒声が上がったりしたら、むしろ隠れるタイプ。女好きというわけでもなかった。女には興味がなかった、とさきほどの友人パルムグリエンが証言したのだが、女たちのほうもベリマンに興味を示さなかった。ホモセクシュアルだったのか？　聴取に呼ばれた複数の人間がその質問をされたが、誰もはっきり肯定はしなかった。一方で、百パーセントありえないとも言い切れない。結論としては、エリック・ベリマンはその性生活においても――性生活があったとしてだが――それ以外の部分と同じく謎に満ちていた。

「つまり、なんの個性もない男ってことか」アストル・ニルソンが言った。

「ある意味そうだな」そう答えたソリセンの顔に、誓ってもいいが、わずかに赤味が走ったのをバルバロッティは認めた。その表現は、ソリセン自身を表していてもおかしくないものだったから。本人もそれに気づいたようだ。

エリック・ベリマンと十年前に数カ月だけ同棲していた女性はまだみつけられていない、とソリセンは説明した。名前はウルリカ・シグリズドッテルだが、エリックと別れてわりとすぐに海外に引っ越した、と彼女について質問を受けた何人かが語ったそうだ。

ソリセンはさらにもう十分間報告を続けたが、ちょうどそのあたりでバルバロッティは集中力が途切れてきた。

結局のところ、エリック・ベリマンは偶然襲われたんだとしたら？　リリエスコーグだってその線は考えられると言っていたじゃないか。それなら今こんなふうに、死んだ人間のことを丹念に調べ上げるのになんの意味がある？

犯人と被害者になんの接点もないのだとしたら。

刺されたのが別の誰かであってもおかしくないなら。

偶然だったと考えると、不快な気分になった。なぜだかそれには我慢できない。というのも、その可能性は……そう、なんだろうか。人生は否定の余地がないという真実、そこに脆弱性《ぜいじやく》が潜むことを意味するからか？　つまり、誰でも襲われる可能性があるという現実を突きつけられたわけだ。今日はご機嫌な赤ら顔でも、明日には死んでいる。生きている状態と生きていない状態の差はミリ単位で、コンマ一秒にも満たない。予測を立て、百パーセント確実な答えを算出したとしよう。それでも、黄昏《たそがれ》の国に横たわるときには、どこかで計算がおかしくなったわけだ。そういうことだろう？　この国で殺される人間の数は毎年同程度だとはいえ、被害者一人一人が、例えばエリック・ベリマンのような被害者が、法則のようなものがあるとして、それに従っているとはかぎらない。唯一確実なのは、誰にでも死が訪れるということだけ。それも、毎回サプライズのように訪れる。まあともかく、ほぼ必ず。

例えば今この瞬間に、マリアンネが生存しているかどうかも確実にはわからないのだ――急にそんなことを考えた。すると、パニックが静かに襲ってきた。そして今日が木曜日だということに気づいた。彼女の子供たちが携帯電話をもってゴットランド島にやってくる日だ。それとほぼ同時に、その番号を知らないということにも気づいた。子供たちの携帯電話なのかもしれないのだ。マリアンネのではなくて。それでも一応彼女の番号にかけてみよう。もちろんそうしよう。やったからといって何も困ることはないのだし。ともかく自分の携帯電話は一日じゅうオンにして、出られるようにしておこう。マリアンネから最初の電話がかかってきたときにとり逃さないように。今この瞬間にも会議室を出て電話をかけたいくらいだった。もしかしたら子供たちは朝早いフェリーでもう島に着いているかもしれない。そんな時間に船があればだが。

それからなんの前触れもなく考えた。今からちょうど五年後、おれはどんな人生を過ごしているのだろう。マリアンネと結婚しているだろうか。それなら、どこに住んでいるのだろう。

マリアンネにシムリンゲに越してきてもらうなんて、もちろん無理だよな？　一方で、おれをこの町に縛りつけているものは？　そんなもの、何もない。サラは巣立ってしまったし、おれは小鳥のように自由じゃないか。世界のどこでも好きな場所に住んでいいのだ。

ソリセンが話し続けている間、バルバロッティの考えは坂を下る雪玉のように転がり続けた。五年後、そもそもまだ警官をやっているだろうか。またちょっと法学に戻ってみたっていいのだ。法の〝裏面〟はもう充分に見たからな……。だが検察官になったところでたいして楽しそうでもない。シムリンゲの間抜けな検察官どもを見てみろ。あいつらより陰気な人間が他にいるか？　ところで、五年後に自分が生きているという保証がどこにある？　ついさっきそのことを考えたばかりじゃないか。カールソンが報告している間に、小さな心臓発作を起こしたかもしれないのだ。ごく小さな心臓発作かもしれないが、五十を越えていないからといって、確実なことなど何もない。

重要な事情聴取がまだいくつも残っているので――ソリセンがそう言い訳して報告を終えた。報告書はどれも、いつものフォルダ内で閲覧可能だとつけ足して。バルバロッティの脳内の思考活動は、損益分岐点のぎりぎり上をいっていた。もしくはぎりぎり下か。とにかく力を振り絞って目を開けていたが、やっと理解できた唯一のことは、ゴットランドからの帰途に自分がなんらかの時差ボケになってしまったことだった。

そして、今の自分は世界いち有能な犯罪捜査官ではないだろうということも。

9

「おれは頭がどうかしてしまったようだ。もう会議で報告を聞いていられない」

エヴァ・バックマンは陰鬱《いんうつ》な微笑を浮かべてバルバロッティを見つめた。「あなたがどうかしてしまったというのには同感だけど、三時間の会議を我慢できなかったからというのは理由にならないんじゃない？」

「そうか？　まあ警部補殿がそう言うならそうなんだろう。で、アンナたちのほうはどうだった？」

「うち一人についてはなんとなく摑めてきた気がする。グリムスタルンズ通りのアンナのことよ。ヴェルムランド地方のグルムス近辺で秘密の愛人とベッドの中で抱き合っててもおかしくない」

「ちょっと待て。彼女は五十六歳で独身じゃなかったか？　なぜ関係を秘密にする必要が……」

「それは偏見よ。それに、秘密こそがスパイスなんじゃない？　そんなことくらい、頭がどうかしてしまった男でもわかるはず。この場合、愛人のほうが既婚者なのよ」

「ここから遠く離れたグルムスで？」

「ええ、ここから遠く離れたグルムスで」

グンナル・バルバロッティは椅子にもたれ、考えた。「面白いな。人間というのは信じられないくらい面白い人生を生きているわけだ。いやはや、そんな歳になっても……。この仕事のおかげで、そういうことには詳しくなるもんだ」

バックマンはため息をついた。

「ねえ、そろそろ少し集中しない？　その点についてはあと数時間で裏が取れるんだから。ひょっとすると本人とも話せるかも。ただ、もう一人のアンナのほうはあまりうまくいってなくてね」

「うまくいってない？」

「正確には、まるっきりうまくいってない。近所の人何人かと話してみたんだけどね。スコール通りのアパート群のひとつに住んでるんだけど、あのあたりはわりと近所付き合いがあるみたい。あと女友達とも話せた。それで心配になったのよね……」

「なぜだ」バルバロッティはペンとノートを取り出し、メモを取り始めた。「なぜ心配なんだ」

「なぜかというと、ハンナという女友達と、漠然とではあるけれど今週の金曜日からゴットランド島に旅行に行こうという話をしていたんですって。そう、つまり明日からよ。なのに、今週一度も連絡が来ていない。日曜からこちら」

「ゴットランド？」

「夏にゴットランドに行くのはあなただけじゃないのよ。そう思ってるなら言っておくけど」

バックマンは辛抱《しんぼう》強く諭した。「ともかく、その女友達はアンナと連絡が取れないのを不審に思ってる。何が原因だと思うかと訊いてみたら、それはもちろんあのダメ男コンヌのせいだろうと」

「コンヌ?」

「わたしの台詞をいちいち繰り返して疑問符をつけないでよ。自分でわかってる?」

「そんなことしてない。ちょっと疲れてるだけだ。で、コンヌというのは?」

「アンナがくっついたり別れたりしてる相手みたい。ボーイフレンドとでもいうのかしらね。二人は……そう、二人は最近かなりもめていたらしい。あんな最悪な男となぜ一緒にいるのか謎だと、女友達は話していたわ」

「なるほど。それで、その最悪な男自身はなんと?」

「まだ連絡がつかない」エヴァ・バックマンがまたため息をついた。「コンヌ・ヘーンリンド。自ら工務店を経営しているけど、そこは夏の盛りは閉まっている。携帯電話を三台もっているから、三台ともにメッセージを残したわ」

「ヘーンリンドとベリマンの関係は?」

「今のところまだ何もわかっていない」

「そうか。じゃあ電話がかかってくるのを待つしかないってことか」

「そのとおり。その間に楽しめるボードゲームなんてもってないわよね?」

バックマンが部屋を出ていったあと――オフィスにトランプも置いていないせいなのか、他の理由なのかはわからないが――ものの一分もしないうちに今度はアストル・ニルソンが書類を手にやってきた。

「失礼するよ、尊敬する同僚。重要な情報が入ったんだ」

「素晴らしいじゃないか」バルバロッティは答えた。「聞かせてくれ」

アストル・ニルソンは咳ばらいをした。「互いに知り合いではない目撃者が二人も、エリック・ベリマンがあの運命の朝にジョギングをしていたのを目撃している」

「ほう、それはそれは」

「一人はジョギング中で、六時二十分頃に跳ね橋のあたりですれ違っている。もう一人もジョギング中で、六時二十五分に給水塔のあたりですれ違ったという。二人とも、ベリマンは間もなく殺されそうな様子ではなかったと証言している」

「スピードが観察力を鈍らせる。おれの経験で言えばね。他には何も言っていなかったのか?」

「残念ながら何も。彼らがその付近で別の人間も見かけていたら面白かったんだが、誰も見かけていないらしい。二人とも」

「だが二人とも現場を通過したんだな?」

「ああ、十分前と十五分前に」

「ということは、殺人鬼はすでにそこに隠れていたわけか」

「そこへ向かう途中でなければ、そうだな。だが言ったとおり、誰も見かけていない。残念だな。いや、きみならどう思う？」

「まあ座ってくれ。ところで、きみはなぜうちに貸し出されたんだ？　つまり……」

「貸し出されるのはいつもおれなんだ」アストル・ニルソンは穏やかな声でそう言って、腰かけた。「ここ二年、必ずそうだ。ある事件で、上司に歯向かったんだが、おれが正しかったのが我慢できなかったんだろうな。クビにすることはもちろんできないから、ヨーテボリから二万キロの範囲内で加勢が必要になると、おれが出動ってわけだ。正直言って、特に異論はない。あちこち旅行できるしな」

「だがきみは警部だろう」

「ああそうだ」

バルバロッティは相手をじっと観察した。昨日の午前中アスナンデルと過ごしたストレスは、すでに解消されたようだ。打ち解けた様子で、来客用の安楽椅子に脚を組んで座っている。サンダルの中で指を上下に動かしながら。よく日に焼け、後退した髪は短く刈りこみ、体重は百キロ近くありそうだ。太っているわけではないのに。ちゃんと精神のバランスがとれた破城槌《はじょうづち》のようだ――とバルバロッティは思った。人生のあれやこれやを経験してきた五十五歳。

「実際のところ、この事件のことをどう思う？」

アストル・ニルソンはあきれたように両腕を広げた。

「まったくひどい事件だよ。ちっともおれの好みじゃないな。実際、こういうタイプには今まで出くわしたことがない。これでもかなり色々見てきたほうなのに」

バルバロッティもうなずいた。「じゃあ、これからどう進めたらいいと思う？　何か見過ごしていることは？」

アストル・ニルソンはその力強い肩をすくめた。「ないと思う。こんなこと認めたくないが、まるで被害者その二が出るのを待っているみたいだよな。ベリマンと、アンナのうちの一人に何か接点があるはずなんだから」

「そのとおりだ。おれがバックマン警部補のことを正しく理解できているなら、今、正しいアンナに電話をかけているところだ」

「正しいアンナ？」

「そう。しかしここ数日行方がわかっていない。ということは、なんとなく予測がつくだろ？」

「くそっ、なんてことだ。ともあれ、ここの署は仕事が早いな」

「どうかな……まあ、たまにはね。だが正しい方向に進んでいるのかと問われると、確実とは程遠いよ。別のアンナだと判明する可能性もある」

「エズビィン在住のアンナだったり、クアラルンプール在住のアンナだったりするってことか」

「そういうことだ。楽観的でいられる理由などない気がする」

それから五時間経った今も、やはりその理由はないままだ――警察署の中庭の駐輪場から自転車を取り出しながら思った。時刻は七時四十五分で、言葉に尽くせないほど美しい夏の夜で、スコール通りのアンナ・エリクソンは結局午後じゅう連絡がつかなかった。工務店経営の最悪男コンヌのほうも、連絡するようにとの警察の要請にもかかわらず、連絡してきていなかった。しかしバルバロッティをいちばん懸念させているのは、そこではなかった。

ゴットランドからなんの連絡もないことだ。

「やけに暗い顔じゃない」エヴァ・バックマンが指摘した。

「人生ってのは悪い冗談みたいなもんだ」

「さあ、自転車を漕いで家に帰って、マリアンネに電話でもしなさいよ」バックマンが励ますように言った。「そうすれば警部補氏も生きる気力を取り戻せるでしょう?」

「助言をありがとう。きみのほうは月曜からの夏休みは取りやめにしたのか?」

バックマンはあきれたように頭を振った。「一週間遅らせることにした。ヴィッレが一人で子供たちを別荘に連れていってくれるから、わたしも来週の金曜に追いかけるつもり」

二人は並んで自転車を漕ぎ始めた。バックマンの声は、夏休みの開始日が変更されてもそれほど不満を感じているようには聞こえなかった。バルバロッティはそのことに気づいてちょっと驚いた。それから、お互いの人生がこれほどまでにちがってしまったことについて考えた。自分の人生とエヴァ・バックマンの人生。二人とも基本的には同年代で、どちらも犯罪捜査官で警部補で、三人ずつ子供がいる。

こんな素敵な夜に、自分の子供が手の届くところにいないというだけでも大違いだ。一人はロンドン、あとの二人はコペンハーゲン。それが急に、痛いほど遠く感じられた。エヴァ・バックマンのほうは今から十分もしないうちにテラスハウスの玄関をくぐり、三人のわが子全員と会うのだ。おまけに夫にまで。やはりそれはかなりのちがいだ。

「何を考えてるの?」エヴァが尋ねた。

「特に何も。ここで曲がるよ、また明日」

「おやすみ。素敵な夢を見てね」バックマンは投げキスを寄越した。

まったくそのとおりだ。孤独な人間には素敵な夢を見る権利がある。それ以外何もないのだから、夢の中の人生くらいは充実していたいもんだ。


マリアンネが電話をしてきたのは、十時十五分だった。彼女の声を聴いて、バルバロッティは急に、溺れ死ぬ最後の瞬間に救助されるのがどんな気分なのか理解できた。同時に、襲いくる感情の起伏が怖いほどだった。こめかみで血がどくどくと打ち、舌が口の中でくっついている。一方マリアンネのほうは、しごく落ち着いていて、声の様子もいつもと同じように聞こえた。

おれはいったいどうしてしまったんだ——バルバロッティは恐怖におののいた。受話器を握る自分の手を見てみろ。震えてるじゃないか!

マリアンネは、子供が持参した携帯電話の調子がよくなくて、と説明した。だから連絡がこんなに遅くなったと。

「じゃあきみは今、ハグムンドとヨランダのキッチンにいるのか?」

「そうよ。ちょっと遅くなっちゃったけど、幸いなことに二人はまだ寝てはいなかった。あなたのほうはどうしてた？」

「おれは……きみが恋しい」バルバロッティはやっとのことで唾を飲みこんだ。

「あら、いい感じね。だからたまには離れたほうがいいの。恋しい気持ちを思い出すために。手紙の送り主はみつかった？」

「いや」マリアンネとは、仕事の話などはいちばんしたくない。だが彼女が訊くのも無理はなかった。手紙のせいでグスタボーから予定より早く引き揚げなければいけなくなったのだから。だから今、電話線のこちら側とあちら側に座っているわけであって。身体と身体をぴったり合わせてではなく。「だが捜査は進んでる。きみのほうはどうだ？　子供たちは元気に到着したんだろう？」

マリアンネは声を立てて笑った。「ええ、もちろん。でも犯罪捜査官に会えなくてちょっとがっかりしてる。あなたはなかなか評価が高いみたいよ。ダーリン」

ということは、おれはあの子たちをたぶらかしてしまったのか。三人ともすっかり丸めこまれたわけだ。こういう心理をなんて呼ぶんだったか……グルーチョ・マルクス症候群？　自分のような人間を入れたがるクラブなんかには入りたくないという独特の心理。

「ははは。まあ思春期の子供たちがどんなふうだかは知っているだろう。靴下よりも頻繁《ひんぱん》に意見を変えるんだから」

それと同じくらい気の利いた台詞を一ダースほど交わしたあと、マリアンネが急に声を落とし、ちょうど排卵があって、二人サイズのベッドに独り寝するのにはちょっと飽きてきたと言った。バルバロッティのほうは、排卵はしていないが、人生の残された日々を――いや正確に言うと夜を――すべて彼女と同じベッドで過ごすつもりだと伝えた。そのベッドが小さな犬しか入らないようなサイズだったとしても。そのときどうやらヨランダがキッチンに用があって入ってきたらしい。その音がシムリンゲにまで聞こえてきた。マリアンネは深いため息をつくと、おやすみと言い、近々ヴィースビィまで出て新しい携帯電話を調達すると誓った。絶対に子供たちには知られないようにだけど。グスタボーのルールをおおっぴらに破るわけにはいかないから。

電話を切ると、グンナル・バルバロッティはビールを手にバルコニーに出た。まったくなんてことだ――マリアンネのことがこんなに大事になっていたなんて。彼女を失ったら、額に一発撃ちこむしかない。

そのまましばらく座っていた。ビールを飲みながら、夕日の名残を見つめる。パンパス地区の上、そしてオンゲルマンランド地方の高層アパートの後ろに、夕日がぼやけた淡い黄色の陽《かげ》炎《ろう》のようにかかっている。そしてあのニシコクマルガラス。町中の屋根や市民公園のニレの木にねぐらを定めるために、鳴き声を上げながら群で飛んでくる。バルバロッティはそれを見つめていた。今年はちょっと早いんじゃないか？　ちがうか？　ニシコクマルガラスの飛来は毎年、少し涼しくなった秋の夜だと記憶している。つまり、八月末か九月。だがもちろん、一年じゅうどこかにいることはいるのだろう。他の生きとし生けるものと同様に。そしてバルバロッティはまた考えた。ホワッツ・ア・マン・ウィズアウト・ア・ウーマン――しかしこの夜も歌詞の続きは出てこなかった。

ビールが終わると、やっと自己憐憫《じこれんびん》に満ちた洞察から脱し、現在進行中の捜査に考えを寄せられるようになった。殺人犯のことに。

手紙を書いて寄越す殺人犯。その手紙がこの事件を独特なものにしている。特別にさえ思える。刺殺体が発見されただけだったら、もちろん警察はそれでも全力を尽くして捜査しただろうが、これほど重々しいレベルにはならなかっただろう。新聞各紙はまだ死んだ男の名前を公表していないが、明日にはされることになっている。それが正しい判断なのかもしれない。手紙の存在やアンナ・エリクソンの名前も公表するのが正しいことなのかもしれない。そうすることで、何かを知っている誰かを捜し出せるかもしれないのだから。

一方で、パニックを煽るのは簡単だ。タブロイド紙がとりわけ好むものがあるとすれば、まさしくそれなのだから。人々の心の奥に潜む恐怖と苛立ちと憎悪を引き出し、ある一点に集約させるのだ。なんらかのスケープゴートに。昔ならそれは特定の民族、つまりユダヤ人やジプシーもしくは共産主義者だったが、今や個人がターゲットだ。例えば大臣。あるいはアルコール依存症の俳優。もしくはシムリンゲの世間知らずな犯罪捜査官でもいいんじゃないか？　大虐殺に秘められた原動力というのはそれなのだ。新聞が存在しうるかぎりの昔からそうだった。現在でもそれはしっかりと機能している。俗悪さと汚らわしさを織り交ぜながら。

タブロイド紙では、テレビ画面に映る偽物のバストで唇にシリコンを入れた金髪女が、世界の別の場所――つまりストックホルムのストゥーレ広場《プラン》以外――で起きた大量虐殺よりも大ニユースになるのだ。この国が今ほど浅はかだったことはあるだろうか。これ以上にひどいタブロイド紙がかつて存在しただろうか。

殺人犯はどこまでそれを理解しているのだろうか。警察の捜査に大幅に支障をきたすと知って手紙を書いたのだとしたら。ましてやそのことがマスコミに洩れた日には。だってそうなのだ——バルバロッティは、ニシコクマルガラスの群が優美な円を描いてカテドラル高校の屋根のとがった部分に留まるのを見つめていた。ふたつの手がかりがひとつよりいいとはかぎらない。特にそのうちのひとつが、犯人によってわざと……。

そう、わざと、何をするつもりなんだ？

それは癪《しゃく》に障る疑問だった。とんでもなく癪に障る。

そしてアンナ・エリクソンはどうなるんだ？

もっと癪に障る。

そこもやはり同じことだ。バルバロッティはバルコニーを離れた。癪に障る疑問はふたつよりひとつのほうがいい。

おまけにどちらもちょっと恐ろしい。そのせいで状況がましになるわけでもなかった。エヴァ・バックマンが腕に置いた手を思い出す。二通の手紙がバルバロッティ本人に宛てられたものだという事実——シムリンゲのバルデシュ通りに住む、犯罪捜査官グンナル・バルバロッティ警部補に——それもまた懸念すべき点のひとつだった。

だって、どういう意図があってそんなことをする？　おれがなんらかの形で犯人を知っているからか？　犯人の名前を目にしたときには、知っている名前だと思うのだろうか。逆にひとつ明確なのは、犯人は自分が手紙を送っている相手を知っていること。そうだろう？

バルバロッティは悪態をつき、時計を見つめた。あの日郵便配達から郵便を受け取らなければ――あるいは配達員があと一分遅く来ていれば――今頃はまだグスタボーのベッドでマリアンネの隣にいたはずなのに。それで捜査に差し障りがあったとは考えづらい。

菜の花畑、牛、教会墓地、落葉樹の森。ここシムリンゲではそのどれもが、激しく不足している。ああ、まあ墓地くらいならシムリンゲにもあるが。

そんな暗い考えに耽《ふけ》りながら、グンナル・バルバロッティはシャワーの下に立った。

10

「工務店経営男の居所がつかめたわよ」

グンナル・バルバロッティは報告書から顔を上げた。

「え？」

金曜の朝だった。バルバロッティは報告書をすでに八部読み、今手にしているのは九部目だった。ヴェンネルグリエン＝オロフソンという苗字の巡査によって執筆された報告書だ。彼は物事を描写するのが好きで、三語しか必要のないところで二十語くらい使いたがる。また、この署内で自分の名前を書くのに十秒以上かかる唯一の職員でもあった。フルネームはクラース＝ヘンリック・ヴェンネルグリエン＝オロフソンという。

「コンヌ・ヘーンリンドのこと」エヴァ・バックマンが言い直して、部屋のドアを閉めた。

「スコール通りのアンナ・エリクソンのボーイフレンドかもしれない男」

「ああ、覚えてるよ」バルバロッティは素早く目を閉じて、急に襲ってきた名前の群を避けた。

「居所がつかめたと？」

「そう。今はタイにいる。だけどエリクソン嬢と一緒にではない。ちなみに他の女とでもない
——まあともかく、シムリンゲあたりから一緒に行った女ではない。一週間前に同世代の男同

士でタイに旅立ち、今頃そこで何をしているかは想像に難くない」

「偏見をもってるのはどっちだ?」

「あら失礼。ちょっと急ぎすぎたかもね。そう、きっと、タイに行ったのは、郵便趣味とエキュメニズム主義について語り合うためかもしれないし。ともかく、わたしたちが捜してるアンナはまだ行方不明。彼女の母親とも話したけれど、何もわからなかった。母娘は週に一度は電話をする仲なのに。母親はヨンショーピン在住よ。心配なのは……」

「なんだ?」

「ちょっと心配なのは、母親にもゴットランド島に旅行に行くと伝えていたらしいの。今日からね」

「その話をいつ母親にしたんだ?」

「日曜の夜ですって。母親はそれから三、四度娘に電話したけれど、連絡がつかなかった。だから……どうなってるんだろう」

「やばいな。非常によくない。アンナはもちろん携帯電話をもっているんだろう?」

「ええ」

「今週それが使われたかどうか確認しよう。おそらく……」

「今ソリセンのところに行ってその話をしたから、今頃電話会社に連絡をしていると思う」

「いいぞ。では運が良ければ午後には結果が出るな。独身女性が夏休み中に四日も携帯を使わないというのは、何かが自然の法則に反しているという意味だ」

バルバロッティはバックマンがまた偏見だと言いだすのを待ったが――というかそれを期待して言ったのだが――バックマンは何も言わなかった。残念だ。これがどういう結果になるのか、彼女も気づいているのだ。

「家宅捜索の準備も始めたほうがよさそうね。そうじゃない？　間もなく……そう、その類《たぐい》の結果が電話会社から届くわけだから」

その類の結果？　バックマンが部屋を出ていってから、バルバロッティは思った。そう、むろんそういう表現もできる。

傷だらけの現実に塗る言葉の膏薬《こうやく》。しかしバックマンがそのような話しかたをするのは日常ではなかった。

それもまた、意味をもつ。バックマンが腕に置いた手のことをまた考えた。

バルバロッティはため息をつき、ヴェネグレン＝オロフソン巡査の濃密な散文詩へと戻った。

金曜の午後二時頃に、アストル・ニルソンとプロファイラーのリリエスコーグがシムリンゲ署をあとにした。アストル・ニルソンは週明けにまたシムリンゲに戻ってくるし、リリエスコーグは再び呼ばれた日に戻ってくる。

「午前中に、ベリマンの知人四人と突っこんだ話をしたんだが」別れる前に、食堂でコーヒー四杯と常温保存の焼き菓子マザリン四個を前に、アストル・ニルソンが言った。「言ったとおりだ。お袋の墓に誓ってもいいが、そのうちの誰も、ベリマンが殺害された理由に心当たりはない。全員が天使のような子ってわけじゃないが、罵詈《ばり》雑言《ぞうごん》を取り除けば事実だけが残る。エリック・ベリマンを殺害した人間は、知人の間を捜してもみつからない。だからそこを捜すのはやめていい」

「何人か、今は旅行中の知人もいたんじゃない？」バックマンが言う。

「ああ。その点についてはきみの言うとおりだ。だが旅行中ということは、同時にシムリンゲにいて知人を刺したりもできない」

「オーライ」バルバロッティが言った。「きみが正しいとしよう。ならどこを捜せばいい？」

「現在のところ、その疑問への答えはみつかっていない。だがこれからヒシンゲンの自宅に戻り、週末じゅう考えてみるよ。月曜までに何か思いついたら、連絡する」

「素晴らしい」

「何か力になれることがあれば、わたしの連絡先は知っているね？」リリエスコーグも言った。

「このマザリンはどのくらい賞味期限があるんだろうな」

「それは賞味期限記載が義務化される前に製造されたマザリンなんです」バックマンが真摯《しんし》に答えた。「だから六〇年代ってとこね。また来るときは、ぜひ美味しいお菓子をもってきてください」

四人は握手を交わし、互いに「よい週末を」と声をかけてから別れた。

「さてと……」二人きりになるとバックマンが言った。「これで専門家はいなくなった」

「そういうことだ。携帯電話会社からの連絡はまだなのか？」

バックマンは首を横に振った。「三時までにはリストをメールすると言ってくれたから、それまでは我慢しましょう。報告書はもうすべて目を通した？」

グンナル・バルバロッティは肩をすくめた。

「四十二本のうち三十八本は」

「それで？」

「いやあ、残念ながらアストル・ニルソンが言っていたような感じだ。手がかりになるような情報は一切ない。だからアストル・ニルソンに同意するしかない。犯人はエリック・ベリマンと知り合いではなかったんだろう。少なくとも、ここ最近は。もちろん、古い歴史に根差している可能性はあるが、そういうことを浮かび上がらせるには時間がかかる」

「そうね、人を殺すのにはたいてい理由があるものだし。わたしの考えかたが古いだけかもしれないけど……」

「まあ、そのように想定しておこう。ともかく、アンナ・エリクソンたちの誰とも関連はない。これじゃあちっとも前に進まないな」

バックマンはコーヒーを一口飲み、唇を噛んだ。「ええ、進まないわね。でも犯人は、多少はベリマンの習慣を把握してたんじゃない？　あの朝、ジョギングに出ることは知っていた。やみくもに藪《やぶ》の中で待っていたわけじゃないでしょう。ということは？」

「数日は監視していた、ということか？　例えば車の中から、ベリマンの日課を観察していた」

「近所の人たちに怪しい車を見かけなかったかはもちろん訊いたのよね？」

バルバロッティは自分の腕の上を歩く蠅《はえ》を眺めた。「そういう情報は報告書にはなかったな」

「よし」エヴァ・バックマンは立ち上がった。「次の対応策を決める前によく考えてみましょう。携帯電話会社から連絡があったら、また来るから」

「そうしてくれ」


結局、十分も経たないうちに電話会社から結果が届いたが、二人が恐れていたとおり明らかに悪い結果だった。シムリンゲ中心部スコール通り在住のアンナ・エリクソンは、電話会社テレノールの顧客だったが、火曜日の午前十一時五分以降携帯電話を使用していない。その後の三日間で二十九本の着信があったが、どれにも応答していない。それに加えてショートメールが六通。既読になったかどうかはわかりようがないが、ともあれ返事は一切送られていない。

バックマンが通話リストをバルバロッティに手渡した。「火曜日の十一時か。そのあとかかってきた一本目の電話は十二時二十六分。どう思う？」

「エリック・ベリマンが殺されたのと同じ日だな。アンナ・エリクソンの名が書かれた手紙は、火曜の郵便で届いた。……ということは、犯人は月曜に投函したことになる。ヨーテボリでか？　犯人はまさか……二人とも同じ日に手をかけたのか」

バルバロッティはバックマンをじっと見つめた。まるで彼女が解答を教えてくれることになっているみたいに。しかしバックマンは虚《うつ》ろな瞳で、カミソリのように薄い直線に口をつぐんだままだった。微動だにせず、肩を少し上げ、手は膝の間に。バックマンから答えが返ってくるまでに、かなりの時間がかかった。

「わたしにわかるわけないでしょう。一方でわたしにもわかるのは、スコール通りのアパートを訪問するときが来たってこと。許可は一時間前にシルヴェニウスからもらってある」

グンナル・バルバロッティは時計を見た。「今週の仕事のちょうどいい締めになるな」


広いアパートではなかったので、それはすぐにみつかった。

最初のコンマ一秒で、バルバロッティは自分は変態なのかと不安になるほどの勝利感に酔いしれた。当たりだった！　このアンナだ！　おれの推測は正しかった！

そのあとは、吐き気と無力感だけ。アンナ・エリクソン三十四歳、独身、ファブリーク通りの広告代理店スフィンクス勤務。ゴットランド島へバカンスに出かけてはいなかったし、それ以外の島にも行ったわけでもなかった。スコール通り十五番の自宅のベッドの下で、二枚の黒いゴミ袋に包まれていた。一枚は頭から、もう一枚は足のほうからかぶせられ、けっしていい香りを漂わせてはいなかった。閉め切った蒸し暑いアパートの中で、死体から発せられる甘ったるい異臭に気づかないわけはない。玄関ドアを開けた瞬間にわかった。ベッドは天井が低くなった部分に置かれていた。バルバロッティはきっちりベッドカバーのかかったスチールのベッドの脇にひざまずいて確認を行った。それから背骨を伸ばすと一瞬、眩暈《めまい》が襲ってきたが、それは今見た光景のせいではなく、無意識に三十秒以上息を止めていたからだった。

「バルコニーのドアを開けてくれ」バルバロッティはバックマンに頼んだ。

法医学者と犯行現場担当の鑑識官の手でゴミ袋が正式に二枚ともはがされたのは、さらに一時間も経ってからだった。そこからもう三十分して、やっと仮の身元確認が取れたが（アパートの向かいの部屋に住む、ショックを受けた若いカップルが立ち会った）、この死体が誰のものなのか、少なくともバルバロッティは長い九十分の間、一度も疑いを抱くことはなかった。エヴァ・バックマンも同様だった。

アンナ・エリクソンがどのように命を奪われたかについても、それほど疑いはなかった。少しむくんだ青白い顔は比較的良好な状態だったが、黒く乾いた血に縁どられている。額のほうから血が両側の頰にそって流れたようだ。慎重に死体を裏返すと、頭頂部と左の耳の上に開いた傷が露わになった。鈍器——とっさにそんな言葉が浮かび、バルバロッティはこみ上げてきた吐き気を押し戻した。鉄管のような鈍器か。野球のバットのような鈍器か。その他、なんでもありだ。

バックマンと視線を交わすと、彼女もまた同じことを考えているのがわかった。

殺害方法——そう、犯人は同じ方法を使わなかった。

それは珍しいことだ。犯人というのはたいていひとつ方法を決めて、それにこだわるものだ。銃、ナイフ、あるいは素手。本人の指向と嗜好に応じて。しかしつまり今回は方法を変えたのだ。なぜだろうか。もしくは……本当に同じ犯人だろうか。

科学的な疑問がいくつも頭に湧き、それが床の上のグロテスクな死体から自分を守ってくれるような気がした。

捜査中に確信がもてるなんてことは滅多にない。それでも問い続けなければいけない。犯人は二人？　それとも一人？　いや、あわてて結論を出すのがいちばん危険だ。

そんなこと今はどうでもいいのに――そう思いながら、バルバロッティは被害者から目をそらした。同じ犯人に決まってるじゃないか。同じ筆跡で手紙を書く殺人犯を二人同時に追っているとでもいうのか？　ばかばかしい。

「どのくらい経ってる？」バルバロッティは法医学者のサンテソンに尋ねた。サンテソンがちょうど身体を起こして、眼鏡の位置を直した瞬間に。「親指《おや》と人差し指《ゆび》の間《そ》でいいから」

サンテソンはバルバロッティを睨《にら》みつけた。「少なくとも一昼夜。おそらくもっとだな。この臭いはきみの鼻にも届いているだろう？」

「ああもちろん。じゃあ、例えば火曜日からずっとこの状態だったということもありえるか？」

「答えたくはないが、どんなことだってありえるだろう」

はいはい、そのとおりです――と思いながら、バックマンのほうに視線を送った。きみもここはもう充分だろう、ちがうか？

やはりそうだった。二人はアパートをあとにし、歩道に出ると、太陽の中で一瞬立ち止まり、寝起きのように目をしばたたかせた。現実の中で正しい方向をみつけるのに数秒間かかったみたいに。それからバックマンがどこに車を停めたか思い出し、バルバロッティに足を動かすよう合図した。

手をつけなければいけないことが、いくらでもあるのだから。

今週の労働の締めになるはずが、長い週末の始まりになった。


警察署を出たとき、時刻はもう十時十五分だった。三時間以上、外での捜査と中での作業をどう分担するか相談していたのだ。さらに一時間、マスコミの対応もした。スコール通りの殺人事件のニュースは、なぜか記者たちにまで届いていた。いつものごとく、警察が知らせてやる必要はなかった。暫定的な記者会見は大入り満員だった。内部で素早く相談し、犯人から手紙が届いていたことはまだ公表しないことに決めたが、バルバロッティはそれが正しい決断なのかどうか、まるっきり自信がなかった。自信がないときは、慎重に進めるのが原則だ。ソリセンも検察官のシルヴェニウスも、ヨーテボリにいるアストル・ニルソンについては電話で、同意見だった。明日になって決定を変えたければ、午後三時に予定されている次の記者会見で発表すればいいだけのことだ。

この相談会議の間じゅうずっと、アスナンデル警部はいつものリラックスしたアドバイザー的役割を演じていた。それに誰も彼にアドバイスを求めなかったので、入れ歯で苦労することもなかった。

家に帰ると、バルバロッティは昨夜と同じバルコニーに出て同じ椅子に腰かけ、同じ夕日の名残を見つめた。

いや、正確に言うと、昨日のは一日分古い夕日だが。宇宙全体が一日分歳を取ったのだ。しかしバルバロッティ自身はもっと老けたような気分だった。ざっくり言って二十年分くらい。ニシコクマルガラスはすでにねぐらに落ち着いたようだ。五階のバルバロッティまで届く叫び声は、金曜の悦びにはじける若者たちのもので、公園や外のテラス席で美しい天気を堪能《たんのう》している。

バルバロッティもまた、ビールの栓を抜いた。グラスに注ぐと、四、五口ごくごくと飲む。ほぼ即座に、強い緊張が解けていくのを感じた。疲労がゆっくりと身体に広がった。

これはいったいどういう事件なんだ。

おれたちが追っているのはどういう種類の狂人なんだ？

無気力な中から、緩慢で実りのない問いが生まれてくる。それはわかっている。それが危険なことも。敵を悪魔のように見るのは、よくある過ちの中でももっとも安っぽい類のものだ。例えば様々な種類の差別や外国人嫌悪の基本にもなる。今日は最後のほうでアスナンデルがバルバロッティの部屋にやってきて、加勢を呼ぶかもしれないことを示唆した。土曜日じゅうには決まるという。そういう展開は歓迎だった。普段なら自分たちで処理するところなのだが。警察組織の中で大切にされているものがあるとすれば、それは縄張りだった。

しかし今回は事情がちがう、とバルバロッティは思う。ヨーテボリからも国家犯罪捜査局からも、どんどん加勢を呼べばいい。おれはなんの異存もない。自分の名誉など、はした金で売り払おうじゃないか。

疲労が亡霊のようにとり憑いているのは重々承知だが、十二時間働いた今――それも本来なら夏休みの最後の三日だったのに――その感情は正当にすら思えた。

今日は一日じゅう、マリアンネのことを考える余裕もなかった。今になってやっと、もう十一時になろうとしているのに、マリアンネがヴィースビィに行って携帯電話を手に入れることになっていたのを思い出した。

善良なる神よ――マリアンネから電話がほしい。それで一ポイント、どうです？

しかしわが主はこの夜、自分の成績をさらに上げるつもりはなかったようだ。夜中過ぎに、グンナル・バルバロッティは眠りについた。癒されることなく、愛されることもなく、皆から忘れられ、神には願いを退けられ、歯も磨かずに。

11

土曜日の朝、車に乗った瞬間に親の存在意義について悩み始めた。おそらくエヴァ・バックマンにも自分にも子供が三人いるという現実が頭に残っていたのだろうが、今日は他にも理由があった。

例えば、人生がこれほどまでにちがってしまうこと。人によって、腹が立つほど大違いなのだ。基本的には誰でも親になれるものなのに。アンナ・エリクソンの母親は、少なくとも週に一度は娘と連絡を取り合っていたというではないか。なのに、娘の死体の身元確認に来る時間は、日曜までないと言う。土曜は予定が詰まっているからと。

一方で、バルバロッティ警部補との対話のための一時間を予定に詰めこむことは可能——母親はそう請け合った。

こんなことが過去にあっただろうか。殺されたわが子の身元確認を後回しにする親がいたか？　いや、もっと大事な用を優先するために延期したとでも言えばいいのか。

それでも、電話の声に不審な点はなかった。泣いていたし、絶望を口にしていた。ちょっとびっくりするくらいよく喋る女性だったが、それ以外はまともなようだ。アンナがいちばんお気に入りの娘だったとも語っていた。なるほど、娘さんは何人いらっしゃるんですかと尋ねると、五人だと答えた。それに加えて、息子が四人。

そこに理由があるのかもしれない。九人も子供がいれば、一人くらい斜線を引かれるのは覚悟の上か。そこに何人の父親が関わっているのかは尋ねなかったが、行間を読むだけでも、二人以上だというのはわかった。

九人よりは少ないのだろうか。そうだといいが――。

バルバロッティ自身が関わりがあるのは父親が一人と母親が一人だけだった。父親はジョゼッペ・バルバロッティという名前で、彼からもらったものは苗字だけだ。会ったこともないし、生きているのか死んでいるのかもわからない。子供の頃から母親に、ジョゼッペはサイアクなイケメンで、最善を尽くして離れておいたほうがいいと教えこまれてきた。そしてなぜかその勧めに従ってきた。十二年前に母親が死んだあと、イタリアに父親捜しの旅に出ようかとも考えたが、そのプロジェクトは不発に終わった。当時は自分自身の家族のことであまりに忙しかったからだ。子供が二人いたし、三人目まで生まれるところで。つまり、家系図を遡《さかのぼ》るような余裕はなかったのだ。

しかし今なら、やらない理由は何もない。なぜ自分は父親を捜しにイタリアに行かないのだろう。まあ、父親の墓になるのかもしれないが。そういうことだったと判明すれば。

自分でも、今のところはまだ夢想の域を出ないのはわかっていた。こんなによく晴れた土曜の午前中に車を運転しながら。おれはなぜ行かないんだ――この問いは今後も残り、深められていってもおかしくはない。

時が答えを教えてくれるのだろう。ともかく、親によって子供の重みがまったくちがうのは明白な事実だ。逆も然りだが。今夜にはサラに電話をしようと決めた。帰りの車の中からでもいい。それが習慣になっていた。週末になると愛する娘に電話をかけ、人の渦のような、命の危険すらはらむ大都会ロンドンで無事に過ごしているかどうかを尋ねるのだ。

サラはいつも父親を安心させようとした。父親が電話してくる理由を理解しているからだ。しかしそれがむしろバルバロッティを不安にさせた。たとえ死にかけていても、サラはそれを口には出さず、心配しなくていいからと言うだろう。

だから、すべては行間を読むことにかかっていた。そのテクニックをどこまで駆使できているのか自分でもわからないが、サラが旅立って七週間、ここまでのところ特に暗い兆《きざ》しは感じていない。本人が言うようにブティックではなく、実際にはパブで働いているのだろうと疑っているくらいで。住んでいるのはカムデン・タウンで、八月の終わりか九月の頭の週末を利用して訪ねるつもりだった。そうすれば、実際どうなっているのかがもっとはっきりわかるだろう。

それから意識の中に、あの氷のようなイメージが浮かび上がった。自分のベッドの下で殺されているサラ。バルバロッティはハンドルをぎゅっと握った。そんな夢を見たのだ。あのゴミ袋の中に入っていたのはアンナ・エリクソンではなく、自分の娘だった。

人生とは、腹が立つほど危ういものだ。すべてが崩れる瞬間までは、悔しいほど普通なのに。そういうものなのだ。一晩でできた薄氷の上を歩くようなものだ。そういう条件で生かされているのだ。そのとき、電話が鳴った。

「ああ、つながった！　おはよう、ダーリン」

彼女の声を耳にしただけで、前にいるドイツのトレーラーに突っこみそうになった。ここ最近、おれの心は真剣におかしい。十四歳のガキみたいに繊細《せんさい》になっている。

「やあ、この声はもしや……」

「そうよ、今携帯電話ショップから出たところ。黄色よ。タダみたいな値段だった。古いモデルだからって」

バルバロッティは一瞬困惑した。マリアンネがなんのことを話しているのかわからなかったのだ。それから気づいた。「色なんかどうでもいい。だが、番号が知りたい」

マリアンネは番号を二度繰り返し、念のためにショートメールでも送るからと約束した。でも、もうあなたの電話に保存されたんじゃない？　今電話してるんだから。それから、今何をしているのかと尋ねた。バルバロッティは殺されたばかりの女性の母親に会いにヨンショーピンに向かっていると答えた。一瞬受話器の中が静まり返り、バルバロッティは自分が不必要までにまともに答えてしまったことに気づいた。

「手紙を送りつけてくる犯人？」

「ああ、残念ながらそうだ」

「まあ、なんてこと。二人も手にかけたのね、つまり」

「そうだ。残念ながら」まるでそれが自分のせいのような気がした。犯罪捜査官であり、手紙の受け取り主である自分のせいで、エリック・ベリマンとアンナ・エリクソンが命を落としたかのように。それをマリアンネに謝りたかった。おかしな考えだというのはわかっているが、なぜか真実を隠しておかないほうがいいと感じたのだ。

遅かれ早かれ、どうせ彼女も知ることになる。新聞は読むだろうし、ラジオも聴くだろう。それならおれの口から知らせたほうがいい。

「今、ちょっと大変なんだ。ゴットランドから帰らなければよかったと思うよ」

「今日の午後は芝生の上でヴァルパ（ゴットランド発祥の屋外ゲーム）をして遊ぶつもりよ。あなたが来るなら大歓迎……いや、ごめんなさい。恐ろしい事件ね。今日の新聞に何か載ってる？」

「載ってると思う。確認してはいないが」

「タブロイド紙を買うわ。あなたが何をしているか知りたいから。でもその捜査は……とりあえず、日常的なことではないわよね？」

なぜそんなことを訊くのだろうか。バルバロッティはとっさに考えた。こういう業界で働く男とは一緒に暮らせそうにないと思ったのか？

「いや、日常ではない。こんなことは初めてだ。転職しようかと悩んでいるくらいなんだ、実は」

最後の一言は、きちんと脳を通る前に口から出てしまった。自分は変化を恐れてはいないという気持ちを相手に伝えるために、とっさにそんな言葉が出たのだろう。だが十分後に通話を終えたとき、それが意識に残っていた。その単語が、怒ったように真っ赤に光っている。車の計器盤の警告シグナルのようだ。五十キロ以内に給油！　オイル交換！

転職！

いつか、ちゃんと落ち着いてよく考えてみなければ——バルバロッティは思った。おれの人生は今、岐路《きろ》に差しかかっている。

ヴィヴェーカ・ハル・エリクソンはヨンショーピンのビィマルケン地区にある美しい一軒家のキッチンにバルバロッティを迎えた。大きなパノラマウインドウからは、数百メートル先でヴェッテン湖が鏡のように輝いている。多数の男性と多彩な人生を生きてきたにしても、ともあれ経済的には最後まで勝ち残ったようだ。

その家から、子供たちは全員巣立っている。父親たちも皆。

ヴィヴェーカは六十四歳だった。それは書類で確認済みだ。だが四十四歳にしか見えないように最善を尽くしている。お茶の用意がされたカフェテーブルに腰を落ち着けたときには十一時ちょっと前だったが、見た目を心地よいレベルにするために午前中ずっと時間を費やしていたのだろうとバルバロッティは推測した。ひょっとすると美容院とエステティックサロンにも行ったのかもしれない。髪はきれいに波打ち、ライ麦畑のような金色だった。頰には粉をはたき、唇にルージュを引き、爪も塗りたて。九人も子供を産んだ女性には到底見えなかった。前日に、娘が殺されたことを知らされた母親にも見えないが。

「親愛なる刑事さん、わたし、一晩じゅう一睡もできなかったんです」それでも彼女は大声でそう宣言し、光沢のある紫色のブラウスを何度か手で撫でてさらに滑らかにした。「どうしていいかわからないくらい絶望してるんです。犯人は捕まえたの？」

「いいえ。残念ながらまだです。誰の仕業なのかがわかりません。だから、あなたに少しお話を伺いたくて」

「わたしに？」ヴィヴェーカ・ハル・エリクソンが叫ぶように言った。「なんてこと。わたしは何も知りはしないわよ……いったい何がなんだかさっぱり……なんてこと」

ヴィヴェーカは、相手が二、三十メートル先にいるかのような話しかただった。普段からこんな声量なのだろうか。それともなんだかんだ言って、急性のパニックに襲われているのだろうか。電話ではここまでじゃなかった。

「少しでけっこうですから」バルバロッティはできるかぎりゆっくり、落ち着いた声で話そうと努めた。「もちろん、この悲劇の背景についてあなたは知る由もありませんが、警察は捜査を慎重に進めなければいけない。それはおわかりいただけますね？　アンナを殺した人間を捕まえたいんです」

「ええ、ええ。もちろんそうしてもらわなきゃ。その悪魔を自由に歩き回らせるわけにはいかない。本当に善良な子だったのに、わたしのアンナ。そうだったのよ」

「よくわかります。どうでした、最近男性とお付き合いしていたかどうかご存じですか？」

「お付き合い？」ヴィヴェーカ・ハル・エリクソンは言葉の意味がよくわからないみたいだっ

た。「男はいなかったわよ、そういう意味で訊いてるんなら」

「最近別れた相手もいませんでしたか」

「ああ、そりゃいたでしょうよ。あの子はどんな男でも簡単に手に入った。男たちがヒルみたいにくっついてくるんだから。だけど、相手に流されない子だった。それだけはうちの娘たち全員に教えこんできましたからね」

「コンヌ・ヘーンリンドは？」バルバロッティはそう言ってみたものの、すでに少し焦っていた。「知っている名前ですか？」

ヴィヴェーカは鼻を鳴らした。「名前まではいちいち覚えてないわよ。でもアンナはちゃんと自分の頭で考えられる子だった。あの子を殺した男は、あの子が関係をもっていた相手じゃない。それは覚えておいてちょうだい。あの子はちゃんとした男と交際するようにしていた。暴力をふるうようなのじゃなくてね」

「エリック・ベリマンは？」

「え？」

「その名前に聞き覚えは？」

「エリック・ベリマン？　いいえ、一度も」

バルバロッティは少しコーヒーを飲むと、戦略を変えた。

「最後に話したのは日曜ということですが」

「ええ、そうよ。週に一度は話すの。いろんなことをね。アドバイスがほしければするし、いらなければしない。あの子にはそんなふうに接してるの。他の娘にもね」

「そのとき、何を話したか覚えてますか？」

「もちろんよ。日付で言うと昨日からゴットランド島に旅行に行くつもりだとか。いくつかアドバイスをしたわ。ヴィースビィには人生で十七回行きましたからね。あそこの夏は本物の天国だし、もちろん娘には自分が知ってることを教えてあげたいでしょう」

もちろん——とバルバロッティは思った。良き習慣とは受け継がれるものだ。「独りで行くつもりだったんでしょうか。それとも友達と？」

「女友達と。覚えていないけど、リスベッドとかそんな名前じゃなかったかしら。ええ、二人で行くという話だった。海岸ぞいのグスタフスヴィークに別荘を借りるのがいいと教えてあげたの。いちばん安くて最高だから。ヴィースビィにも近いし、スネックの海岸にも近い。それ以上のロケーションはないでしょう。あなたはゴットランドには？」

バルバロッティはうなずいた。「まあ数回は。美しい島ですね」

「ゴットランドに行くなら、絶対にヴィースビィに行かないと。そこ以外はただの牛臭い田舎よ。それにもちろん夏限定で。あんなところに年じゅう住むなんて信じられない」

「身の危険を感じているというようなことは言っていませんでしたか？　電話で話したときに」

「身の危険？　いいえ、ないわ。なぜ危険を感じたりするの」

バルバロッティはまた少しコーヒーを飲み、市販のジャム入りクッキーを一枚つまんだ。何か聞き出すためにはどうしたらいいだろうかと考えながら。「なぜかというと、その数日後に殺されたからです。お忘れですか？」

するとヴィヴェーカは目を吊り上げた。「忘れた？　娘が殺されたことを忘れるわけがないでしょう！　あなた、頭おかしいんじゃない？　やったやつをさっさと捕まえなさいよ。ここにのんびり座ってわたしをぶ……ぶべ？　あら、なんだったかしら」

「侮蔑ですか？」

「そう、それよ。ここでわたしをぶべつしてる場合じゃないでしょ！　うちのアンナを殺したやつを捕まえて。そのために税金を払ってるのよ、刑事さん」

「そう、だから今ここに来ているんです。手がかりになるような小さなヒントがないかと思って。シムリンゲでは今も同僚たちがあなたの娘さんの知人に話を聞いて回っています。連絡がつく人たち全員にね。そして……」

「どこを捜せばいいか教えてあげる」ヴィヴェーカは怒った声でバルバロッティを遮《さえぎ》り、テーブルの表面を叩いた。左の手首には幾重にもブレスレットが巻かれている。

「移民よ。ガイジンよ。女が寄ってこなくて、女を作るためならなんだってやるような。うちのアンナを奪ったのは、百パーセント、アラブ人に決まってる。あいつらはわたしたちとはちがう人間なの。臭いもちがうし、この国でいったい何をしているのかしら」

「その発言はちょっと……」

「わたしはわたしが言いたいことを言わせてもらうわ！」ヴィヴェーカ・ハル・エリクソンが叫んだ。「ここはわたしの家なんですから」

家から出たあと、道で石を拾い、キッチンの窓に向かって投げつけてやりたい衝動にかられた。しかし気を取り直し、閉じた口の中で長い罵詈雑言《ばりぞうごん》を唱えた。

こんな人間が存在するとは――どうしたらあんなに高慢になれるんだ、九人の子をもつ六十四歳の母親が。

これまでに仕事上でいろんな人間に会ってきた。だがこの美しい夏の日に、心の準備はできていなかった。こんなにちゃんとした住宅街のよく手入れされた家で。

娘を失ったばかりの母親。

愚にもつかない隠れ人種差別主義者め！　おまけに稀に見るほどの高慢さも兼ね備えているときた。まったく、なんて惨めな女なんだ。

だが、〝隠れ〟という表現はどうかな？　暗にほのめかしたりはしなかった。だから隠れだとは批判はできない。

あの強情な遺伝子を九倍にしてまき散らしたのか？　そんな暗鬱《あんうつ》な考えに襲われながら、バルバロッティは車に乗りこんだ。その子供がまた子供を……。

いや、まあ八倍か。こうなってしまったからには。シムリンゲのスコール通りのアンナ・エリクソンは、判明しているかぎりこの世に命を送り出してはいない。もうだいぶ前に三十の山を越えたのに、だから……。

ああ、まったく。危険な荒野に足を踏み出してしまった。バルバロッティはそこで考えるのをやめ、車のキーを回した。落ち着け。長期的には民主主義が最善の解決法であり、この国の全員がヴィヴェーカ・ハル・エリクソンという名前でもないのだから。

　サラへの電話は今日の夜か明日に延期することにした。心の中の怒りに蓋をすることができたとはいえ、まだ落ち着いてまではいない。娘と話すときには、冷静に耳を傾けられる状態でいたかった。興奮した状態や人間不信に陥った状態ではなく。

　その代わりにエヴァ・バックマンの番号を押した。午前中、本拠地での奮闘に成果があったのかを確かめるために。

　バックマンの声は苛立っていた。

「こっちはカオスよ」

「なぜだ」

「ひとつには、今日の新聞に事件のことが何ページも載っているから。それで殺人現場に民族大移動が起きたみたい。二カ所ともね。アンナ・エリクソンと同じアパートの住人が、火曜の夜に階段で知らない男を見かけたと主張している。嬉しいことに、わたしたちが話を聞く前に、新聞記者のインタビューを受けてしまった。アスナンデルは腸閉塞《ちょうへいそく》を起こしたビーバーみたいな顔でうろうろしてるわ。もっと応援が必要だとわめくばかりで。たぶん国家犯罪捜査局のことを言ってるんだと思う。二時にアスナンデルや検察官とミーティングをするけど、その頃にはあなたも戻ってるでしょう?」

グンナル・バルバロッティは無意識にスピードを落とし、時計を見つめた。「どうかなあ。着いたら合流するよ……。法医学者は殺された時刻について言及したのか?」

「火曜の午後だという可能性もあるって」

「だが水曜であってもおかしくはないということか?」

「水曜の可能性もある。でも火曜日のほうがもっともらしい」

「アパート内に痕跡は?」

「それは一週間後にわかる。でも何かあるはず。あの中で殺したんだから」

「だがまだはっきりした痕跡はない?」

「凶器のことを言ってるなら、ええ、ないわ。忘れずにもち帰ったみたい」

「なるほど。で、その目撃者……知らない男を見たという目撃者は、信頼できそうなのか?」

「基本的にはね。でも描写があまりにも曖昧《あいまい》で、スウェーデン人の半分が当てはまる。だって階段で後ろから見ただけだから。男性、二十五歳から五十歳くらい、明るい色のシャツ、ミドルブロンドの髪……おまけにそれが犯人だという確証は一切ない。でも明日にはこのことが新聞に載る。それは確かよ」

「それ以外には、何かを見たという人間は出てきていないのか?」

「いいえ。でもあと十トンくらいは話を聞かなきゃいけない人たちが残ってる。で、母親のほうはどうだった?」

バルバロッティはしばらく頭の中で簡潔な表現を探した。

「ホワイト・トラッシュだった。だが、それにふさわしい暮らしぶりだったよ」

「ホワイト・トラッシュ？　アメリカにしかいないと思ってたけど、きっとわたしの誤解ね。さて、これから女友達が二人、口を開くのを待っている。じゃあ、二時に」

「間に合えばな」

シムリンゲの警察署に着いたときの時刻は二時四十五分で、アスナンデルと検察官シルヴェニウスとのミーティングはすでに終わっていた。奇妙なほど時間がかかった帰りのドライブだが、バックマン警部補がそれを指摘することはなかった。その顔を見ると、彼女だって同じようにしただろうことがわかった。

「明日あたりから新しい捜査幹部が来ることになりそうよ。今アスナンデルが国家犯罪捜査局やヨーテボリ警察と交渉中。何をすればいいのか指示をする勇気のある応援が来てくれると助かるけど」

「そうだな。だがもうアストル・ニルソンが来ているだろう」

バックマンはうなずいた。「今、とても興味深い男を聴取しているところよ。ユリウス・ベングトソン。いったいなぜユリウス・ベングトソンなんて名前なんだか。ピルスナー映画（〇三年代のコメディー映画）に出てくるロマンス詐欺師みたい」

「何者なんだ？」

「最新の被害者の元婚約者。面白い情報を色々もってるみたいよ。聞きたい？」

バルバロッティは肩をすくめた。「もちろん」

二人は取調室の外のテーブルに腰を下ろした。そこには一方通行のマジックミラーの窓がついている。バックマンがスピーカーの音量を上げ、バルバロッティもわびしい部屋の中でテーブルを挟んで座っている二人の人物を見つめた。こちらからだと、両者とも横顔が見えている。アストル・ニルソンの左側、ユリウス・ベングトソンの右側。ベングトソンは見たところ三十代半ばの男で、髪を金髪に染めてタンタンのような髪形にし、同じカラーの山羊髭を生やしている。オレンジのTシャツからは、膨らんだ二の腕に蛇の刺青《いれずみ》が入っている。耳たぶの先には小さな金のリング。少々太り気味。

「どういう意味だ」アストル・ニルソンが尋ねた。

「そしたらあの女、おれの服を全部アパートの中庭に投げ捨てたんだ！」ユリウス・ベングトソンが興奮してまくしたてた。「おれは一糸まとわぬ姿ですごすごと外に出ることになった。いかれちまってるよ、あの女」

「なるほど」

「またあるときには、川に突き落とされたんだ。リンミンゲのほうでビールを何杯か飲んで帰るところだった。季節は夏で、ご機嫌に散歩がてら歩いて帰ろうということになった。おれがちょっとションベンしようと思って立ち止まったら、あの女がタックルしてきて、おれは水の中に落ちた。あいつ、大笑いしてやがった」

「どのくらいの期間付き合ってたんだ？」

「かなり長かったよ。少なくとも三カ月、いや、もっとだ……ひょっとすると半年も？　くそっ。まあ、くっついたり離れたりだったが」

アストル・ニルソンはそこで一枚の写真を手渡した。

「これが誰だか知ってるか？」

ユリウス・ベングトソンは長いことじっと写真を見つめていた。そして、それをアストル・ニルソンに返した。

「さっぱり」

「エリック・ベリマンだ。名前を聞いたことはあるか？」

「この間ナイフで殺されたやつか」

「そうだ。知り合いか？」

「いや、まさか」

「わかった。アンナ・エリクソンと別れたのはいつだ？」

ユリウス・ベングトソンはしばらく考えた。

「二年くらい前か……二年半だ」

「一緒に暮らしていたのか？」

「まさか！　おれはそういうことには慎重なんだ」

「そうなのか？　最後に見かけたのは？」

「先週だ。いや先々週か？」

「どういう状況で？」

「え？」

「どこでだ？」

「町中でさ。声をかけたんだが、あの女は不機嫌な顔で目をそらした。おれを空気みたいに扱ったんだ。そういう女なんだよ……そういう女だったと言うべきか」

バルバロッティは外に流れる音声を切るように合図した。エヴァ・バックマンはすぐにスイッチを切った。

「これで充分だ。重要目撃者ってわけじゃなさそうだからな」

「じゃないといいわね。ボーイフレンドについては、あと二人備蓄があるし。それと女友達四人」

「兄弟も八人いるはずだ。もうちょっと実体のある手がかりはないのか？」

エヴァ・バックマンは一瞬考えた。

「ゴットランド島に一緒に行くはずだった友達も、たいしたことは言ってなかった。少なくとも、電話で話したかぎりは。面と向かって会ったらどうなるかはそのときにならないとわからないけど。明日ここに来るのよ。今回のヴィースビィ滞在は一日だけになってしまったわけ」

バルバロッティはうなずいただけで、何も言わなかった。

「あなたが昨日電話で話したスペインのトレモリーノスにいる幼馴染のほうがまだ有力だと思う。明日もう一度話を聞きましょう。少なくとも、被害者のことをいちばん知ってそうだった。

期待しすぎてもいけないんでしょうけど」

「他には？」

「特に。今、ソリセンが火曜日に何が起きたかを整理している。犯人と会うまで何をしていたのかとか。その日に死んだんだとしたらね。いったい……いったいわたしたちにどのくらい時間を与えようとしたのかしら、犯人は」

「どういう意味だ？」

「手紙が届いたのは、アンナ・エリクソンを殺したのと同じ日だったかもしれないでしょう。でもその前日に届いていたのかもしれない、月曜に。もしくは前の週に。郵便物の山のいちばん上にあったかどうか覚えてない？」

バルバロッティは思い出そうとした。「全体的に床に散らばっていたと思う。ともあれ、他の郵便物の下に隠れていたということはなかったな」

「つまり火曜日に届いた可能性もあるってこと？」

「そうだ」

「でも、一通目の手紙は一週間前に来たでしょう。ということは……」

「ああ？」

「二回目も何日か猶予を与える勇気があったのかしら。つまり、警察に名前を教えて、一週間の捜査期間を与える……それってちょっとリスクが高いんじゃない？　あなたはどう思う？」

バルバロッティもうなずいた。「リスクが好きなのかもしれんぞ。そもそも誰も手紙を書いてくれとは頼んでないし」

「ええ、それもそうよね」エヴァ・バックマンはそう言って、バルバロッティが見たことのない、というかどう解釈していいかわからない表情を浮かべた。暗鬱な影が差している。悲壮なまでの。不吉だな――とバルバロッティは思った。

「それでも書いた……」バックマンは言った。ゆっくりと、意識的に――まるでこれが精密さを要求される複雑な作業のように――テーブルの上で両手を組み合わせた。「不安だわ、グンナル。とてもね。あなたは……あなたは、もっと増えると思う？」

バルバロッティはしばらく黙ったまま、バックマンの組まれた手を見つめていた。「どう考えればいいのかよくわからない。正直言って……」

「何？」

「正直言って、何もかもさっぱりわからない」

「わたしもよ」バックマンは自分を奮い立たせるかのように、背筋を伸ばした。「じゃあ、事情聴取を手分けしましょうか」

「そうしよう」

Ⅲ

ムステルランの手記

二〇〇二年七月一日～七日

数日間、わたしは散策ばかりしていた。別荘は干拓地であるムステルラン沼地の端にあり、青く塗った門を出て右に行くと、そこがもう沼地だ。細いくねくねした砂利の小道が何本も、肥沃な湿地帯を縦横無尽に走っている。そこには珍しい植物や鳥たち、それに微動だにしない池がいくつもある。たまに他のハイカーや犬連れの人と行き交うこともあるが、それほど頻繁《ひんぱん》ではない。この独特な景色は、ムステルランとベグメイユの間の海岸ぞいにずっと続いている。昨日など、灯台を通り過ぎて岬まで、海岸ぞいのハイキングコースを歩いてみた。独りになれるのは心地よかった。ときどき、それが自分の正しい状態だということを忘れてしまいそうになるが。心穏やかに、考え事や想像をしながら歩みを進める。わたしを取り巻き、歩みに伴う植物たちのパワーは強く、神秘的にさえ感じられる。エロスと死が、蒸し暑くも肥沃なジャングルの中で隣り合わせに存在する。ここにはきっと、寿命が一日しかない昆虫もたくさん存在するのだろう。朝に生まれ、夕に死ぬ。そして夜には土に還る。

広い視野で見たときに、本当はどこにいるのか、何度も自分に思い出させなければいけなかった。それに結局自分は何者なのかも。今日の午後、また現れたのだ。あの夜、裸で泳いだあとのアンナの濡れた髪が。わたしは太陽に暖められた森の空き地に立ち止まり、自慰行為によってその鋭い存在感を消し去るしかなかった。そのとあとボ・コナンの小さな海岸へと伝い下り、海に浸かった。一時間も湾の中を泳ぎまわり、あと四、五日はここに残ろうと決めた。来週の火曜日か水曜日あたりまで。それでこの仲間とはおさらばだ。今週末もマルムグリエン夫妻、グンナルとアンナのカップルとなんらかの形で一緒に過ごすことになるのだろう。二組とも、わたしを魅了してもいるし、少し吐き気をもよおさせもする。他の誰にも一切の共感を感じない人たちとともに過ごすのは、ある種の楽しさもある。例のエロチックな暗示を勘定に入れなかったとしても。

この数日、エリックが何をしていたかは知らない。昨日も今日も、わたしは朝食のあと彼を残して出かけた。今日の夜は二人で〈ル・グラン・ラージュ〉でムール貝の白ワイン蒸しを食べたが、エリックは自分が何をしていたかは話さなかった。おそらくウッドデッキか海岸に寝そべって身体を日に焼いていたのだろう。ほくろのように茶色くなっているのだから。それにきっと、スウェーデン植民地のメンバーの一人もしくは複数と会ったりもしたのだろう。

最後の部分については、かなり確信がある。というのも、ル・グレナン諸島への船旅の計画が進んでいると話していたからだ。多くを語ったわけではないが、グンナルかヘンリックが、ある英国人に連絡を取ったという。このあたりにほぼ永住しているような男で、自分のモーターボートを貸し出しているらしい。

計画では六人全員が行くことになっているようだ。一度も一緒に行きたいかどうか訊かれなかったが、エリックが〈ル・グラン・ラージュ〉でその話題を持ち出したのは、そのためだったのかもしれない。つまり、わたしが嫌ならノーと言う機会を与えるために。しかしわたしはノーとは言わなかったものだから、頭割りした費用を払って参加するという前提になった。わたしは自分の頭の中の考えや動機を整理してみたが、その手配に特に大きな抵抗を感じることはなかった。

それはそうだろう?

そうなのか? いや、そうだろう? 常にこのふたつの不毛な問いだ。選ばせてもくれないし、安らぎを与えてもくれない。もっとわかりやすい指標があるはずだ。

半日後に総括している。起きてしまったことは起きてしまったことだ。時間は戻せない。わたしはシャワーを浴び、四時間眠った。そしてまたシャワーを浴びた。エリックは朝早く出かけたようだ。グンナルとアンナのところに相談に行ったのだろう。もしくはマルムグリエン夫妻のところか。雨は止み、月曜になっていた。時刻は十一時半だった。

つまり昨日、日曜の朝——それがすべての始まりだった。今から二十六時間前。それだけしか時間が経っていないなんて理解できない。一日前に時間を戻し、最初から説明しよう。頭がくらくらするが、時系列に書くことで公平かつ簡潔に思い出すことができそうだ。自分の他に誰も、人生のもっとも悲惨な一日に起きたことを順序だてて書き留めることはできないと思う。

それは美しい朝で、計画はシンプルだった。モーターボートを所有する英国人は――その名前は一度も聞き取れなかったが――ベグメイユのどこかに住んでいて、ボートは東側のヨットハーバーのどこかに停泊しているという。グンナルとヘンリックが九時頃にそれを取りにいき、残ったわれわれはムステルラン岬から少し離れた海岸に集まった。マルムグリエン夫妻の別荘の下の海岸だ。食べ物の入ったバスケット、保冷バッグ、水着、ワイン。女性陣が土曜日にカンペールの市街地まで行き、たっぷりと買いこんできた。赤と白のチェックのタオルからバゲットが何本か突き出ている。カラフルなパラソル、麦わら帽子、まるで絵画のようだ。彼らは興奮してサンオイルや手つかずの砂浜の話をしている。天気は最高だった。雲ひとつない。気温はもう二十五度はあるだろう。そう、まるで絵画のようだったのだ。スケーエン派の絵画か。別の国、別の時代ではあるが、同じような気質の。そしてわたしは感じていた。硬くなった古い油絵の理想像を前にしたときと同じようにはっきりと。これが一瞬の幻想に過ぎず、瞬《まばた》きをしたとたんに消えてしまうものだということを。なぜわかったのだろう。海は穏やかで、ル・グレナン諸島の島がいくつか水平線に見えていた。少なくとも、そうだろうと思った。だが確信はない。海岸にはまだほとんど人影がなく、たまにジョギングをする人が通りかかるくらいだった。あとは漁師が二人ほど。今は引き潮だったが、満ち潮が近づいていた。エリックとわたし、それに女二人。二人とも別の男に属しているのに、知らない人が見たら間違いなく二組のカップルだと思っただろう。ヘンリックとグンナルがボートでやってくるのを待ちながら、わたしは真剣にそんなことを考えていた。エリックがアンナのビキニの紐を結び直してやったのも覚えている。背中で裏返っていたのだ。

しかしボートがやってくる前に、トロエが現れた。

あのとき、現れなければよかったのにと思う。

前回と同じ赤い水着を着て、この朝は短くカットしたジーンズもはいていた。同じ青い夏の帽子、同じリュックサック。しかしイーゼルはもっていない。わたしたちのことが目に入ると顔を輝かせ、スキップで近寄ってきたので、砂ぼこりが立った。

「Mes amis!」彼女はそう叫んだ。「Mes amis les Suédois!!」

「Bonjour, petite!」カタリーナ・マルムグリエンが挨拶を返した。「Comment vas-tu ce matin?」

少女はわたしたちのすぐそばまで来て立ち止まると、真剣な顔になった。「あんまりよくない。おばあちゃんとけんかしたの」

「それはなぜ?《エ・プルコワ》」そのときはエリックもうまくフランス語で質問することができた。

トロエは今朝のおばあちゃんの様子を生き生きと描写してみせた。大袈裟《おおげさ》な表情で真似をする。カタリーナ・マルムグリエンはほとんど理解できたのだろう。間断なく笑いながら、何度もコメントを挟んでいた。他の三人はできるかぎり話についていこうとした。祖母は少女を町に連れていきたかったようだ。町というのはきっとカンペールのことだろう。買い物をするために。だがトロエは買い物が大嫌いだった。特に、チーズと靴一足買うために八時間もかかる祖母と一緒では。

「わたしなんかグエノンみたいで、ママからの遺伝だろうって」

「グエノン？」エリックが訊いた。

「オナガザルのことだと思う」カタリーナ・マルムグリエンが説明した。

そのとおりだ。オナガザルとはまさにこの子のことだ。

少女のほうは、おばあちゃんはシャムーにそっくりだと言ってやったらしい。それもおそらくサルの一種なのだろう。結局、祖母は独りで町に向かった。

「今日は何をするの？」

ちょうどそのときに、ヘンリックとグンナルの姿が目に入った。白いプラスチックの船舶が岬の向こう側から姿を現し、速いスピードを出して鋭いエンジン音を響かせていた。わたしは船についてなんの知識もないが、かなり高価な代物だというのはわかった。一瞬、その英国人とは何者だろうかと考えた。こんなふうに、知り合いでもないわたしたちに船を貸すなんて。しかし、ヘンリックとグンナルはわたしが思っている以上に船の知識や海の常識を知っているのかもしれない。カタリーナがトロエに、今日はボートで島に行くのだと説明した。

「ル・グレナンでしょう！」トロエが叫んだ。「わたしも大好き！　ねえ、一緒に連れてって！」

ボートが近づいてくる間に、数秒が流れた。わたしはエリックと視線を交わしたが、相手の気持ちは見抜けなかった。そのとき少女がカタリーナ・マルムグリエンの手を握りしめ、すりよった。

「ねえ、お願い！」

「でも、おばあちゃんは？」エリックが訊いた。「なんて言うだろうか」

「おばあちゃんは気にしないよ」トロエが請け合った。「わたしは独りでいるのに慣れてるから。夜中十二時までにベッドに入ってれば大丈夫。ねえ、お願い！」

「しょうがないわね」カタリーナ・マルムグリエンが言った。

「Je vous aime!」

なぜそう答えたのかはわからないし、なぜカタリーナ・マルムグリエンがそんなに簡単に許可したのかもわからない。残りのわれわれになんの相談もなく、独りで勝手に決めたのだ。アンナがそれをくだらないと思ったのは確実だが――そうか、今ふと思いついたが、だからこそカタリーナはイエスと言ったのかもしれない。アンナが自分とは正反対の気持ちなのをわかった上で。だけどアンナがそんな意見を主張するのは難しいという状況で。この種の複雑な女同士の駆け引きを、わたしは今まで一度もちゃんと理解できたことがない。だからあくまで推測だ。ともかく、決定が下され、少女トロエはわたしたちと一緒に船で島に行くことになった。誰も反対意見を口にしなかった。わたしもエリックも、アンナも。

水の中を歩いてアルカディア号の船上に乗りこんだとき、ヘンリックとグンナルも反対はしなかった。少女は嬉しさと興奮を抑え、最善を尽くして大人のように振舞い、その場になじもうとした。この子――トロエは、実に社交能力が高い。それは認めるしかなかった。

アルカディア号は白いプラスチックに覆われていて、黒い大きなエンジンがついていた。下のギャレーは四人座れるサイズだったが、誰もその中に座るつもりなどなかった。女性二人は即座に船首デッキに陣取り、赤と黄色のバスタオルを広げて、身体を日に焼き始めた。グンナルはゆっくり船を進めるよう命じられた。強い風や水しぶきにさらされたくないからだ。残りの四人は操舵席の細いテーブルの周りに座った。ヘンリックとわたしが片側に、エリックとトロエが向かい側に。少女が腕をからませてきても、エリックは彼女の好きにさせていた。誰もほとんど口を利かなかった。響き渡るエンジン音よりも声を張り上げるのは本当に大変だったから。ボートには七人乗っていたが、誰も救命胴衣をつけていなかったし、そもそもそのことを指摘する者はいなかった。

ル・グレナン諸島は小さな島が十島ほど集まったもので、どの島も通年人は住んでいないが、うち二島には近代的な観光産業の需要に応じられるような建物が建っていた。諸島に近づくとグンナルが速度を落とし、アンナとカタリーナもわたしたちのところへ下りてきて、どの島を選ぶかという相談に加わった。地図が取り出され、広げられた。わたし自身は一度も意見を述べてはいないが、しばらくしてブリュヌック島に決まった。なぜだかはわからない。おそらくその島が少し離れているからだろう。有名なラグーンを囲む五つの大きな島のひとつではない。

ヘンリックが出してきたパンフレットによれば、ブリュヌックには宿泊施設はなく、レストランなどもない。

「理想的じゃないの」アンナが言った。「白い砂浜とターコイズ色の海だけ」

「それに食い物とワインと熱い肌」グンナルも続けた。

それがかなり正しかったことが判明した。船はラグーンをまっすぐに横切り、サン＝ニコラ島を回り、ブリュヌック島の西側に錨を下ろした。そこはぎざぎざと切り立った崖と乳白色の砂浜に挟まれた小さな入り江で、心地よい水温の中、水深五十センチあたりのところをバスケットやバッグを頭の上に担いで砂浜まで歩いた。人っ子一人見当たらない。クルーズ中には他の船も多少見かけたし、ラグーンには船が一ダースほど揺れていた。しかしブリュヌックは完全に無人だった。まるで自分たちだけの島をみつけたみたいだった。少なくとも三百メートルは続く砂浜で、島自体はそれほど大きくなく、海岸ぞいをぐるりと歩いてもせいぜい二キロくらいだろうか。島の中央に少しだけ木が生えている。いちばん高い地点でも海抜五メートルもないだろう。

わたしは時計を見た。十一時半。そして空を見上げた。鮮やかな青だ。海はまだ鏡のように穏やかで、カモメが怠惰な円を描いている。わたしはこの人間たちとともに島に隔離されたことに気づいた。丸一日も。

なぜこんなところまで来てしまったのだろう。

本気でそう考えた。小説『蠅《はえ》の王』が頭に浮かんだときも、到底結果論ではなかった。

トロエにとっては二度目のル・グレナン諸島だということが判明した。一度目は母親と父親と一緒に来たという。記憶が正しければ、四歳の頃に。

「でもおばあちゃんが五時に帰ってきて、あなたが家にいなかったら心配するんじゃない？」カタリーナが尋ねた。

そろそろそういう質問をするべきタイミングだったのだ。だが少女は笑って頭を振っただけだった。

「わたしなんて迷惑なだけの存在。さっき説明したでしょう。おばあちゃんにとって唯一大事なのは、パパが迎えにきたときにわたしが一応まだ生きていることくらい。でもそれはそれでかまわない。わたしはおばあちゃんなしのほうがうまくやれるから」

「で、パパはいつ来るの？」

トロエは肩をすくめた。「学校が始まる何日か前でしょ。あと六週間くらい」

わたしはふと、トロエには虚言癖《へき》があるのではないかと思った。本当は、一年じゅうここフエナンに両親と一緒に住んでいるのでは？　あるいはベグメイユ近くで見かけたキャンプ場に来ている。おばあちゃんなんてもともと存在しなくて、われわれは少女を誘拐したと思われる。それでもわたしは何も言わなかった。立ち上がって海に入る。ある程度沖に出ると、本当に透明な水だった。海底は砂が二十メートル足らずで終わっていた。わたしは足ヒレとシュノーケルを持参しなかったことを後悔した。最高の時間潰しになったのに。海に浮いたまま、水中に広がる無音の世界を眺めていられたら。ダイビングのライセンスを取ってから五年も経っていることに気づいた。妻を事故で失ってからの期間とほぼ同じだ。

三十分ほどして砂浜に戻ると、もうランチの準備が始まっていた。「ワインが一応まだ冷たいうちに、何本か空けてしまったほうがいいよな」グンナルが言った。「海水は冷やせるほど冷たくないだろう?」

それはわたしへの質問だった。他には誰もまだ海に入っていなかったから。わたしは肩をすくめた。「二十度くらいかな」

「喉が渇いた」アンナが言う。「もう少ししたら裸で泳ぎたいけど、まずは何杯か飲んで勇気を出さないと」

そう言いながら、わたしのほうをちらりと見た気がした。だが気のせいかもしれない。

「アンナは仲間がいるときだけ裸で泳ぐという変わった趣味があるようだ」グンナルが言う。

「独りのときは絶対に裸では泳がない。なぜだろうなあ」

「黙ってよ、この豚野郎!」アンナは笑いながら、手でグンナルの尻を叩いた。トロエが何を話しているのと訊いたので、カタリーナが島の美しさを堪能しているのだと説明した。それから食事が始まった。バゲットにチーズ、オイルまみれのサラダ、バイヨンヌ地方の生ハム、クレープにアボカド。イチゴ、ラズベリー、さくらんぼ。彼らは本当に頑張って準備したようだ。保冷バッグにはアルザスワインが八本も入っていた。

それから二時間半で、わたしたちは六本を空けた。トロエまで、自分はワインを飲んで育ったと言い張り、何杯かもらった。当然、いつもと同じ種類のけだるげな会話が始まった。酒が入れば入るほど、さらにけだるくなった。グンナルはかなり長いことトロエに水彩画を売ってくれと頼んでいた。少女は明日には完成するからと説明した。海岸にいてくれるなら作品を公開すると。オークションにかけてもいい。父親と一緒に数えきれないくらい何度もオークションに参加したから、どんなふうにやるのかは知っている。グンナルとエリックは真剣な表情を作ってその提案をしばらく検討していたが、間もなく興味を失ったようだ。話題は甘くて身体に悪い朝食を好むフランス人やその周辺のことに移っていった。少女はますます無口になり、リュックから小さな本を取り出して読み始めた。わたし自身はアウグスティヌスの『告白』を開いた。旅行には必ず持参するのだ。本を取り出すことで、わたしと少女は他の皆から距離を取ったことを主張したみたいだった。か細いとはいえ、意義深い境界線だった。しばらくは蠅の王のことを考えた。今のような状況、つまり船が難破して、何カ月も無人島で暮らすことを余儀なくされたら——と。ゆくゆくは少女とわたしで包領でも設立しよう。野蛮な者たちを押しとどめる前線を張るのだ。しかしすぐに、そのアイデアには実現の可能性も信憑性もないことに気づいた。

二時半を回った頃には別のボートがやってきて、砂浜の向こうの端に錨を下ろした。男と女が海岸に上がり、シンプルなビーチチェアに寝そべった。

「さあ、これでいい」グンナルが言った。「これで観客の数は充分だろ？　さあ、裸で泳いでみろよ、アンナ」

アンナはすぐにその挑戦を受けて立った。少々頼りない足で立ち上がり、ビキニを脱ぎ捨てると、海に向かって走った。あそこまで酔っていなければ美しいシーンだったのに。水に入って数メートルでつまずき、水の中に倒れこんだ。汚い言葉を吐くと、立ち上がり、こちらを向いた。「さあ、あんたたちもいらっしゃいよ、意気地なしどもが！」そう叫んだ。「ちょっとははじけちゃいなさいよ。ここは天国でしょうが！」

カタリーナ・マルムグリエンは一瞬躊躇《ちゅうちょ》しただけだった。彼女もまたビキニを脱ぎ去り、スキップしてアンナを追った。カタリーナのほうがずっと安定した足取りで、かなり遠くまで行ってから、自分で頭から水の中に飛びこんだ。

グンナルは声を上げて笑った。エリックも笑いながら、ブラボーと叫んだ。ヘンリックとわたしはなんのコメントもしなかった。トロエが手を叩き、フランス語で何か叫んだが、わたしには意味がわからなかった。それから彼女も、裸の女性二人を追って海に向かって駆けだした。

しかし今日は水着はつけたままだった。それはなぜだったのだろうか。アンナやカタリーナのような豊満な肉体と競い合っても無駄だと悟ったからだろうか。いや、あの子はもっと狡猾《こうかつ》で計算高いはずだ。

数分後には、男四人も海に入っていた。全員水着を着たままだ。わたしにはれっきとした根拠があったし、少なくともエリックはわたしと同じような気持ちだというのがわかった。

見知らぬカップルは四時頃に海岸を去り、それとだいたい同じ頃、アンナとグンナルが二人きりでちょっとだけ探検に出てくると言いだした。残っていたワインもすべて空になり、二人がセックスをするために別行動を取りたいのは誰の目にも明らかだった。

「船でブルイニェール島まで行ってみようかと」グンナルが地図を振った。「あそこに見えているやつだと思う」そう言って、まっすぐ西の方角にいくつか島のシルエットが見えているあたりを指した。「一時間で戻ってくる。いいだろ?」

「いってらっしゃい」カタリーナ・マルムグリエンが言う。「どうぞ楽しんできて。あはは」

「あはは」アンナが皮肉っぽく真似た。

「なんの話してるの?」トロエが尋ねた。

「子供には関係ないの」カタリーナはフランス語に訳さずにそう言った。

「まあ、そう言うなよ」エリックはすでに船のほうへ向かったグンナルとアンナの後ろ姿を見つめながら、考え深げに言った。「そう言うなよ」

「何を話してるのか知りたいの!」トロエが食い下がり、腕組みをした。「ずるいよ」

「歳を取ればわかることさ」エリックが言う。「お嬢ちゃん、ちょっとは我慢を覚えな」

スウェーデン語でそう言ったから、トロエは自分のことを話しているとは気づかなかっただろう。わたし自身はワインと太陽のせいで、脳みそが店じまいを始めていた。日陰を探してちょっと昼寝でもするか。わたしたちは黙ったまま、グンナルとアンナが船によじ登るのを見つめていた。グンナルが少々苦労してエンジンをかけ、船はブルイニェール島の方角を目指して、崖の後ろに消えていった。

「ずるいよ」船が視野から消えたとき、トロエがまた言った。急に、それがなんのことを指しているのかがわからなくなった。するとエリックが立ち上がった。「島の周囲を散歩してみようかな。トロエ、一緒に来るかい？」

エリックは淀みないフランス語でそう言った。わたしにわかる範囲でだが、しばらく頭の中で文章を組み立てていたのではないかと思うくらいに。

「Oui, monsieur!」少女が叫んだ。「Avec plaisir!」トロエは喜んで飛び跳ね、エリックの手を取り、二人で水ぎわを太陽の方向へと歩き始めた。

わたしはヘンリックとカタリーナと一緒にその場に残った。カタリーナはうつぶせになり、背中にクリームを塗るよう夫に頼んだ。わたしは今度こそ昼寝を実行に移そうと考え、バスタオルを手に、木陰を求めて島の中心へと登っていった。眠る前に自慰行為をと思ったが、あまりにも眠くて酔っていて、勃ちそうにもなかった。


頭痛で目が覚めた。それに寒い。

いや、目が覚めたのは、一メートルほどのところでヘンリック・マルムグリエンが咳ばらいをしたせいかもしれない。「起きてるか？　問題が起きた」

「問題？」

「ああ、グンナルとアンナが戻ってこないんだ。もう六時半なのに」

わたしは身体を起こし、腕時計を見つめた。二時間以上眠っていたようだ。頭痛がハンマーのようにこめかみを打ちつけている。他の皆が海から少し離れた位置に移動したことに気づいた。わたしのいる木の下から十から十五メートルのところまで来ている。カタリーナとトロエがこちらに背を向けて並んで座っている。エリックはそこから数メートル離れて。わたしはぶるりと震えた。冷たい風が吹き、黒い雲が空を覆い始めたのに気づいた。

「まだ帰ってこないのか？」わたしは訊いた。「なぜだ」

「わからん。何度も携帯に電話をしたんだが、まったく応答しない」

「持っていかなかったんじゃないか？」

「そうかもしれん。とにかく、何かあったにちがいない。間もなく雨も降りだすだろう」

「失礼」わたしは勢いをつけて起き上がった。「服を着ないと」

「十五度は下がったと思う」

二人で他の皆のところへ戻った。わたしはズボンをはき、長袖のTシャツを着た。

「これもちょっと飲んでおけ」エリックがカルヴァドスの瓶を手渡してくれた。「あのウサギどもが帰ってこないんだよ」

「聞いたよ」わたしは瓶に口をつけて大きくごくりと飲んだ。そして皆を見回した。トロエはカタリーナにぴったりと身を寄せ、カタリーナがその肩を抱いている。困った顔だ。「この子、具合が悪いみたい」わたしはエリックのほうを見つめた。昼寝する前に、彼が少女と散歩に出かけたのは覚えている。エリックは視線をそらし、海を見つめた。その方角は、もう輪郭《りんかく》を見分けることができない。海上の光は変化していた。まだ夕暮れ時でもないのに、視界が驚くほど狭くなっている。半メートルもある波が立ち、海が荒れ出すまでそう時間はかからなそうだ。わたしは、陸に助けを求めてはどうだろうかと言ってみた。

「そう言われても、どこに電話すればいいのか……」ヘンリック・マルムグリエンはそう答えたが、舌が完全には回っていなかった。わたし自身は頭蓋骨に太い針を二本打ちこまれているくらい頭が痛かった。全員が酔っていた。四人の酔ったスウェーデン人。船もなく無人島に取り残された。十二歳のフランス人少女を誘拐した上に、さっき散歩の最中に何があったかは考えたくもない。

「あと一時間待ってみましょう」カタリーナ・マルムグリエンが言う。「大騒ぎする理由はないんだから」

「船を借りるなんて、おれは反対だったんだ」

「黙りなさい、ヘンリック。今いちばん聞きたくない台詞よ」

「お前が少女を連れてきたんだろうが。だが、それも聞きたくないよな？　お前のせいで散々なことになった」

カタリーナは答えなかった。

「とりあえずカルヴァドスが半リットルは残ってる」エリックが言った。

「お前らはめちゃくちゃに無責任だってことだよ」ヘンリックはうまく動かない指でタバコに火をつけた。

少女がカタリーナに何かささやき、二人は立ち上がった。「吐きそうなんですって」カタリーナが非難めいた口調で言った。

「じゃあ吐かせてやれよ」エリックが言う。

カタリーナとトロエは木の生えているあたりまで上がっていった。振り返って見ると、少女は地面に膝をついて身体を震わせていた。その瞬間に、一粒目の雨粒を手の甲に感じた。エリックが酒瓶をヘンリックに渡し、ヘンリックがまた大きく一口飲んだ。


わたしたちは木の下で守りを固めようとした。雨風を避けるためにバスタオルを張ったのだが、あまり効果はなかった。ヘンリックはすっかり酔っ払い、うろうろ歩き回って悪態をついているだけ。カタリーナとトロエは並んで座り、体温を失わないように身体を密着させていた。さっき吐いてから、少女は一言も発していない。具合が悪いのは明白だった。わたしとエリックは交代で水ぎわへ行き、虚しくブルイニェール島の方角に目を凝らした。お互いにほとんど喋らなかった。八時には最後に残ったカルヴァドスを分け合った。カタリーナはいらないと言い、トロエもほしがらなかった。歯をかちかち鳴らすほど凍えているのに。焚火を熾そうかという案もあったが、ヘンリックがそのアイデアを一笑に付した。「ばかじゃないのか？　地球上でここほどびしょ濡れの場所はないのに……」。まったく、こんな目に遭ったのは人生初めてだ」

「黙れ」エリックが言い返した。「お前の子供じみた愚痴《ぐち》など、どうせ役にも立たない」

「ああ、黙っておくよ。火を熾したら呼んでくれ」

エリックが拳《こぶし》を握りしめるのが見えた。一触即発の状態で、取っ組み合いが始まってもおかしくなかった。その瞬間に、カタリーナが大声を出さなければ。

「見て！　あれ、船じゃない？」

わたしたちは五人とも、波間に目を凝らした。すると、本当に船がこちらに向かってきていた。

「あいつらか？」ヘンリックが訊く。

「わかるわけないでしょ」カタリーナが答えた。

「あいつらに決まってるだろう」エリックが言う。「それ以外にこの天気に海に出るやつなんているか？」

「ああ、やっとかよ……」

「お願いだから黙って、少しは役に立って」

「何をしてほしいんだ？　背中にクリームでも塗れってか？」

船に乗っていたのは本当にグンナルとアンナだった。二人は波を乗り越えて島に近づき、十五分ほど奮闘したのちに全員が船に乗りこむことができた。荒れた海では簡単なことではなかった。エリックは肘に傷を作り、少女は波をよけつつ短い梯子《はしご》を登りながら、大声で泣いていた。

「エンジンの調子がおかしいんだ」グンナルが言う。「エンジンをかけるのに二時間もかかった」

「で、楽しい時間を過ごせたといいが？」ヘンリックが言う。

黙っておくという良識はないらしい。間もなく自業自得な目に遭うだろう。「きみたちは下のギャレーに座っててくれ」グンナルが言う。「おれだって白熊のケツの穴みたいに凍えているが、このまま操縦を続けたほうがいいだろうから」

まったく下手な比喩《ひゆ》だと思ったが、わたしは黙っておいた。

「とりあえず、ヘンリックには操縦させないで」カタリーナが言う。

わたしたちは狭くて暗いギャレーにぎゅうぎゅう詰めになった。グンナルが船の向きを変えて、エンジンをふかす。確かに、エンジンがおかしいのが音でもわかった。鈍い低い音にしかならない。ここに来るときには大きな鋭い音を立てていたのに。船は斜めに波へと立ち向かう形になり、波がかなり激しくぶつかってくる。低い天井に頭をぶつけないよう、わずかに前のめりになってテーブルに摑まっていた。エンジン音が変化したせいで会話も可能だというのに、誰もその機会を活用しようとはしなかった。上がって下がって、上がって下がって。数分後には、もう気持ちが悪くなってきた。ここ数時間、頭痛には蓋をしていたつもりだったが、今それが新たな強さを伴って戻ってきた。かといって他の皆が元気そうに見えるわけでもない。わたしはヘンリックとエリックに挟まれ、テーブルの向かいにはアンナとカタリーナと少女が狭苦しく座っている。六組の手がテーブルを摑んでいて、強く握るあまりに関節が白くなっている。上がって、下がって。上がって、下がって。波に合わせてエンジン音も上がったり下がったりする。ちょっと高い波を越えるたびに、急に激しく揺れる。吐き気がゆっくりと増していく。わたしは自分の呼吸を数え始めた。こめかみで疼《うず》く単調な脈も数え、目をつむり、ベノデで出会った最初の日にこの人間たちの命を奪っておかなかったことを心から後悔していた。妄想を、今度ばかりは行動に移していればよかったのだ。

そのとき突然、エンジンが死んだ。そしてグンナルがギャレーに現れた。びしょ濡れの人影が操舵席に続くドア口を完全にふさいだため、真っ暗になった。「最悪だ！」グンナルは叫んだ。「また止まった！　ちくしょう！」

揺れがますますひどくなった。今は左右に揺れている。上がって、下がって。上がって、下がって。それでも、本来は四人がけのところを六人で座っているものだから、その場にねじ止めされたみたいに動けなかった。

「どうする？」グンナルが言う。「おれはもう手の感覚がない」

「陸までどのくらい？」アンナが叫んだ。外向きには叫ぶ理由などないのに。あるとしたら自分の内側にだけ。

「少なくとも三十分はかかる。だがエンジンなしでは陸の方角には流されない。北西の風だから、船が横転しなければだが、方向的には……いや、知るかよ。ラ・ロシェルかどっかだろ」

「もう一度エンジンをかける努力はできない？」アンナが言う。

「努力しなかったとでも言いたいのか？」グンナルは怒りの表情を露わにした。「もう指の感覚がないんだ。そろそろ誰か交代しようとは思わないのか？」

ボートが激しく揺れた。グンナルが頭をドア口にぶつけ、長い罵《のの》りの言葉を吐いた。

「わかった」エリックが言う。「おれが行ってみるよ」

エリックはグンナルの横をすり抜けて出ていった。グンナルはわたしの右側に身体を押しこみ、大きなため息をついた。「まったくなんてことだ。救命胴衣ひとつないなんて。何を考えて救命胴衣のない船なんか貸し出すんだ」

「エリックに船のエンジンのことなんてわかるの？」カタリーナが尋ねた。「ヘンリック、ねえ、あなたが……」

「おれは酔っ払ってるんだ。すまんな。だがこんなことになったのはお前らのせいだ。だからお前らでなんとかしろよ」

アンナの拳がピストンのようにテーブルを越えた。ヘンリックの顔の一部がぐしゃりと音を立てた。この揺れと闇の中で正確に当てたことは賞賛に値する。

「おい、どういうつもりだ！」ヘンリックが叫んだ。「この尻軽女め！」

「大人しくしろ！」グンナルも叫んだ。「さあ、皆いい加減にするんだ」

限界に達した感があった。文明人の薄っぺらいうわべが、この人間たちから剝がれ落ちたかのようだ。〝普通〟が失われ、生々しい野性の状態がそこにあった。言葉は緩衝材から武器へと変貌した。船が激しく揺れ、トロエが泣きだした。

少なくとも一時間が過ぎた。わたしたちは狭くて暗いギャレーに押しこめられたまま、激しい雨が降りつける怒り狂ったような海であっちへ投げ出され、こっちへ投げ出されしていた。

誰も何も言わない。時折発せられる罵りの言葉以外は。少女は何度もすすり泣き、エリックとグンナルは交代で死んだエンジンを見にいった。二人一緒にエンジンをなんとかしようとしたときもあった。ヘンリックとわたしは一度も手伝いを頼まれなかった。わたしの頭痛は消えたり戻ってきたりだったが、吐き気はずっと同じままだった。自分の呼吸と脈を数えながら、沈黙について考えた。なぜ誰もこの状況で何も言わないのだろうか。なぜ誰も、人間らしさを取り戻そうとしないのか。現状が彼らの能力を超えてしまったのかもしれない。そのせいで黙りこみ、行動不能になり、動物のように怯えている。わたしも何も言わなかったが、それは当然の戦略だった。全員がもう死ぬと思いこんでいたのかもしれない。その究極の瞬間を目前にし、それぞれが孤独の中で折り合いをつけようとしていたのか。自身の判断と能力に応じて、次第に酔いが覚めていく冷たい闇の中で。

左に座るヘンリックが眠ってしまったのに気づいた。そう思ったとき、カタリーナがわたしに少女のほうを見るよう促した。

「吐きそうなんですって。わたしには……」

「わかった。一緒に行くよ」

カタリーナがトロエに何か言い、少女はうなずいた。そして弱々しく息を吐くと、テーブル越しにわたしのほうに手を伸ばした。わたしはその手を摑み、二人で操舵席に続く四段の梯子を上った。雨がまだ激しく降りつけていたが、それでも波はわずかに収まったように感じられた。遠くに陸の明かりが見えている。結局のところ、それなりに正しい方向に流されてきたようだ。ともかく、沖には向かっていない。横転さえしなければ、一、二時間後にはまた土を踏めるのかもしれない。それとも崖にぶつかって粉々になるか。エリックは死んだエンジンにしがみつくようにして座っていた。エンジンを覆っていた黒いプラスチックのカバーを外したらしく、中身が丸見えだ。あの二人がやり遂げた唯一のことといえばエンジンをダメにしたことくらいか。海水が何度もかかったはずだ。トロエがえずきだしたので、船のへりまで連れていった。前屈みになって海に吐く間、彼女のことを右手でしっかり支えていた。しかし、船の間違った側を選んでしまったようだ。風に向かって吐いたものだから、ドロドロの嘔吐物が船に戻ってきた。トロエはまた泣きだし、えずき、わたしにはわからない言葉で叫んだ。それはフランス語ではなく、まったく別の言語のように聞こえた。

急に波が襲ってきて、わたしはバランスを崩した。前のめりに海に落ちそうになり、空いているほうの手を虚しく振り回して摑めるものを探そうとしたが、何もみつからなかった。トロエを道連れにしないよう手を離した瞬間に、日よけを支える支索《ステー》を摑むことができた。バランスを取り戻したとたん、自分が間違いを犯したことに気づいた。少女が悲鳴を上げ、腕をばたつかせたかと思うと、海に落ちた。

わたしはエリックを呼んだ。なんと叫んだのかは自分でも覚えていない。エリックはもちろん一部始終を見ていたから、彼もまた何か叫び、立ち上がり、波間を凝視した。急に水の中にトロエが現れた。頭と、激しく動く腕。しかしすでに船から二、三メートル離れていた。

「ロープだ」エリックが叫んだ。「ロープを投げろ」

わたしはパニックになって周りを見回した。投げられるロープなどない。救命輪もない。少女は悲鳴を上げ、また水の中に消えた。エリックは悪態をつき、ギャレーの中にいる四人に向かって何か叫んだ。わたしは日よけを回って船首デッキへと出た。激しく揺れていたから、ロープや支索をしっかり摑みながら。何か投げられるものはないかと必死で見回す。自分でも何を探しているのかはわからない。同時に、少女の姿を捜そうともした。数秒後にはまた頭が見えた。腕を激しく振り回し、叫んでいる。もう言葉ではない。発音にならない、鈍い音だけが喉から絞り出される。やばい。あの子は全然泳げないじゃないか！　グンナルとカタリーナも操舵席にやってきて、指をさしたり叫んだりしている。

一瞬躊躇したものの、わたしは海に飛びこんだ。その拍子に右足を硬くてぎざぎざしたものにぶつけ、鋭い痛みに引き裂かれた。水の中でも、最初の数秒はその炎のような痛みしか感じなかった。水を飲んでしまい、喉も焼けつくようだった。しかしなんとか落ち着きを取り戻し、あたりを泳ぎまわって少女を捜した。アンナとカタリーナが船上で叫んでいる。指をさして合図しているのだろうが、波の上下のせいで彼らの姿すら見えなくなった。そのとき、一瞬少女の姿が目に入った。頭と片腕が黒い海面に、コンマ一秒の間だけ露わになったのだ。それからまた消えてしまった。わたしは水に潜り、水中を見ようとしたが、目がひりひりとしみた。なんとか目を開けていられた一瞬も、自分の手がやっと見えるか見えないかという状態だった。水面に顔を出し、また水を飲んでしまう。アンナとカタリーナとグンナルがまた指示を叫んでいるのが聞こえる。どうやらわたしのすぐ近くに少女が見えたらしい。わたしは水をかき、また潜り、鈍い闇の中で何かをみつけようとしたが無駄だった。水面に顔を出して息を吸った瞬間、グンナルも海に飛びこんだのが見えた。わたしたちは水の中で見つめ合った。グンナルは汚い言葉を吐き、わたしは自分の足の痛みを思い出した。グンナルが潜り、わたしのほうはもう力が残っていないと感じていた。そこに浮いているだけで精いっぱいだった。

どのくらい波間で格闘していたのだろうか。おそらく数分の話なのだろうが、何時間にも思えた。少女を救うのをあきらめただけではない。自分の命さえあきらめかけていた。そのとき、急にグンナルが叫んだ。わたしから数メートルしか離れていないところで。「いたぞ！」船からはまた少し離れてしまったようだ。船はちょうど波を越え、見えなくなった。わたしはなんとかグンナルの元へ向かったが、その顔は野性的な怒りに燃えていた。口を大きく開け、目は何かを凝視している。「摑まえたぞ！」あえぎながら言う。「さあ、手伝えよ！」

グンナルは少女の頭を水面に出し、自分は水中に消えた。わたしには彼女の目も口も見えなかった。黒い髪が巨大な海藻のように顔にかかっているだけで。やっと片腕を摑むことができ、新たな力を得たわたしたちは船の方向に少女の身体をけん引し始めた。脚で水をかくたびに、もうこれが最後だと思いながら。もうどうしようもない。これで終わりだ。これ以上無理だ。

しかし無理ではなかった。少女を船に上げるのに十分はかかっただろう。皆がそれぞれに叫び、悪態をついている。グンナルは梯子に頰をぶつけ、傷を作った。アンナも海に落ちたが、自力で船に上がった。その間じゅうずっと雨が激しく降りつけ、波は船とわたしたちを流木のかけらみたいにあっちへこっちへと投げつけた。意識のない身体をどうやって引き上げたのかは説明できない。言葉と理解を超えていた。理解するなんて無理だった。

やっと少女を操舵席の床に寝かせると、カタリーナが膝をつき人工呼吸を始めた。口から息を吹き入れ、胸の上に両手を置いて押すというのを交互に繰り返す。そういえば彼女は看護師だった。それ以外の誰も、手伝うそぶりはなかった。日よけの下で身を寄せあっているだけで。急に、沈黙が再び場を支配した。海と雨の音に勝るほどの沈黙。そして数分後には波が落ち着いてきた。ずっと猛烈に降りつけていた雨が日よけの布に当たるささやき程度になり、わたしは一瞬意識を失っていたようだ。

数分後、カタリーナが身を起こした。そしてわたしたちをじっと見つめた。怯えたような瞳で、一人一人を。その手と肩は疲労に震えている。頬には涙が流れていた。

「死んでるわ」カタリーナはそう言った。「死んでるのがわからないの?」

二〇〇七年八月のコメント

なし。本当にないのだ。

二〇〇七年八月八日〜十三日

12

犯罪捜査官グンナル・バルバロッティは自分の車に座り、雨を見つめていた。

水曜の夜だった。天気の変化は午後早くに起きた。南西に雲堤が湧きおこり、二時過ぎに最初の重い雨粒を落とした。その半時間後には空全体が黒く覆われた。片側の地平線から反対側の地平線まで。それからずっと雨が降っている。特別激しいわけではないが、間断なく執拗《しつよう》に。気温は二十五度から十五度まで下がった。

爽快だ――とグンナル・バルバロッティは思った。やっと息ができる。少なくとも、助手席の窓を数センチ開ければ。考えてみると、それが今現在唯一ポジティブな点だった。息ができるということが。ここ三日間、捜査と自分の職業への無力感が増すばかりだった。それにマリアンネに投げかけた言葉――〝転職〟が定期的に頭に浮かぶ。

この夏、人生が岐路《きろ》に差しかかったかのようだ。そうじゃないか？

岐路？　まるで敗北主義みたいな発想だ、実際のところ。だがあとになってそんなふうに振り返るのはわかっていた。二〇〇七年の夏、おれはあの決定とあの決定とあの決定を下した。そして、なるようになった。

人生とはそういうものなのだろう。そういう構成になっているのだ。長い間ルーチンとマンネリが続いたかと思うと、急に門が開き、可能性を与えられる。しかし時間内に選ばなければ、門は閉まってしまう。選ばないこともひとつの選択肢なのだから。

ともかく今は車に座り、この家を警備している。自分から志願したのだ。かなりどうでもいい任務を自ら請け負った。しばらく外に出たかったからだ。バックマンは不思議そうな顔で見つめたが、何も言わなかった。いつものように見透かされているのだ。それに感謝している自分がいた。バックマンのような女性は母親のような目をもっていて、それに逆らっても無駄なのだ。

だが理想化しているだけかもしれない。母親の目を必要とする男たちがその幻想を創り出し、そんな目を宿してくれそうな女性の顔にくっつけるのだ。マリアンネとの関係も同じ理屈なのか？

ところで、その男たちというのは？

おれ自身に必要なのは、手紙を書く狂人以外のことを考えることだ。バルバロッティはそう思いながら、目を覚ましておくためにガムを二粒口に入れた。一時間前にきれいに剪定された菩提樹《ぼだいじゅ》の間に車を停めたとき、何も起きませんようにとわが主に頼んでおいた。何時間かのんびりここに座って、シフトが終わったら車で走り去る。一晩じゅう邪魔されずに睡眠をとるために。十二時間ぶっ続けで寝られる自信があった。時間さえあれば、十四時間でも。

一ポイントか？　わが主が問うた。はい、一ポイントで、とバルバロッティは請け合った。

マリアンネとは十分ほど電話で話した。その会話にいちばん心が痛んでいるのかもしれない。

そう、しっかりと見つめる勇気さえあれば。実はそのおかげで目が覚めているのだ。二粒のガムよりもずっとその可能性が高い。というのも、マリアンネが少し……よそよそしかったのだ。会話に集中していなかったし、子供とけんかでもしたのだろうか。

そうだといいのだが。よそよそしさの原因が自分でなければ。しかし不思議なのは、これも同じくらい懸念すべきことなのだが、バルバロッティ自身も通話の間じゅう上の空だった。それはきっと、ここ数日の異常なまでの労働時間のせいだ。それが人間のもっとも重要な機能と需要を吸い取ってしまった。愛、気遣い、そして恋しさ。残っているのは空虚な穴だけ。

その穴を、疲労と気分の落ち込みで埋めようとする。

それと、さらに仕事をすることで。

自己憐憫《じこれんびん》の沼での散歩を終えると、思考が捜査のことに戻っていくのはやむをえなかった。まあ、これでいいのだろう——。今、自分の人生で唯一進んでいるのは捜査だけなのだから。

正確に言うと、先週シムリンゲに戻って以来進んでいる。休みなく働いて、今日で八日目だった。なのに手紙を送りつける殺人犯に関する知識は、ゴットランド島から戻るフェリーを降りたときから何も増えていない。

腹が立つが、まるっきりわからない。一週間ソーセージ工場で働いたとしたら、少なくともソーセージを何本か作ったのだからと自分を褒めることができたはずだ。自分はここ七、八十時間の勤務で、何か価値のあることができただろうか。それに自分一人の話ではない。少なくとも十人の同僚が同じくらい働いているのに、自慢できるようなことは同じくらい何もない。それが現実だった。

その一方で、犯人は一人きりだ。そいつのことはいくらでも批判すればいいが、とりあえず何人もの警官を忙殺できている。

これ以上仕事をしたくないと思っている警官たちを。

そういうことだ。

捜査幹部は月曜に新たな顔ぶれになった。アスナンデルがその前から宣言していたように。アストル・ニルソン以外に、今では国家犯罪捜査局から二名の紳士が来ていた。ヨンネブラードという名の警視と、タリンという名の警部。グンナル・バルバロッティは二人のことをまったく把握していないが、優秀な犯罪捜査官なのだろうと推測はできた。ともあれ、自分たちは何でも知っているという顔でずかずかと署に入りこんできたりはしなかった。個人的には、言ったとおり、自分に責任がなければないほどありがたい。現在、幹部と呼ばれるグループには六人いる。旅人たちをのぞけばバルバロッティ、エヴァ・バックマン、イエラルド・ボリセン。ボリセンは陰気な雰囲気のせいで、普段はソリセン《悲しみ》と呼ばれている。アスナンデル警部ももちろんその場にいるわけだが、いつものごとく後ろに控えているだけで、入れ歯を吸っては誰かをぎろりと睨《にら》みつけ、定年退職する日を待ちわびている。プロファイラーのリリエスコーグは行ったり来たりだった。ここ数日犯人については何も新しい動きがないので、プロファイルをこれ以上明瞭にするのは不可能だった。二度の殺人にちがった手法を用いるのは珍しいことだ。

それは全員が認めるところだった。どうやら、ナイフを使う殺人犯の精神状態には一般に知られた解釈があるようだった。鈍器を好む犯人の精神状態が確立されているのと同様に。しかし、この日はこのやり方、別の日は別のやり方を選ぶ犯人の精神状態を把握するのは難しかった。

そういうことだった。どちらの事件もあらゆるマスコミに大きく取り上げられ、被害者たちの名前も公表され、写真が掲載された。しかし捜査幹部たちはシルヴェニウス検察官と相談の上、警察に手紙を書いて予告するという、まったく意味不明な犯人の作法については発表しないことに決めた。ただしこの決定は今後変更される可能性がある。偉大なる探偵諸君つまり市民から情報提供を期待できるかもしれないというのがひとつ。一方で、パニックが起きるだろうという懸念、しかしずっとあとになって手紙が世間の知るところとなれば警察は批判を免れないだろう。どっちを取るかだった。

だがともかく、三通目の手紙——そして三人目の被害者——を待つ間は黙っておくことになった。


ところがなんと、数時間前にそれが来たのだ。

手紙が、だ。今のところ被害者はまだ出ていない。少なくとも、みつかってはいない。バルバロッティは最近ランチのあとに自宅に戻るのが習慣になっていた。その日の郵便物を確認するためだ。三通目の手紙が来るとすればまた同じ種類の封筒だと思いこんでいたので、あやうく見逃すところだった。

しかし筆跡は同じだった。短いメッセージが書かれた紙も。今回ちがったのは、水色の封筒が使われていたことだ。スウェーデンでもっとも一般的とは言えないが、特に珍しいわけでもないので、追跡は不可能だろう。消印は今回はもっとはっきりしていて、明らかにボロースで投函されたものだった。

メッセージはいつもよりさらに簡潔だった。

三人目はハンス・アンデション。

シムリンゲにはハンス・アンデションの名前で税務署に住民登録されている人間が二十九人いた。その一人は、今ちょうどバルバロッティが車に座って警備している家に住んでいる。警備するというのは、あわてて決めたとりあえずの作戦だった。二十九人全員に、命を脅かされている可能性があること――実際に脅かされているのは一人だけなのだが――と、ある程度の警備をつけるつもりであることを伝える。この午後、二十九人中二十七人に連絡がついた。六人は旅行中だが、帰宅し次第警察に連絡すると約束した。

連絡のつかなかった二人だが、一人はグアテマラだかコスタリカだかにいるらしく、もう一人はシムリンゲにいるようだが、連絡がつきにくいことで有名な人物だった。詩人で画家の一匹狼で、電話はなく、約一カ月前に地元新聞に載った記事によれば、八十五歳の誕生日にはなんの祝福もされたくはないということだった。

今のところ、そういう状況だった。たった今バルバロッティが少しは安全を確保しているハンス・アンデションは、ノルビィという住宅街のフラムスティエグス通り四番に妻と三人の子供と住んでいる。四十四歳で、県立病院の麻酔科の上級医師。今夜は家族全員が在宅しており、明かりの灯ったこの家に犯人が侵入するとは非常に考えづらい。もしそうなったとしたら、間抜けと言っていいほど怖いもの知らずの犯人ということになる。あるいは捕まりたくて仕方ない犯人？　しかしこれまでのところ、そういう気配はない。むしろ正反対だ。

バルバロッティは時計を見つめた。八時四十五分。交代まであと七十五分。運転席の窓からガムを吐き捨てると、魔法瓶からコーヒーを注いだ。

お前は誰なんだ――一通目の手紙を読んで以来、そう思うのはもう百回目だろうか。凶行の裏にはどういう動機があるんだ？　なぜおれに手紙を送ってくる？

いい質問だ。残念なのは、そのどれに対しても答えと言えそうなものがないことだった。

ちょうどノルビィ地区を出て、運動公園のガソリンスタンドでホットドッグを二本買おうともくろんでいたところ、バックマン警部補から電話がかかってきた。

「あなたに見てほしいものがあるんだけど」

「今？　もう十時半近いぞ」

「今よ」

「ええと……腹が減ってるんだが。きみはまだ署にいるのか、つまり」

「ご名答。昼のピザが半分残ってるからあげるわ。このデスクの上にある」

「どうも。まったくきみには逆らえないな。何を見ればいいんだ?」

「一枚の写真」

「写真?」

「ええ。あと五分で着くでしょう?」

「その写真には何が写ってるんだ?」

「え?」

「何が写ってるんだ?」

「ごめんなさい。ちょっと疲れてて。ええ、それは来てからあなたが決めて」

「オーライ」バルバロッティはため息をついた。「今行くよ。きみの言うことはよくわからんが。ピザを電子レンジで数分温めておいてくれないか」

「電子レンジまでは遠い」バックマン警部補が説明した。「でもしばらく暖房のラジエーターの上に置いておいてあげる」

「助かるよ」


「で、どう思う?」

バルバロッティは写真を見つめた。普通のカラー写真、十センチ×十五センチ。ベンチに座る人間が二人写っている。男と女。ちょっとボケていて、夕方か午後遅くのようだったが、陽が当たっているわけではない。

二人とも夏の装いだ。五十センチほど間隔を空けて座っている。男は紺色の半袖シャツに、薄い色のチノパン、そしてサンダル。女性は肩の出た薄手のベージュのワンピース。裸足だが、シンプルなビーチサンダルが地面に、ブルーのゴミ箱の脇に脱ぎ捨てられている。女性は笑顔は浮かべずにカメラを覗きこみ、男は向こうを向いていて、写真を撮られていることに気づいていないようだった。

気づくのにしばらくかかったが、いったん気づくと確信に変わった。写真の女はアンナ・エリクソンだ。髪形がちがうし、髪の色もちがうが、彼女のはずだ。

「これはアンナ・エリクソンじゃないか」

「じゃあそこは同じ意見ね。男のほうは？」

「男のほう？」バルバロッティはオウム返しに訊き、室温に温まったピザをかじった。写真をデスクのランプの下に置き、はっきり見えるようちょっと傾けた。

「男のほうはかなりぼやけてるな。何を言わせたい？」

「あなたがしっかりすれば、少しはピントが合うはずよ。焼き立てのピザをご馳走してるんだから、少しは……」

「待て。何が言いたいかわかったよ。つまり、これがエリック・ベリマンじゃないかどうかを知りたいんだろう」

バックマンは何も答えなかった。バルバロッティは写真を目から二十センチのところまで近づけ、可能なかぎりベンチの男に集中した。エリック・ベリマンの顔を思い出そうとする。特にあの写真、新聞に掲載された写真を頼りに。しかしその二枚の写真はどうしてもひとつに溶け合わさろうとしなかった。今まさに頭の中に浮かべていた写真が載った新聞を、バックマンがこちらに滑らせて寄越した。バルバロッティは写真を並べて見比べてみた。バックマンはじっと黙って答えを待っている。

「わからない」バルバロッティは結局そう言った。「もちろんベリマンの可能性もあるが、ちがってもおかしくはない。この写真はどこから？」

「アンナ・エリクソンのアルバムからよ。ヨーランソンとマルムが二時間前に被害者の地下の倉庫でみつけたの」

「地下の倉庫？」

「ええ」

「で、被害者の倉庫を確認するのになぜこれほど日数がかかったんだ」

エヴァ・バックマンはため息をついた。「倉庫がふたつあったの。それを警察は把握していなかった」

「ほう？　それで、みつかったのはこれだけか？」

「もっとベリマンが写っている写真がないかってこと？」

「ああ。そうだ」バルバロッティはまた一口ピザをかじった。

「残念ながら、この一枚だけ。アルバムといっても三冊しかなかった。この写真と同じ服を着た写真もみつからなかったから、他の人が撮った写真をもらったんじゃないかと。そうでなければ、同じときに撮った写真は見ればだいたいわかるでしょう」

「そうだな。エリック・ベリマンのほうの写真はどうなんだ。彼だっていくらかは写真をもっていたんだろう？」

「それがみつからなかったの。不思議なことに」

「みつからなかった？　それはつまり……」

「犯人が彼のアルバムを盗んだ。そうかもね。でも誰も彼も写真を撮るわけじゃない。その点はベリマンの友人たちにも訊いてみましょう。今までそのことを思いつかなかった。最近はデジタルの人も多いしね。パソコンの中に保存してある」

「それは聞き覚えがあるな。まあ、遅れてでもやらないよりはましだ。で、ハンス・アンデションは？　つまり、写真だが」

「わかってる」バックマンはため息をついた。「全員の写真を集めないとね。アンナ・エリクソンのアルバムにそのうちの誰かが登場するかどうかを確かめるには。逆も必要かしら」

「エリクソンとベリマンを彼らのアルバムから探すということか？　もしくはパソコンから」

バックマンは肩をすくめた。その顔は疲れて見えた。

「いつやるんだ」バルバロッティはそう訊いてから時計を見つめた。十一時五分前。

「ヨンネブラードとタリンが明日朝いちばんにやると決めた」

「なるほど。これで明日もやることができたな。ところで、ハンス・アンデションという名前の男を選んだのは偶然だろうか」

「え？」

「だって、これ以上ありふれた名前はないだろう。アンナ・エリクソンにハンス・アンデション。正解をみつけるのが難しいから、その名前の人間を選んだということはないか？」

「エリック・ベリマンは五人しかいなかったけど」

「そうだな。だがそのときは手紙が本気かどうかわからなかった」

バックマンはうなずいた。「そうね。一理あるかも。もちろん可能性としてはそういう単純な話ってことも……それに、誰を殺すか決めてないのかもしれない。いちばん警備の手薄な人間を選ぶのかも。そうだとしたら……」

「そうだとしたら……」バルバロッティが続けた。「完全に狂った人間を相手にしてることになる。いや、被害者の間に接点があることを願おう。少なくともそれで多少は理解可能な事件になる。理由が存在すればだが」

バルバロッティはまた写真を見つめた。「これはどこで撮られたんだろうか。なんだかスウェーデンじゃないような気がする」

「わたしもそれは思った。このベンチとゴミ箱が……ええ、この国で撮られたのではない。かなりそんな気がする」

「よし。じゃああとはスウェーデン以外の国をすべて捜せばいいだけだ」

バックマンはピザの箱を潰し、ゴミ箱に押しこんだ。「これがベリマンだというのに百クローネ賭ける」そう言って、背筋を伸ばした。「あなたはその逆に賭ける?」

「賭けてもいい。だが、どちらが正しかったかわかる日は来るんだろうか」

「まったくあなたはいつも悲観的よね。そこが問題なのよ」バックマン警部補が言い切った。

しかしそう言った彼女の顔にも、たいして楽観的な表情は読み取れない。そこにあるのは、バルバロッティの心をいっぱいに満たしてるのと同じ疲労だけ。「送ろうか? 今日は珍しく車なんだ」

エヴァ・バックマンは一瞬戸惑った。

「もうここで寝ようかと思ってたくらいよ。どうせ家には誰もいないし。でもシャワーを浴びてベッドで寝られたほうがいいか」

三年前なら――とグンナル・バルバロッティは思った。うちでビールでもと誘っていたのに。

しかしそれは三年前の話だ。

13

「手紙のことをもう一度よく考えてみよう」ヨンネブラード警視が言った。「タリンとも昨夜その話をしたんだが、二人とも同じ質問がある」

そこは、ストックホルムから来た国家犯罪捜査官たちのために用意された四階の部屋だった。アスナンデル警部の部屋と壁一枚隔てただけで、本来は上層部の会合のための部屋だった。使えるのはリンドヴェーデン署長やアスナンデル他の地位の高い責任者だけ。バルバロッティの知るかぎり、年に一度は使われている。署長がロータリークラブの仲間をクリスマス前にホットワインのお茶会に招待するときだ。だが内装は素敵だった。薄い木目の入ったバーチ材の家具、椅子の座面はワインレッドの革張り。壁には絵画までかかっている。アカマツの森やら嵐の海の風景やら、もちろん複製だろうが、それでも絵画は絵画だ。コーヒーメーカーに小さな冷蔵庫まであって、部屋の角で音を立てている。ホワイトボードと、ＤＶＤプレーヤーやビデオデッキがつながったテレビもある。

ヨンネブラード警視が捜査の指揮を執っていた。階級の差が口に出されたわけではないが、彼のほうがタリンより少なくとも十歳年上で、髪も薄く、顔の皺《しわ》も格段に多い。全体的に力強い印象で、彼が指揮を執るのは自然な流れでもあった。タリン警部のほうは、背もそれほど高くなく、やや痩せ型で、バルバロッティと同年代。物静かで思慮深く、昔風の礼儀正しい印象を与える。バルバロッティは高校時代の数学の先生を思い出した。時間とともに印象が深まる人間性だった。退屈な二時間授業の都度、テスト前の復習授業ごと、学期が終わるたびに。心地よいタイプの人間だ——とバルバロッティは思う。常に周囲にあれこれ証明してみせる必要がないのだ。自分の能力も欠点も支配下に置き、手なずけているから。

かといってヨンネブラードのほうに問題があるわけではない。まったく別のアプローチを取る人間だとでも言えばいいのか。最初はわりと配慮ある態度だったが、次第に決裁権を振りかざし始めた。アスナンデルを除けば、捜査幹部は六人いる。もしこれが犬の群なら、餌に口をつけるのも雌犬にまたがるのもヨンネブラードがいちばん先なのだろう。

バックマンは雌犬にまたがろうなんて夢にも思わないだろうが。

「なるほど」アストル・ニルソンが言う。「手紙のこと？」

「うむ」タリンも口を開いた。「そう、手紙だ。もっと具体的に言うと、バルバロッティ、きみ個人宛だという点についてだ」

「その点については考えてみたんですがね……それもかなり」

「それはよかった」ヨンネブラードが言う。「犯人は、どうやら最初からきみに連絡を取るつもりだった。そこに何か意味があるはずだ。きみとなんらかの関係がある。それについて考えたのはわかっているが、それでもきみにやってもらいたいことがある。タリンと一緒に考えたんだが、もう少し系統立ててやれないだろうか。じっくり時間をかけて。きっとやる価値があると思う」

バルバロッティは一瞬考えてから言った。「何をすればいいんです？　具体的には」

「つまりこういうことだ」ヨンネブラードの額に垂直な皺が刻まれた。「われわれが想像しているのは、こういう犯人だ。一定数の人間の命を奪うだけではなく、なぜか警官をからかうことも目的にしている。しかし警察全般ではなく、ある特定の警官に対してだ。それがきみだ、バルバロッティ。なぜ犯人はそんなことを？」

「なぜかというと……」

「なぜかというと、そいつはきみのことを知っているからだ。犯人がきみを知っているということは、きみも犯人を知っているはずだ。つまり、なんらかの関係がある。とんでもなく古い話かもしれない。ずっと昔に塀の中にぶちこんだやつかもしれない。ひょっとすると小学四年生のときに校庭であごを殴った相手かもしれない。ともかく重要なのは、そいつがそこに存在すること。バルバロッティ、きみの過去のどこかにね。だから、しっかり腰を落ち着けてそいつを掘り起こしてほしいんだ」

ヨンネブラードはまったく、ダサいハリウッド映画の予告編みたいだった。だが、だからといってその考えが間違っているともかぎらない。

「そうかもしれない。ひとり反省会ってとこですね」

「順を追って考えてみるといい」タリンが口を挟んだ。

「今日はこうしよう」ヨンネブラードが前屈みになって楕円形のテーブルに肘をついたので、

バルバロッティにもその息が感じられるほどだった。コーヒーとゆで卵——嗅ぎ間違いでなければ。それにキャビアが少々。「きみのことは他の作業から外す。だから自分の部屋に座って……あるいは自宅に帰ったほうがよければそれでもいい……人生を洗い直すんだ。今までに会ったことのある人間で、こんなおかしなことをしでかす可能性のありそうな……あくまでありそうなだぞ……人間の名前をすべて書き出すんだ。少なくとも五十人。さらにその中からもっとも可能性が高そうな十人を選んでくれ。そのふたつのリストに明日一緒に目を通そう。きみの警察官としての過去には当然いちばん重きをおいてくれ」

なんてことだ。この男は……この男はおれに家に帰り、ベッドに寝転び、考え事をしろと言うのか。給料をもらっている勤務時間中に。丸一日。

「悪くないアイデアですね」バルバロッティは素早く立ち上がった。「少なくとも、やってみる価値はある。では明日また……ということでいいんですか？」

「また明日の同じ時間に」タリンが言う。

ヨンネブラード警視は椅子にもたれ、満足気な表情だった。「同意してもらえてよかった」

「あなたのおっしゃることならいつでも」

おれがこの提案に反対するとでも思ったのか？　廊下に出たとき、バルバロッティは思った。おれはあの男を過大評価しすぎていたようだ。

しかしベッドに寝転んで考え事などできなかった。こんな天気なのだ。家に帰ってみてそう気づいた。空はまあ灰色で曇っているし、午後には少し夕立が来るかもしれないが、風はないし気温は二十度程度だった。

言い換えると、長い散歩にぴったりの天気。賢い警官ならどんなときもチャンスを逃さない。バルバロッティは小さく丸めたレインコートと、小さなリュック、水、フルーツ、ペンとノートで武装し、車でシムメン岬へと向かい、岬の北側の海岸ぞいを歩き始めた。森には縦横に遊歩道が通っていて、尾根づたいにケランとリンミンゲのほうまで続いている。

国家犯罪捜査局からやってきたヨンネブラード警視とタリン警部が考えているように、本当におれの頭の中に殺人犯が存在するのなら、そいつを振り出すにはこの平和な風景の中を心地よいテンポで誰にも邪魔されずに数時間散歩するのが理想的な方法だ。そうだろう?

そう思うと、なんだか楽観的になれた。そんな気分には普段あまり縁がないが、論理的な出発点としては使えそうだ。主調が決まったような。

しかしまずはゴットランド島に電話をするところから始めた。それさえしておけば、このあと罪悪感なく携帯をオフにしておける。それが思いついた言い訳だった。

マリアンネは少し悲しそうな声だった。今日がグスタボーでの最終日だからだ。明日子供たちと一緒にヘルシンボリに帰る。しかしバルバロッティはその言い訳を完全には信じなかった。何か別の理由があるはずだ。月曜から仕事だというのが関係あるのかと尋ねた。するとマリアンネはもちろんそれも影響していると答えた。

「明日にはこの天国を離れなきゃいけない。夏休み自体あと三日で終わりだし、もうすぐ生理も始まる。ちっとも楽しくない。気分が……」

「どういう気分なんだい？」

「孤独」

「二人の子供と一緒にいて、きみを愛している警官が一人いるというのに、なぜ孤独なんだ」

「それはきっと……」

「なんだい？」

「その警官のせいかも」

「なるほど」

バルバロッティはなぜ自分が「なるほど」と答えたのかわからなかった。何かひらめいたわけではまったくない。むしろ逆で、暗いカーテンが素早く閉まったみたいだった。一瞬、疲労のあまり立ち止まり、木の幹にもたれたほどだ。マリアンネも黙ったまま、数秒が過ぎた。

「何が……何が問題なんだ？」やっとのことでバルバロッティはそう訊いた。

すると、マリアンネが洟《はな》をすする音が聞こえた。

「わたしは四十二歳よ。これまで四年も孤独に生きてきた。もうあと一年だってこんな生活を続けるのは嫌。あなたと会っているときは楽しいけど、でも……そう、それじゃ足りないの」

バルバロッティは一瞬考えた。一秒半くらいだろうか。

「じゃあ結婚しよう」そしてつけ足した。「つまり、きみさえよければ」

受話器の中が静まり返り、マリアンネの呼吸だけが聞こえていた。少し短めの呼吸。彼女もまた外に出て散歩している最中のようだ。そう、よく聞き耳を立ててみると、砂利を踏む足音が聞こえている。

「義務感でそんなこと言ってほしくない」

「ちがう、おれは……」

「プレッシャーはかけたくないし」

「プレッシャーなど感じてない」

「一緒に暮らしてみてうまくいかなかったら、わたしはもう死ぬわ。また新たにこの一連の手順を踏む気力はない」

「そのくらい、よくわかってるよ。おれだって四十七だ。この先あと四人の奥さんともめたいと思うか?」

マリアンネは笑った。おれは彼女を笑わすことができるじゃないか。最悪ってわけじゃない。

「あなた、本気じゃないでしょ?」

「本気だ」

「本気には聞こえない」

バルバロッティは咳ばらいをした。「これからもヘルシンボリに住みたいのかい?」

「わたしは……」

「おれはそっちに引っ越してもいい」

マリアンネは泣きだした。おれは彼女を泣かせることもできる。パニックが棘《とげ》のように刺さった。なぜ泣く？　おれと一緒になりたくないのか？　それとも……急な展開に圧倒されているのか？

「嫌なのか？」

「いいえ」マリアンネが答えた。「結婚したいわ。でもあなたが本当に結婚したいのかわからない。あなたが思ってるほど、わたしは一緒に住んで楽しい人間じゃないかもよ？　わたしたち今まで、最高の状況でしか会ってないでしょう。あなたはもしかすると……」

「そんなのたわごとだ。きみを愛してる。きみと一緒にいられないのがすごく嫌なんだ」

マリアンネが鼻をかむ音が聞こえた。「わかった。でも後悔できるように一週間あげる。来週の水曜日に電話してくれる？　それでまた同じことを言うなら、もう後戻りはできないわよ。いい？」

「いいよ。ヘルシンボリに戻ったら、今より大きなアパートを探し始めてくれ」

通話が終わると、バルバロッティは携帯電話の電源を切った。脈が機関銃のようにどくどくと打っている。百から百十といったところか。

くそ、まいったな。まあだがそういうことだ。

そしてこれから、記憶の中から犯人を捜し出す。まったくなんて一日だ。

バルバロッティは木の根につまずき、あやうくトゲスモモの藪《やぶ》に倒れこむところだった。言われたようにした。ヨンネブラードとタリンに言われたとおりに。人生のいちばん頭から始め、ノートにひとつひとつ名前を書き留めた。それは不思議な作業だった。ある意味、癒しでもあった。それとも、最後の審判の日に初代ローマ教皇ペテロの前で人生の決算を行っているのか。

あいつとあいつのことは、この世での彷徨《ほうこう》の間に傷つけてしまった。あいつとあの子とあいつとは、一度も相容れることがなかった。それ以来、おれにいい気持ちは抱いていないだろう……そう、十代の頃から。もしくはルンドでの大学時代。もしくは警察大学時代。パンパス地区の筋トレバイオリニスト？　あの麻薬の売人？　あのファシストの強姦魔か？

言ったとおり、不思議なことに次々と浮かんでくる。一人一人やってきては、顔と名前と状況をバルバロッティの心の目に登録する。高校時代だけでも――カテドラル高校の不良ばかりの社会系コースだったが――六人の名前を拾い上げた。おまけにそのうち二人は教師だった。その中の誰かがここまで狂ってしまったと本気で思うわけではない。今頃家でおれ宛に手紙を書いていて、次々と人の命を奪うなんて。しかしこの方法、つまりヨンネブラードとタリンが提案したやり方は、まずはこれまで知り合った中でおれのことを好きにならなかった人間を全員書き出せというものだった。当時まともにもめた相手だけでなく、究極に異常な状況においてなら、こんなことをする可能性がなきにしもあらずという人間たち全員を。

四年生のときに殴り合いのけんかをしたレイフ・バランデル。

五年生のときおれの顔に唾を吐きかけたヘンリック・ロフティング。体育の授業でサッカーをしていたときに、トンネルをして彼に恥をかかせたからと。

ヨハン・カールソンは七年生と八年生のときにいじめられていて、いじめっ子たちに復讐するために自分自身に火をつけた（バルバロッティはいじめには加わっていなかったが、見て見ぬふりをする大多数に属していた）。自分の命を奪うことには失敗したが、顔の傷は一生治らなかった。

オリヴェル・カサレスについては、その恋人だったマデリエンをスキー場に滞在していた一週間の間に盗んでしまった。少なくともオリヴェルはそうだと思いこんでいるが、実際にはマデリエンのほうからやってきたのだ。

それに他にも大勢。潜在的な敵がこれほどの人数いるとは思ってもみなかった。こういう棚卸作業は皆一度はやってみるべきだ。おれはそこまでひどい人間じゃなかったはずだが？　他の皆よりひどかったってことはないと思うのだが。ちがうか？

一時間ほどしてウルメの水車までやってきたとき、休憩を取って陳列棚の中身を数えた。三十二名分の名前。チェスのマスの数のちょうど半分じゃないか。おまけにまだこれから警察官としての十五年が残っている。ヨンネブラードとタリンに指示された五十人は余裕でクリアできそうだ。

リンゴを一個食べ、水を半リットル飲んだ。しばらく座ったまま、ざらざらした水車小屋の壁にもたれ、流れる水の音を聴いていた。長い乾燥した夏のあとで、水はそれほど残ってはいない。ちょろちょろと流れる筋にすぎないが、それでも音は聞こえた。結婚するのか？　急にバルバロッティは思った。おれはマリアンネと結婚するのか。なんてことだ。

だがその後悔の週とやらを必要としているのは本当のところどっちなのだろうか。マリアンネが自分のために時間を稼いだのでは？　結局はそういうことじゃないのか？　来週水曜日に電話をしてみたら、すべてを遅らせるための言い訳をするのでは？

よく考えてみると、新しい車を買うときのような気分だ。もしくはアパートを買うとき。長年影響を及ぼすことになる選択を前にして、売り手のほうは正しい買い手をみつけられたのかどうかまだ自信がない状態だ。こんなの、非現実的でくだらない発想にちがいないが、ともあれ冷静な目で状況を見極めようとはしている。

一緒に暮らしたらどんなふうになるんだろうか。毎朝同じベッドで目を覚まし、それぞれの仕事に向かう。彼女の子供たちと一緒に夕食を食べる。週末になれば車で一週間分の食材の買い出しに行き、客を呼んでディナーを振舞う。旅行を一緒に計画し、テレビの前でぼーっと映画を観る。

問題点を探そうとする。もう後戻りできないところまで来た頃に、お互いが気に障るようになってくるのだろうか。二カ月半くらいで愛されなくなるのか？　サラはなんて言うだろう。エヴァ・バックマンはなんて？　ソリセンとアスナンデルの元に彼女を残して、おれだけヘルシンボリに引っ越すと告げたら。そもそもヘルシンボリ警察に仕事はあるのか？

新たな一歩を踏み出すのが怖くはないのか？　実際にすべてが現実になってしまうんだぞ。プロポーズしたときも結局は一瞬躊躇《ちゅうちょ》したわけだし、口に出すだけならいくらだってできる。まいったな――バルバロッティは考えた。ここ五年半で、いちばんいい決断じゃないか。

同じ期間に他に何か意味のある決断をしたかどうか考えてみたが、ひとつも思い浮かばなかった。

まあ、ギリシャのタソス島に旅行に行くことにしたことくらいか。

バルバロッティは時計を見つめ、あともう少し先まで行ってから町に戻ろうと決めた。森に住まなければ——急にそう思った。犬を飼って、毎日二時間散歩するのだ。ヘルシンボリのあたりにはどんな森があるのだろう。ポールシェー森——確か、そんな名前の森がなかったか？　だとしたらブナの森だろうな。だってそうだろう？

バルバロッティはまたリュックを下ろし、ノートの新しいページをめくった。

三十分後、五十五名分の名前が集まっていた。男が四十六人、女は九人だけ。ともあれおれはなかなか紳士のようだ、それだけは確かだ。女性の敵はほとんどいない。

一方で、カタログ作りには飽き飽きしてきた。これがなんの役に立つ？　ヨンネブラードとタリンは本気でこの中に犯人の名前が交ざっていると思っているのだろうか。森の中をうろうろ歩き回って、ノートにほぼ適当に書きつけたような名前なのに。人生の黎明期に犯罪学を学んだ頃も、こんな捜査方法を目にした覚えはない。いや、いちばんふざけているのは名前のことじゃない。それは……プロファイル自体だ。

つまり、いったいどういうやつを相手にしてるんだ？　動機はなんだ？　そもそも動機なんてあるのか？　論理的に合理的に理解しようとする意味はあるのか？

つまり、原因はあるのか？

その疑問が、エリック・ベリマンが殺されたと判明して以来、バルバロッティの頭の中をうろついていた。しかし今、森の心地よいささやきと酸素濃度と、ちょうどよい気温の中で、気がついた。問題点をしっかりと見つめる時間を自分に与えていないんじゃないか？

はて、どうだったか。もしベリマンとエリクソンの命を奪ったのが合理性のかけらもない狂人だとすると、推測するのは難しい。いや、正確に言うと、その場合は逆にそれしかできない。推測しか。そして想像。そういうタイプの犯人というのは、心の奥底では捕まりたいと願っているのかもしれない。リリエスコーグが言ったように。それなら遅かれ早かれ、かなり危険な賭けに出てくるはずだ。厚かましく大胆になり、警察とのゲームで危険を冒す。そういう瞬間が必ずやってくる。そいつがひとつめのミスを犯すのを待って、捕まえればいい。それまでにあまり大勢の命を奪っていないことを願いつつ。

しかしもし非合理的な狂人でないとしたら、どうなる？　そこでちょうどヴレーテンの丘のバードウォッチングの物見台にたどりつき、残っている水を飲むために立ち止まった。そう、どうなる？

今やっているようなことをする理由のある殺人鬼。シムリンゲ警察のグンナル・バルバロッティ警部補に標的の名前を書いた手紙を送ってから、その人間たちの命を奪うなどという計画。それに、考え抜いた動機のある犯人。いったいどういうシナリオなのだろうか。そんなことをする目的は？

苔むした石に腰を下ろし、その疑問はそれ以上攻撃せずに宙に浮いたままにしておいた。そうすることによって、答えがおのずと生まれるようにするのだ。その手法はたまにうまくいく。しかし十分ほど後に得たほんのわずかな説明は、昔からよくあるやつだった。つまり、警察を右往左往させるため。

警察に問題をもたらす。大量の人材を投与せざるをえなくする。捜査をかく乱し、単純かつ重要な点から注意をそらす。

ふうむ……それでは単純かつ重要な点とは？

とりあえず、手紙を完全に無視してみるか？

そこにはたったひとつの答えしかない。

被害者同士の関係だ。

そこになんらかの関係があるはずなのだ。犯人に殺す理由があるという前提でだが。そこを出発点に分析しなければ。エリック・ベリマンとアンナ・エリクソンの人生がどこかで交差したはず。そしてその交差点に犯人もいる。

おそらく、ハンス・アンデションという名の男も。

そこで急に、確信が芽生えた。もしハンス・アンデションが例えばレオポルド・ベーンハーゲンといった珍しい名前なら、自分は三通目の手紙は受け取っていないはずだ。だってレオポルド・ベーンハーゲンなら、すぐに狙われている当人をみつけ出せただろうから。

しかしなぜそんな名前が浮かんだのだろうか。ベーンハーゲンだって？　聞いたことのある名字だが、思い出せなかった。

バルバロッティは自分にあきれて頭を振った。それこそ今やっていることじゃないか。被害者二人の接点をみつけだすこと。間違った方向には行っていない。正しい方向を目指している。しかし、けっして少なくない数の警官がハンス・アンデションという名前の人たちを警備するのにかかりきりになっているのも事実だ。それは否めない。

それに捜査幹部の一人は、森の中を歩き回って考え事なんかしている。よく考えてみると、ちょっと笑える構図だ。

転職——マリアンネには転職することを考えていると宣言した。いいじゃないか。結婚してヘルシンボリに引っ越すなら、いっそのこと仕事も替えてしまおう。言ったとおり、この夏は人生の岐路なのだ。

現状打破の夏。脱皮の夏。

バルバロッティはまた時計を見た。一時二十分過ぎだ。少し冷たい風が木々の合間を吹き抜け、間もなく雨が降りだしそうだった。リュックサックからレインコートを出し、ペンとノートはしまった。

おまけに——リンミンゲの小川の飛び石を少々苦労しながら渡ったときに、思った。おまけに、四十七歳の元犯罪捜査官が転職市場でどれだけ魅力的かという問題もある。

体重と同じ重さの金ほどの価値はないだろうな。

あらゆる意味で。

14

ヨンネブラード警視が椅子にもたれると、肘掛け椅子がうめき声を上げた。

「全員揃ったようだな？　リリエスコーグ、きみにも来てもらえてよかった」

グンナル・バルバロッティもテーブルを見回した。確かにそのとおりだ。今日は八人だった。バルバロッティ、エヴァ・バックマン、ソリセンの三人が地元チームを代表している。ヨンネブラードとタリン、アストル・ニルソンが助っ人チームだ。

アスナンデル警部は自分自身を代表している。少なくとも、そのように見える。テーブルにはつかず、少し脇に座っている。ヨンネブラードの斜め後ろあたり、つまり聞き役の位置に。プロファイラーのリリエスコーグももちろん助っ人とみなしていいだろう。彼が代表しているのは、心理学と科学の間みたいなものか。「わたしから始めさせてもらってもいいかい？　三時半の列車を予約しているので」

ヨンネブラードがうなずいた。バルバロッティは時計を見た。二時を数分過ぎたところだ。今日は金曜だから、リリエスコーグは愛する家族の元へ帰りつきたいはずだ。

もしくはペットの金魚だかなんだか知らんが。

おれは断固として、ちょっと不機嫌な顔で座っておくぞ――バルバロッティはそう決心したにもかかわらず、やっぱりやめることにした。えらそうにする理由など何もないのだ。自分には金魚一匹いないのだから。

「同僚何人かにも、この事件について相談してみたんだが」リリエスコーグが話し始めた。「問題は、かなり珍しい状況だということだ。つまりかなり珍しい犯人だ」

「珍しい?」ヨンネブラードが訊き返した。

「そう。あらゆる意味で珍しい。最悪のシナリオを描くとすれば、非常に頭のいい殺人鬼を相手にしている可能性がある。少々大袈裟《おおげさ》に聞こえるかもしれないが……どちらかというと現実よりも文学の中に生きているような男。あるいは映画の中か。計算しつくした計画を立て、罪悪感なくきっちり完遂する。皆知ってのとおり、われわれのように犯罪捜査に関わる者にとっても日常茶飯事とは言い難い」

「おれたちの日常ってのは、ストレスのたまった酔っ払いがキレて暴力をふるうようなことだもんな」アストル・ニルソンが言葉を継いだ。

「そんなところだ。普段ならそんなものだろう? あるいは地下社会における制裁。しかしこの犯人はそれとは別の血統というわけだ。それでも捕まえたいなら、ポイントはそいつの動機だ。それ以外に犯人に続く道があるとは思えない。犯人は本気で一定数の人間を殺そうとしている。答えはその人間たちの中にある。他のどこでもなく」

「適当に標的を選んだ可能性は……」バックマンが反論を開始したが、リリエスコーグがそれを制するように手をかざした。

「適当に標的を選んだとは思えない。もしそうなら、非合理的な狂人だ。いやちがう、こいつは自分に対して嫌なことをした人間を消すという戦略のはずだ。推測するに、こういう場合はいつもそうだが、普段はわりと控えめで守りに入った人間のはずだ。多少社会性に欠ける部分はあるかもしれない。ともかく確実なのは頭がいいこと。非常に頭脳明晰と言ってもいいかもしれない」

「サイコパスなのか?」アストル・ニルソンが尋ねた。

「それについては確実なことは言えない。サイコパスというのはかなりいい加減な呼称なんだ。気軽に使われる言葉だが、実際にそれに当てはまっているケースは滅多にない。この犯人も共感力が低いのは確かだろうが、それはどの暴力犯にも言えること。捕まるのを恐れてはいないかもしれない。というより、自分と警察の間の駆け引きをゲームのように考えている。警察に手紙を書くことである種の刺激を得ているんだろう。そうやって興奮を感じて、自分の承認欲求を満たす。つまり、普通の連続殺人犯ではないと言いたいんだ。これは何か別のものだ。残念ながら、言ったとおりきみたちが普段慣れているようなやつらよりずっと知能が高い。独りで犯行をやり遂げ、自分が何をしたいかもはっきりわかっている。そして実行に移す」

「でも、何か理由があってのことですよね」タリンが訊く。

「そう、何か理由があってのことだ。わたしからのアドバイスは、その理由を探すことだ」

リリエスコーグは椅子にもたれ、ペンを胸ポケットにしまった。分析はこれで終わりらしい。

「誰か、リリエスコーグに質問は?」ヨンネブラードが訊いた。

「ひとつ」グンナル・バルバロッティが言った。「その犯人像にどのくらい確信が?」

リリエスコーグは二秒間考えた。

「八十パーセント」

グンナル・バルバロッティはうなずいた。「では残りの二十だった場合、そいつは電話帳を開いて名前を選ぶような異常者だということですか?」

「例えば、そういうことだ」


プロファイラーのリリエスコーグが退出すると、ハンス・アンデションの件に話題が移った。

「三日だ」ヨンネブラードが宣言する。「犯人が手紙を送ってから、少なくとも三日が経った。シムリンゲに住民登録されているハンス・アンデションは二十九人全員連絡がつき、全員と話をした。全員まだ生きているし、誰もアンナ・エリクソンやエリック・ベリマンとは知り合いではない」

「誰も?」アストル・ニルソンが訊き返した。

「ともあれ、知り合いというほどのレベルではない。三、四人はベリマンが誰だかは知っていた。また別の一人はアンナ・エリクソンと二年間同じクラスだったが、同じ友達グループではなかった。こちらはできるかぎり話をぼやかしたし、先方には黙っておくように頼んだ。今のところそれでうまくいっているようだが、永遠に隠しとおすのは無理だ。遅かれ早かれタブロイド紙に嗅ぎつけられるだろう。誰を殺すのか手紙で警察に教える殺人犯のネタは、けっこうな儲けになるはずだ。普段より五万部は増刷だろうな。だがその点については起きてから考えよう。今われわれがハッセ(ハンスの愛称)たちにつけている警備は自慢できるようなものじゃないが、二十四時間態勢で三十人もの人員を必要とする。それでも……」ヨンネブラードは考えるためにそこで一呼吸置き、あごの下をかいた。「それでも、警備は必須だという気がする。きみたちはどう思う？」

「なぜ警備をつけない理由があるんです？」ソリセンが待ってましたとばかりに訊いた。

「なぜかというと、犯人はおそらく警察が警備をつけている人間は殺さないからだ」アストル・ニルソンが言った。「殺すつもりなら、もうやってるだろ。アンナ・エリクソンのときは警察はまったく時間をもらえなかった。こう考えることもできる。別の町に住んでいるハンス・アンデションなのかもしれない」

「それであればもう死んでるな」タリンが続けた。「ハンス・アンデションという名前の人間は全国に千五百人以上いる。このバカンス時期だ、そのうち数人は半分失踪したような状態で、それが水面に浮き上がってくるまでには時間がかかる。もちろんこの件については各県警と連携してはいるが……」

「当然だ」ヨンネブラードが言う。「それに、覚えておいてくれ。警備をないがしろにすると、あとでえらい目に遭う。だがいつまでもこうやってるわけにもいかない。ハイリスクなサッカーの試合の警備より金がかかる」

「興味深い状況ね」エヴァ・バックマンが言う。「じゃあどうするんです、つまり」

「何かアイデアは？」ヨンネブラードがテーブルを見回した。

「警備は撤収」アストル・ニルソンが言う。「関係者には知らせずに」

「理由は？」ヨンネブラードが訊いた。

「ぜひ説明させてくれ。だがまずちょっと水をもらえるかな？」

タリンが炭酸水の瓶の栓を抜き、グラスに注いだ。

「どうも。そう、まず第一に、今やっている拙《つたな》い警備では何も防げない……やってることといえば、うまくいっているふりをしていることくらいで、まったくばかげてる。世間の顔色を窺ってるだけだ。第二に、警備しているのに殺人が成功したら、かえって警察が間抜けに見えてしまう。第三に……そう、第三には、言ったとおり、親愛なる手紙好きの犯人殿は、われわれが警備を続けている間はハッセに指一本触れないだろうと思うからだ。だから、警備からは手を引いていい」

「同意だわ」エヴァ・バックマンが言う。

「わたしも同意だ」バルバロッティも言う。

「ふうむ」ヨンネブラードはうなった。「もう少し慎重に考えたほうがいいんじゃないだろうか」

「お好きなように」アストル・ニルソンが言う。「そろそろ、すでにある死体について話しませんかね」

そうしようということになった。

まずはソリセンが、あれ以来続いていた聴取の内容を詳細に報告した。エリック・ベリマンを様々な形で知っていた人たちへの聴取だ。総括すると、ベリマンの人物像は多角的に明瞭になったものの、捜査に決定的な情報は何もなかった。

それからエヴァ・バックマンが同様のことをアンナ・エリクソンについて報告した。そして、両被害者にはなんというか性格的に一致する部分がある――とバックマンは強調した。二人とも個人主義を貫いている。それは話を聞いたほぼ全員が言ったことで、二人とも強くて、外面がよく自分大好きな一面があった。数人はアンナ・エリクソンのことを〝性格がきつい〟とか〝気が強い〟と表現したし、エリック・ベリマンの高校時代の同級生などは大昔の友人に対して〝冷徹〟とまで言ってのけた。

ソリセンとバックマンの報告を合わせると一時間近くかかった。情報は次々と追加され、アンナ・エリクソンが火曜日の午前十一時五十五分には生きていたことの確認も取れていた。バルコニーに出ていたのを、信頼のおける目撃者、つまり通りを隔てた向かいに住む住人に目撃されていたのだ。そしてその二時間後には死んでいた可能性が非常に高い。というのも、女友達が何度も彼女の携帯電話にかけたのに、出なかったからだ。この二時間の間に犯行が行われたわけだ。鑑識の捜査は両現場とも終了しており、様々な内容物の入ったビニール袋がいくつも解析のために国家犯罪科学捜査研究所《SKL》に送られたが、まだ結果は何も返ってきていない。それにその方面から捜査に役立つようなことが発覚するとも思えない。指紋やDNAは明らかに存在しないし、アンナ・エリクソン宅で犯人が取った行動の仮説としては、呼び鈴を鳴らし、部屋に入れてもらい、鈍器で殴り殺し、ゴミ袋に入れ、死体をベッドの下に隠した。もちろんそういうことなのだろう。階段で後ろ姿を目撃された正体不明の男は、いまだ輪郭《りんかく》が見えてこないし、素性もわかっていない。おまけに、改めて目撃者を聴取してみると、火曜日と月曜日を混同したかもしれないなどと言いだした。

手紙については別の筆跡鑑定人が新たに分析を行った。右利きの人間が左手で書いたというのがやはりいちばん有力な説だった。手紙は最初の二通がヨーテボリで投函され、三通目はボロースだったことから、犯人はシムリンゲから百五十から二百キロ以内に住んでいると思われる。

「素晴らしい」アストル・ニルソンがつぶやいた。「つまり、西スウェーデン在住の右利きの男を捜せということか。捕まえるのは時間の問題だな」

「そうかそうか……」ヨンネブラード警視もぶつぶつ言った。「いちばん重要なのは、視野を広げて捜査を続けることだ。接点もみつけなければいけない。特にアルバムの確認だ。今のところまだ何もみつけられていないが、ハンス・アンデションが殺される前に手がかりがつかめるといいのだが……」

ヨンネブラードは咳ばらいをし、ちょっと水を飲んだ。「それと同じくらいいいのは、なぜ手紙を受け取ったのかをバルバロッティ警部補が教えてくれることなんだが」

バルバロッティは椅子の中で背筋を伸ばした。

「その点についてはすでに話し合ったでしょう。わたしは言ったとおり、洋服ダンスに隠してあった死体の棚卸をした。そしてあなたがたにそのリストにおやと思うような名前があったのなら、ぜひそちらが教えてください」

テーブルが静まり返り、全員がバルバロッティが書いた六十名分の名前をじっと見つめた。そのうちの五、六人についてしばらく議論が交わされた。全員、犯罪歴データベースにひとつもしくは複数注記のある人間だ。それから皆頭を振り、これではなんの手がかりにもならないという結論に達した。

「きみ自身は、特にこの中に有力な候補がいるとは感じないんだね？」ヨンネブラード警視は急にとても疲れて見えた。

「ええ、感じません。だからといって、このうちの誰かだと判明してもあっけに取られるわけじゃない。ただ、有力な候補者を十人だけ選べと言われても、無理なんです」

「おれの好みとしては、ちょっと計算が多すぎるな」アストル・ニルソンが言った。「ハッセが二十九人、次はバルバロッティの過去の亡霊が六十人。それをすべてマッチングマシンに入れてみると、どれとどれがペアになって出てくる？　そういう問題なのか？　それとも、どうお考えなんです？」

「デスクに座ったまま考えている時間が長すぎるし、捜査が少なすぎる」エヴァ・バックマンも加勢した。

「捜査にはある程度の方向性が必要だ」タリンが指摘した。「少なくとも、数日経ったからには」

「わたしも同感です。発言を取り下げます」

そこでソリセンが控えめな咳ばらいをした。

「あの写真のことなんですが……なぜかあれはフランスなんじゃないかという気がして」

男と女がベンチに腰かけている写真。たまたま発見され、じっくり分析されてきた。

「フランス?」ヨンネブラードが訊き返した。「なぜだ。理由を聞かせてくれないか」

「ベンチの横のゴミ箱の色がなんとなく……。ええ、確かに一部しか写っていないが、あれはゴミ箱だと思う。その色のトーンに見覚えが」

バルバロッティは急に、イェラルド・ボリセンが余暇に絵を描いていることを思い出した。数年前など、警察署の食堂でちょっとした展覧会をやったほどだ。一ダースほどの小さな絵は、油絵具と卵テンペラで人間の上半身を描いたもので、驚嘆と賞賛を巻き起こした。バルバロッティも一枚買うつもりだったが、心を決める前にすべて売り切れてしまった。ソリセンには、このチームの他のメンバーにはない色のセンスがあるのかもしれない。

「ゴミ箱の色?」ヨンネブラードがあやふやな口調で訊いた。「それはどういう……」

「なるほど」アストル・ニルソンが言う。「きっとそうだ。窓枠の色も、おれが昔借りたことのある別荘を思い出すよ。アブランシュといって、ノルマンディー地方だった。まだ行ったことのないやつがいたら……」

「そこにこだわりすぎないほうがいい」タリンが遮《さえぎ》った。「それにベンチにかけている男がエリック・ベリマンかどうかもまだ確定はしていない。そうだろう?」

「もちろん」ソリセンが言う。「ただ、言っておきたかっただけで。これが南インドであってもおかしくないんだ。どちらにしても、そんなことわかってもなんの手がかりにもならないし」

「そうかそうか……」ヨンネブラードがまた言って、椅子にもたれた。「フランスかイタリアか？　できれば捜査範囲は広げず、むしろ狭めたいところだがね。ヨーロッパじゅう捜さなくちゃいけないのか？　だがありがとう。今後役に立つかもしれない」

「そうかもしれませんね」ソリセンも言う。

ヨンネブラードはすっかり気落ちした一同を見回した。「残念ながら他に手立てはなさそうだな。すでに決めた方向性で続ける以外に。ハンス・アンデションたちの警備はこの週末も現在の規模で続ける。特に予測外のことが起きないかぎり、月曜の朝十時にまたここで集まろう。質問は？」

誰も質問はなかった。ヨンネブラード警視が会議の終了を告げた。時刻は五時五分前。八月十日金曜日だった。

「きみの休暇は？」その十分後、エヴァ・バックマンが部屋に顔を出したとき、バルバロッティは尋ねた。「休暇はどうなったんだ？」

「火曜まで出勤。でもこの週末も別荘には行くつもり。往復八百キロだけど、家庭の平和を守るためならね。あなたは？」

バルバロッティは肩をすくめた。「予定ならふたつある。ひとつは、ここへ来てさらに働く。

だが、今後の人生についても考えたいと思っている」

「いいじゃない。正しい選択だわ。つまり、後者のほうがね」

「じゃあそういうわけで。月曜に会おう。ご家族によろしく」

「マリアンネによろしく」

「水曜までは電話しないんだ」

エヴァ・バックマンがドア口で立ち止まった。「水曜? なぜ?」

「ちょっとな」

「ちょっと?」

「ああ」

「あなたってたまに、すごくはっきりものを言うのね」

15

人差し指を聖書に突っこみ、そのページを開いた。

マタイによる福音書六章二十二〜二十三節
目はからだのあかりである。だから、あなたの目が澄んでおれば、全身も明るいだろう。しかし、あなたの目が悪ければ、全身も暗いだろう。だから、もしあなたの内なる光が暗ければ、その暗さは、どんなであろう。

バルバロッティはそれを二度読み直した。ほう……なるほど、当然そういうことなのだ。

しかしこれが神の導きなのであれば——だってそれが聖書を開く目的なのだから——どういう類《たぐい》の導きなのかは議論の余地のあるところだ。捜査のことを指しているのか？　それともおれ個人のこと？　全体的に魂が暗く、人生のいばらの道で盲目的に格闘していると？

それとも両方か？

まあ、両方かもしれないな。

澄んだ目ならば、どんな場合でも得をするだろう。そこにあるものを見ることができる。思いこむ危険なく。

ちがうのか？

バルバロッティはため息をつき、聖書を閉じた。キッチンに行くと、冷蔵庫が空っぽなことに気づいた。そりゃあまあ、チーズが一塊と、マーガリンが一箱、牛乳の一リットルパック、他にも残り物が四、五種類はあるが、まともな夕食を作れるような材料はない。とはいえ、なぜ自分だけのために夕食を作らなきゃいけない？　今は土曜日の夜六時半だった。友人に電話をかけて、ワインを一杯飲みながら食事でもしないかと誘うには遅すぎる。正確には、バルバロッティと同じレベルの孤独に生きる友人は二人しかいない。それに正直言うと、その二人のどちらかとレストランのテーブルを挟んで世間話をしたいとも思わない。

中でもいちばん最悪なのは、独りで店に座ることだった。町の人たちには顔を知られている。おや、あそこで犯罪捜査官が独り寂しく食事をしているぞ。気の毒に。ちっとも楽しい人生じゃなさそうだな。

くそっ、それだけは耐えられない。しかし腹は減っている。そのくらいのことに肉体は影響されないのだ。これはロックスタのホットドッグ屋台で、ソーセージ二本にマッシュポテトだな。それは以前にも試したことのある、適度に控えめな譲歩だった。帰り道に〈エリエン《ヘラジカ》〉に寄って、知ってる顔がバーカウンターにあるかも探してみよう。

出かける前に、キッチンの窓の外の温度計を確認した。二十四度。ここ数日不安定な天気だったが、また高気圧が戻ってきたようだ。今日ばかりは長袖はいらない。テラス席に座って仲間と楽しむためにあるような夜だった。

おれの全身の暗さはいかほどだろう——。グンナル・バルバロッティはそんなことを考えながら、町へと急いだ。

おまけに水曜までマリアンネに電話できない。


しかしサラに電話することはできる。

ロックスタのソーセージと、〈エリエン〉でのメランコリックで孤独なビール一杯が、やっと時間を八時十五分まで進めてくれた。そして玄関に足を踏み入れた瞬間、娘に電話しなければいけないと気づいた。

絶対にしなければ。

バルコニーのデッキチェアに寝そべり、電話番号を押す。夕焼けを見つめ、ニシコクマルガラスの声に耳を傾けながら、ロンドンから娘の声が聞こえるのを待った。六回呼び出し音が鳴ったあと、留守番電話に切り替わった。サラの陽気な声が聞こえてくる。英語とスウェーデン語で「今、寝ているかシャワーを浴びているところ。番号を残してもらえれば、クリスマスまでにはかけ直します」バルバロッティは五分待ってからもう一度かけた。すると今度は出た。

「もしもし、パパだよ」

「誰?」

背後で音楽や人の声が聞こえている。

「パパだ」バルバロッティは少し声を張り上げた。「お前の優しいパパだよ。覚えてないのかい？」

サラが笑った。「なんだ、パパか。かけ直してもいい？　あとそうね……三十分後に。今こ、ちょっとバタバタしてて」

バルバロッティはそれで構わないと答えた。〝ちょっとバタバタしている〟とはどういう意味なのだろう。それに〝ここ〟ってのはどこだ？　どちらにしても安心感は生まれなかった。家にいて、背後に聞こえるのがテレビのニュースや掃除機の音のほうがずっとよかったのに。そうではなく、酒瓶がかちゃかちゃと鳴る音が聞こえている。ちがうか？　それにタバコの煙。絶対にもうもうと煙が立ちこめているはずだ。電話で感じ取るなんて無理だと思われるかもしれないが、二十年近く犯罪捜査官をやっていればそのくらいわかる。

バルバロッティは書類鞄の中から六十名分の名前が書かれたリストを取り出し、冷蔵庫からはビールの最後の一本を取り出し、またバルコニーに座った。

待っている間、仕事でもしていよう。今は仕事だけが、心の拠り所だった。人生は砂利採掘場、おれはそこで働くショベルのようなものだ。

サラから電話がかかってくるまで、五十五分かかった。つまり、名前ひとつにつきほぼ一分の時間があったわけだが、ちっとも役には立たなかった。どれほど名前を睨《にら》みつけても、誰も手紙を書く殺人鬼には思えないし、暗闇に光は灯らなかった。

「もしもし、パパ？」サラが言う。「かけ直してくれない？　カードにお金があまりなくて」

それがいつもの儀式だった。「元気なのか？」やっと会話が始まったとき、バルバロッティは尋ねた。

「うん。すごく元気よ。パパ、心配なんかしてないでしょ？」

「心配するような理由があるのか？」バルバロッティは狡猾《こうかつ》に訊き返した。

「全然」サラは笑いながら断言した。「でもパパがどんなに心配性かは知ってるから。よかった、電話をしてくれて。ちょうど話そうと思ってたの。彼氏ができたことを」

「彼氏だって？」バルバロッティはビールグラスを握り潰しそうになった。

「うん。リチャードっていう名前よ。すごくいい人」

そんな言葉には一瞬たりとも騙されるものか。その男はお前を騙して利用しようとしているだけだ。それがわからんのか？

「リチャードだって？　びっくりしたよ、彼氏ができたなんて。どういう仕事をしているやつなんだ？」

「ミュージシャンよ」

ミュージシャン！　バルバロッティは心の中で絶叫した。サラ、お前はまったくどうしてしまったんだ？　音楽といえば麻薬、性病、それに、それに……。すぐに家に帰って鍵をかけて閉じこもるんだ。パパが明日迎えにいくから！

「もしもし？　パパ？」

「ああ……聞こえてる。お前、本当に大丈夫なのか……つまり、どういう種類のミュージシャンなんだ?」

バルバロッティは雷のように素早い祈りをわが主に送った。どうかどうか、ロンドン交響楽団のチェロ奏者でありますように！　そうすれば三ポイント差し上げます！　いやどんなやつでもいい、とにかく……。

「ここのパブでいつも演奏してるバンドのベーシストよ」

なんてこと——。いや、わかってたことだ。鼻ピアス、刺青《いれずみ》、ドロドロの汚い髪は重さが三キロくらいあるんだろ?

「パブだって?」

「パパ、もうひとつの仕事は辞めたの。今はパブでしか働いてない。でもすごく楽しいのよ。みんないい人だし、何も心配しなくていいからね」

「サラ、お前はまだ十九歳だ」

「自分が何歳かは知ってるわよ、パパ。自分が十九歳のときは何してたの?」

「だから心配なんだよ」バルバロッティがやっとのことでそう言うと、ご褒美に笑い声が返ってきた。

「ねえパパ、大好きよ」

「パパもお前が大好きだよ、サラ。だが自分を大切にしてくれ。パパが若かったときとは全然ちがう世の中なんだ。それに女の子のほうがどれだけ危険か。パパが仕事で見てきたことのほんの一部でも……」

「知ってるってば。でもわたしはばかじゃないんだから。信用してよ。リチャードに会えば、パパもきっと好きになる」

会ったら十四時間ぶっ続けで取り調べてやる。しょんべん休憩もなしで——。それから外蒙《がいもう》古《こ》にでも追放してやる。

「なぜブティックでの仕事を辞めたんだ。十九歳の女の子がパブで働くなんて、いい環境だとは思えない」

「パパ……」サラはため息をつき、辛抱《しんぼう》強く説明した。「よく考えてみてよ。世界じゅうのあらゆるパブで十九歳の女の子がお酒を出してるんだから。週に四回しか働いてないのに、あのスノッブなブティックの倍のお給料をもらえる。わたしなら全然大丈夫だから。タバコも吸わないし、コンドームなしのセックスもしない。お酒はパパの半分も飲まないし」

「そうか……」バルバロッティはそろそろ白旗を掲げるときだとわかった。「お前には幸せでいてほしいんだよ。わかるだろう。ところでモーリンは元気かい?」

モーリンはサラが一緒にロンドンに旅立った女友達だった。カムデン・タウンでアパートをシェアしている。

「モーリンも元気よ。でもまだ彼氏はできてない」

「賢い子だ。言ったとおり、九月には遊びにいくつもりだから。まだ行ってもよければだが」

「マイ・ハート・ビロングス・トゥー・ダディー」サラはそう言って、それが今日の会話でいちばん素敵な言葉だったから、二人はそのままさよならを言い、また一週間後に電話すると約束をした。

町の屋根や川ぞいのニレの街路樹の上で空がゆっくりと紺に染まる間、バルバロッティはバルコニーに座ったままだった。一年後、自分は別のバルコニーに座り、エーレスンド海峡（ヘルシンボリが面しているスウェーデンとデンマークの間の海峡）を見つめているのかもしれない、と急にそう思った。デンマークのヘルシンゲエーアにルイジアナ美術館、他にもあんなことやこんなこと――。

もしそうなったとしたら。

あるいは、そうならなかったとしたら。人生の残りの夏の夕べを、この三平米のバルコニーで過ごしているとしたら。今夜にかぎって言えば、そこまで悪くない気もするが。それでも……。

いちばん最悪なのは、そうならない可能性を自分の心、つまり澄んだ目が想像してしまうことだった。歳を取れば取るほどやる気がなくなり、二年後もしくは五年後、八年後に自分が必死に変わろうとしている姿など到底想像できない。

四十七歳で元気じゃないなら、五十七歳になって元気なわけはないだろう。状態を変えるために自分で頑張らないなら。

しかしおれは今必死なはずだ。死ぬ気で変わろうとしている。水曜にはマリアンネに電話して、そう説明するつもりだ。あとは彼女が後悔に襲われていないことを祈るだけ。彼女をそこまで信頼していること自体、ある意味驚きだった。まだ知り合ってたった一年なのに。会ったのも九回か十回くらいだ。孤独に背中を押されただけだろうか。この歳にもなれば……悩む時間がいくらでもあるわけじゃない。

行動を起こすか、枯れ果てるか。

しかしこうも思った。そんな考えは極めて大雑把で、必要以上に実利を優先しているように聞こえる。だってマリアンネへの気持ちにはなんの躊躇《ちゅうちょ》もないわけなのだから。彼女を愛している。仕事を辞めて、ヘルシンボリに引っ越すつもりもある。そんな単純な話なのだ。彼女さえ望めばそれ以外の場所でもいい。大都会ベルリンでも小さなフューゲスタ村でも、どこでも。世界じゅうの女性から求められても、マリアンネを選んだはずだ。いや本当に。嘘じゃない。この夕焼けが証人だ。

それからある記憶が甦《よみがえ》った。なぜだろうか。

約十年前の事件だった。女性が真夜中に「夫を殺した」と署に電話してきた。住所を訪ねると、そこはパンパス地区の新築のタウンハウスだった。バルバロッティは女性の同僚――今はストックホルムに移ってしまったが――と二人で駆けつけ、まさに女性が言ったとおりの光景を目の当たりにした。夫はキッチンのテーブルに突っ伏して座っていた。組んだ手に頭をのせるようにして。左右の肩甲骨の間に出刃包丁が刺さっていなければ、座ったまま寝ているのだと思っただろう。

「なぜです」バルバロッティは尋ねた。

「他にどうしようもなかったのよ。夫はわたしを捨てるつもりだった。そんなことになったら、わたしはどうなるの？」

バルバロッティは当惑した顔で相手を見つめた。少し太り気味の、五十五歳の老けた女だ。

「でも、あなたはこれからどうなるんです？」

「これで誰かに構ってもらえるでしょう。独りで暮らすなんて無理だから。一日たりともね。それに夫はもうどこにも行かない」

そのあと正式な取り調べも行われたが、女性は同じ主張を繰り返した。それが当然のことのように。なんの疑問もないし、深く分析する必要もない。夫は一生彼女を愛し面倒をみると誓ったのだ。その誓いを破ったとき、まっとうな解決策はひとつしか存在しなかった。つまり、背中に包丁を刺すこと。彼女を数日にわたって診察した司法精神科医も、完全に正常であるという結論を出し、女性は殺人罪で終身刑を言い渡された。

バルバロッティは今でもその事件のことをときどき思い出す。いや正確に言えば、定期的に頭に浮かんでくる。今のように。自分ではどうしようもないのだ。そして必ず、うまく言葉にできない疑問が浮かぶ。答えられない問いが。

実際のところ、彼女の罪はどのくらい重いのだろうか。

そもそもおれには彼女が罪を犯したとさえ思えない、それはなぜだろうか。

もし自分が法治国家の理想郷で権力をもつ裁判官だったとしたら、おそらく——彼女の意に反して——無罪判決を言い渡しただろう。なぜなら、今後の人生で自分を守るために犯罪行為に及ぶような機会はないはずだから。何から自分を守ろうとしたのかはわからないが。その核心には触れられなかったし、それを言葉にする意義も感じられなかった。

それより重要なのは、警官である自分が罪と罰に関してこんな考えかたをしていること自体が果たして適当なのかどうかだ。

この美しい八月の宵《よい》にも、やはり解決策は思いつかなかった。時刻が十二時を過ぎ、ニシコクマルガラスが静まり返った頃、バルバロッティは床に就くことにした。なのに椅子から立ち上がる前に携帯電話が鳴りだした。

やばい、まさかサラか――？　何かあったにちがいない。

それはサラではなかった。

ヨーラン・ペーションだった。

戸惑いに満ちた一瞬、本気で元首相が電話してきたのかと思った。面倒な政治問題のことで。しかしそれから、同姓同名の別人だと気づいた。

ヨーラン・ペーションはタブロイド紙エクスプレッセンの記者で、その用件はパウンドケーキの中の釘のように明白だった。

「シムリンゲで起きた二件の殺人事件のことなんだが。犯人は事前に自分がするつもりのことを書いてきみに送ってきたそうじゃないか。それについてコメントは？」

「え？」

ヨーラン・ペーションは自分の主張と質問を、まったく同じ口調でもう一度繰り返した。

「コメントは一切ない。なんの話だかさっぱり。どこから聞いたんです」

「情報源を突き止めようとするのは犯罪だぞ。知らないのか?」ペーションが反論した。「だがそれについては見逃してやろう。この情報が正しいのはわかってる。警察は、エリック・ベリマンとアンナ・エリクソンが殺されるという情報を把握してたんだろう? 月曜の新聞に手紙のことが載るぞ。だからそのことを否定しても、困った状況になるだけだと思うが?」

「だが……」

「今、車でシムリンゲに向かっているところだ。明日の朝、シムリンゲ・ホテルの朝食ルームで会わないか? 落ち着いてゆっくり話そうじゃないか。この件については一緒にチームを組んで闘ったほうがいい。手紙はきみ個人に宛てられていたそうじゃないか。手書きの大文字で。そうだろう?」

バルバロッティは三秒間考えた。

「何時だ」

「十時で」ペーション記者が決めた。「あと二百キロ運転が残っているし、明日は日曜だからな。なんだかんだ言って」

誰が洩らしたんだ――バルバロッティは歯を磨きながら、バスルームの鏡に映る、珍しいくらい澄んでいない目を見つめた。

誰だ?

16

　こんなことをするのは抵抗があった。本気で抵抗を感じたが、シムリンゲ・ホテルでヨーラン・ペーションと会合をもつ一時間前、バルバロッティはヨンネブラード警視に電話をかけ、事情を説明した。

「厄介なことになったな」ヨンネブラードは言った。「わたしが代わりに会ったほうがよさそうだ」

「いや、それはいい考えではないですよ。わたし宛に手紙が届いたことを知っていた。だからわたしと話したいと」

　ヨンネブラードはしばらく考えていたが、ついていたラジオを切った。

「わかった。だが戦略を考えるから、それに従ってもらおう」

「ぜひそうさせてください。何かいいアイデアが？」

「どこまで事実を認めるか、そこが論点だ」

「もうすべて知っているようでした。嘘をついて事をややこしくするのは賢明ではないかと」

「誰が嘘をつくなどと言った？」

「さあ？」

「だがいったい誰がばらしたんだ……」

「想像もつきません。ですがかなり多くの人間が捜査に関わっているわけだし」

「確かに、時間の問題だったのかもしれんな。だが、新しいアルマーニのスーツを着た同僚を町で見かけたら知らせてくれ」

「約束します。で、その戦略とやらは？」

ヨンネブラードはしばらく黙っていて、荒い息だけが聞こえていた。まるで胸の上に丸々太った愛人をのっけてるみたいだ――。

なぜそんな突拍子もない発想や光景が頭に浮かぶんだ？　そのせいで集中がそがれてしまう。なんて言ったかな、非生産的？　話の論点を見失ってしまうのだ。だってなぜ丸々太った女が……？

「警備だ」やっとヨンネブラードが口を開いた。「警備のことを訊いてくるはずだ」

「もう殺された人たちを警備する必要はない。ただ、あと……」

「ハンス・アンデション……」ヨンネブラードが遮《さえぎ》った。「その記者はハンス・アンデションのことも知っているのか？」

「今それを言おうとしたところです。わかりません。そのことに話題が及ばなくて」

「相手がそのことを持ち出さないようなら、きみも出さなくていい」

「ですが、もし名前が出たら？」

「状況が許すかぎりの警備をつけていると説明しろ」

「状況が許すかぎり？」

「そうだ」

「わかりました。他には？」

「きっとエクスプレッセン紙はこのニュースを独占したいんだろう。そこに少し交渉の余地があるはずだ。今日の午後に記者会見を開いて、事実を公表することだってできるんだからな」

「そう。それはわたしも考えました。なぜ今日のうちに記事を公開してしまわないのか不思議で」

「で、その答えは？　考えてみたのか？」

「記者はわたしに電話をかける直前に情報を得たばかりだったんでしょう。時刻は真夜中を過ぎていたから、今日の紙面には間に合わなかった。単にそれだけかと」

「その可能性は非常に高いな。だが、なぜ警察に連絡してきた？」

「いい質問ですね。入手した情報をにわかには信じられなかったとか？」

「普段ならそんなことで遠慮するようなやつらじゃないが……今回はそうなのかもしれないな。だがきみと話して、確信をもったようだったか？」

「いやあ……」

「そのとき、きみは素面《しらふ》だったのか？」

バルバロッティは答えなかった。

「ともかく、終わったらすぐに電話をくれ。警察官の良識をもって対応するんだ。今までもこういう経験はあるんだろう？　あとは、情報源を突き止められればなおいいが」

「それは無理だと思います。ジャーナリストというのは、自分のモグラのことは大事にするものですから」

「まったくそうだろうよ」ヨンネブラードはそうつぶやき、戦略会議は終わった。


ヨーラン・ペーションはシムリンゲ・ホテルを満喫していないようだった。ニューヨークかローマの食堂にいられたほうがよかったんだろうな――とバルバロッティは推測した。だがどうしようもない。ともあれ朝食はすませたようだ。普通の四人家族よりも多くの皿を使っていた。パンにのせるためのハムや野菜はひどい扱いを受けた痕跡があり、デニッシュパンのかす、卵料理の食べ残しなどがテーブルじゅうに散乱している。朝刊はくしゃくしゃになって床に落ちていた。

クスリの切れた昼メロ俳優みたいだな――バルバロッティは鬱々《うつうつ》とそう思った。それも人気急落中の。三日分の無精髭、シャワーは浴びたばかりで髪はぼさぼさのまま。黒いTシャツの上にひらひらがついた革ベストを着ている。歳は四十プラスマイナス五歳ってとこか。

まあそれでも、見た目ほどやばいやつではないかもしれないし。バルバロッティはそう思いながら、記者の向かいに腰をかけた。普段はモーターバイク・ギャングに潜入しているという可能性もある。潜入取材ジャーナリストだ。犬を毛並みで判断しちゃいけない。いやはや、おれは偏見をもった人間じゃなくてよかった。

「やあ」ページョンが声をかけてきた。「あんたがバルバロッティか？」

バルバロッティはそれがまったく正しいことを請け合い、ページョンは唇の内側と歯の間に嚙みタバコを挟んだ。

「この記事に四ページ割くつもりなんだ。見開きふたつ分。とんでもなく面白い話だからな」

「そう思うのか？」

「その手紙もぜひ掲載したい。本物を、見た目そのままに。悪魔を捕まえるのを手伝ってやるよ」

「警察が手紙を公開するかどうかはわからない」

「するに決まってるだろ。新聞に悪口を書かれたいのか？　ああ、そろそろカメラマンも到着するはずだ。このあと警察署に連れていってくれないか？　そうだ、何か飲むか？」

バルバロッティはうなずき、テーブルを離れ、朝食のビュッフェからコーヒーを注ぎ、クッキーを一握り摑んだ。そのコーヒーを記者の頭にぶっかけてやりたいのを必死で我慢し、ヨンネブラードにこの馬鹿者を任せればよかったと後悔していた。

だが、相手のペースにはまるのだけはごめんだ。

「オーライ」また座ると、バルバロッティは口を開いた。「責任者には訊いてみる。だが、きみは色々と誤解しているようだ。きみたちにしては珍しいことじゃないが。その情報をどうやって得たのか、ちょっと教えてもらえないか。おれ個人はきみのところの新聞をここ十四年間めくっていないし、明日もめくるつもりはないんで」

ヨーラン・ペーションは長いことバルバロッティを見つめていた。片側の唇の端が少し震えている。噛みタバコの一部が口から覗いている。椅子の中で背を伸ばすと、咳ばらいをした。それから、記憶を頼りに犯人からのメッセージを暗唱し始めた。ゆっくりと一語一語、余韻たっぷりに。その中には三通目の手紙の内容もあった。ハンス・アンデションについての手紙だ。そして最後にこうつけ足した。「で、誤解というのはどの部分かな?」

くそ、いったいどこのどいつが——? だが待て、もしや……。

しかしその瞬間にカメラのフラッシュがひらめき、考えていたことをまた思い出すのは一日以上あとのことになる。

「どうも、ニッセ・ルンドマンです」カメラマンが名乗った。「話している間、ちょっと写真を撮らせてもらっていいですか?」

「もちろんだ」ヨーラン・ペーションが答え、バルバロッティにウインクしてみせた。「で、そのサイコパスはなぜきみに手紙を送ってきたんだ?」

「サイコパス?」

「揚げ足を取るなよ」

「わからない」

「本当か? それともおれに隠そうとしてるのか?」

バルバロッティは答えなかった。クッキーを二枚噛み砕いて、窓の外を見つめる。カメラマンがさらに写真を二枚撮った。

「わかったよ。だが警察はその情報を公開していないだろう？　事前に手紙で予告があったことを。今日このあと、被害者の遺族にも話を聞くつもりだ。彼らがなんて言うかな……」

「なんて言うだろうな」

「それと、三人目の男、ハンス・アンデション……つまり警察はまだみつけてないってことだな？」

「ああ。みつかったらすぐに知らせてやるよ。そうすれば、即座に遺族や友人への嫌がらせを開始できるだろう？」

「まあまあ、そう言うなよ」記者がそう言うと、また口の中に嚙みタバコが見えた。「さて、警察署に行ってみるか？」

「まずは電話しなければ」

「じゃあその間に用を足してくるよ」ヨーラン・ペーションが言い放った。「ここのコーヒーはひどいな」

ヨンネブラードは呼び出し音が半分鳴ったところで電話に出た。バルバロッティは一分の半分で状況を説明した。

「なんてことだ」ヨンネブラードが言う。

「おっしゃるとおりです。で、どうします？」

「選択肢などあるのか」

「ないと思います」

ヨンネブラードは数秒間受話器の中で黙っていたが、それからこう言った。

「わかった。きみが警察署に連れてきてくれたら、わたしが引き継ごう。十五分後には警察署にいる」

「ではそういうことで」バルバロッティは言った。「その間にあの男の耳を切り落とさないように我慢します」

「そんなにひどいことになっているのか」

「まあ、そこはご自分で判断してください」


エクスプレッセン紙の記者ヨーラン・ペーションを警察署の四階にいるヨンネブラード警視の元へ送り届けたとき、時刻は十一時十分だった。タリン警部もその場にいたので、バルバロッティは残る必要はないということになった。

バルバロッティはその決定に感謝した。急いで警察署を出ると、車に乗りこみ、自宅に向かって走りだした。ペーション記者のことが頭の中で虫歯みたいに疼《うず》いている。安息日は疲労回復とレクリエーションのためにあるとわが主が本気でお考えなのなら、この日曜はちっともよい滑りだしではなかった。

人間は新聞を読むもの――わが主がそのように解釈しているなら、一度それについてじっくり話し合わなければ。次回天上に電話がつながったときに。

バルデシュ通りに曲がりこんだとき、家に帰りたくないことに気づいた。どう考えてもこの上なく美しい八月の週末なのだ。なぜ疼くようなストレスを抱えたまま、死を待つようにわびしい3Kに座っていなきゃいけないのか。そんなことをする理由は何もない。それよりもっと意義深い活動があるはずだ。もっとやる価値があるような。

小便のような黄色の、ひびの入ったアパートの外壁ぞいにゆっくり車を進める。ドロットニング通りの信号にたどりつくまでに、アクセル・ヴァルマンの名前が頭に浮かんだ。

バルバロッティは携帯電話を取り出し、彼の番号にかけた。

アクセル・ヴァルマンは早期年金受給者で、シムメン岬の北側にある古い別荘に暮らしている。

これまでずっと年金受給者だったわけではない。三十年前にはグンナル・バルバロッティと高校の同級生だった。卒業時は学校でいちばんいい成績だった。オール五——体育以外は。それだけは〝評価不能〟だったが、学者として未来を嘱望《しょくぼう》されていた。一方で、社交的な意味では一匹狼だった。付き合いづらい猫背の変人。バルバロッティも高校時代はそれほど関わりがなかった。三年間同じクラスだったのに。しかしルンドでの大学時代によく知り合う羽目になった。

いや、本当はそこでも二人の人生が交わる予定はなかった。偶然一緒に住むことにならなければ。二人は三年間プレンネ通りの2Kをシェアしたのだ。バルバロッティは法学を、ヴァルマンは言語学を専攻していた。それに外国語をいくつも。もちろん主専攻はラテン語とギリシヤ語だが、スラヴ系の言語も数カ国語、最後にはフィンランド語に行きついた。正確に言うと、フィン・ウゴル語派。ほどなくしてヴェプス語、チェレミス語、ヴォート語における場所格の外部格の使用法を比較した論文で博士号を取得した。バルバロッティもその論文を誇らしげに、とはいってもまだ開いたことはないまま本棚に納めてある。

その頃にはバルバロッティのほうは法学をやめていた。警察大学を卒業し、犯罪捜査官になり、家庭を築いた。ヴァルマンと一緒に働くのは容易なことではないだろうとバルバロッティは思っていた。研究者ではあるが、人に教えるタイプではない。学者の〝掃き溜め〟も最近では様子がちがってきている。昔は内向的な天才たちを守る工場のような役割があったが、八〇年代も終盤に近づくと、授業を受け持つことが必須になっていた。

とりわけ語学という科目は、人と人のコミュニケーションの手段なのだから。

そこでヴァルマンはつまずいた。コペンハーゲンの大学で講師の職を得たものの、それからオーフスへ移り、さらにスウェーデン北部の大学町ウメオ、そしてウプサラ、最後にはフィンランドのオーボ（フィンランド語ではトゥルクと呼ばれる町）へ。この着実なキャリアダウンは長期疾病休業にも彩られた。バルバロッティの理解が正しければ、恒常的に同僚や学生ともめてもいたし、スキャンダルもいくつか起こしたようだ。この時期、つまり一九八五年から二〇〇〇年頃までヴァルマンはバルバロッティの視界から消えていたが、西暦二〇〇〇年の年明けの数週間後にまったくの偶然で再会したときには、かつての天才はすでに大学という仕組みの中でふるいにかけられ、ゴミ捨て場に廃棄されたあとだった。

ヴァルマン自身がそう描写したのだ。

しかし――ヴァルマンはこうも言ったのだが――あのインク垂れのガキどもにはいい気味だ。おれは二十一カ国語を流暢《りゅうちょう》に話せるが、今それを聞く栄誉に与れるのはサーリコスキと小鳥たちだけだからな。

サーリコスキというのはヴァルマンの飼い犬で、体重七十キロの温厚なレオンベルガーだった。飼い主いわく、まさに詩人サーリコスキの生まれ変わりだと言う。小鳥たちとは、サーリコスキと一緒に別荘の周りの森を散歩するときに出会う。あるいは湖のほとりで朽ちかけたベランダに座り、考え事をしながらビールを飲むときに。

もしくは執筆しているときに――何を執筆しているのかは不明だが。再び連絡を取るようになってから、それはちょうどバルバロッティがバツイチ人生を歩み始めてからだったが、年に一度ほどは会っていた。とはいえトータルでも四、五回程度だが。アクセル・ヴァルマンについてはまだまだ謎が多かった。

一度目の電話には出なかった。いつも絶対に出ない。だが二度目には出る。しかし何も言わない。毎回そうだった。用事があるのなら、かけてきたほうが駒を先に動かすべきなのだ。例えば名を名乗るとか。

バルバロッティはそのようにした。

「やあ、バルバロッティだ。ちょっと顔を見に寄ろうかなと。今朝は最悪だったから、知性溢れる相手と午後を過ごしたい」

「サーリコスキに時間があるか訊いてみよう」アクセル・ヴァルマンが面倒くさそうに答えた。時間はあったようだ。ヴァルマンは犯罪捜査官氏を歓迎すると宣言した。ただし、大騒ぎしないなら。それに、買い物をしてくるなら。バルバロッティはそうすると約束し、一時間以内には到着すると伝えた。

アクセル・ヴァルマンの小屋の周りの土地は、ヴァルマンの顔と同じような状態だった。雑草が気ままに生い茂っている。無精髭のようなイラクサ、がらくたの山、壊されたニキビ。血のついた絆創膏《ばんそうこう》から、ひょっとするとここ数カ月の間に髭を剃ろうとしたことがあったと推測できる。ビニールシートの下の木材からは、ここ数十年の間に家の修理をしようとしたかもしれないのが推測できる。

しかしやろうとしたのはヴァルマンではないだろう。髪は白く薄くなり、肩まで伸びている。着ているものは、汚れたライムグリーンのTシャツに、着古した青いつなぎの作業着に黒いスニーカー。靴下ははいていない。まともな目撃者なら、六十歳くらいだったと証言するだろう。実際には五十にもなっていないのに。

そしてヴァルマン自身が主張するように、アカデミックな世界にゴミ捨て場が本当に存在するのなら、間違いなくそこに属している。

例えば、この小屋のような。ともあれ、湖が見える景色はまだ残っている。イラクサやハンノキ、ヤマナラシ、白樺《しらかば》の低木が昨年より半メートル以上伸びたとはいえ。

アクセル・ヴァルマンもやはり昨年のように、外のベランダのプラスチック椅子に腰かけていた。脇にあるテーブルの上には物が満載されている。本、古い新聞、ペン、ノート、タバコ、マッチ、灯油ランプ、空のビールの缶。バルバロッティの姿が目に入っても立ち上がろうともしなかったが、ともあれ顔は上げた。その足元の日陰で寝そべっているサーリコスキは、わざわざ二度も尻尾を振ってくれた。

「やあ、アクセル。来させてくれてありがとう。会えて嬉しいよ」

「この物語には亡霊がいる。彼女の名はフェミナだ」

「まさにそのようだな」バルバロッティは買い物袋をふたつとも床に下ろした。ひとつにはビールが、もうひとつにはパスタとミートソースの材料が入っている。

「おれは四十七歳で童貞だ。その話に興味あるか?」

「いや。正直言ってない」

「サーリコスキもその点については無関心だ」アクセル・ヴァルマンは陰気な顔でそう言い、ニコチンで黄色くなった指先でタバコを巻き始めた。「だがこいつもうちに来たときにはすでに去勢されていたからな。さて、現代の何について話しにきたんだ? その袋の中身はビールか?」

バルバロッティはプラスチックの椅子から服のようなものをどけると、そこに腰を下ろした。この家の主人にビールの缶を渡し、自分も一本開けた。湖を見つめながら思う。いつの日かアクセル・ヴァルマンがこの椅子の中で死んでも、発見されることはないだろう。自然が彼を家ごと飲みこんでしまう。サーリコスキはきっと飼い主の足元に寝そべったまま最後の吐息をつき、一緒に埋葬されるのだろう。

忘却と森羅《しんら》。色々考えてみると、悪くない最期かもしれない。

しかし人生のはかなさと虚栄について論じるためにここに来たわけではない。まあとりあえず、そう思っている。正確な理由は自分でもわからない。不幸な盟友のことをふと思い出し、会いたくなっただけなのだ。それ以外の目的があるわけじゃない。こんなに美しい八月の日曜なのだから。

二人はビールをごくごくと飲み、三十秒ほど黙って座っていた。

それからバルバロッティが尋ねた。「警察に手紙を書いて、誰を殺すつもりか知らせてくる殺人犯についてどう思う?」

アクセル・ヴァルマンに話題の方向を決めさせないほうがいいからだ。あっという間に意味不明な密林に迷いこんでしまう。劇作家ストリンドベリのフランス語の動詞の活用や、第二次世界大戦中のシーザー暗号なんかに。

「現代ってのはそういう状況になっているのか?　殺人犯が手紙を書くような」

「ああ、今のところ」

「そして実際に殺しもするのか?　手紙にそう書くだけじゃなくて」

「ああ、実際に殺した」

「おれは現代を理解できたことは一度もないな……」アクセル・ヴァルマンはやっとしわくち

やのタバコに火をつけることができた。「そいつは雄なのか、雌なのか？」

「雄だと思う」

「ならいい。知ってのとおり、おれは雌に詳しくないからな。そもそも理解不能な存在なんだ。犯人からのメッセージを見せてくれたら、言語学的な分析をしてやってもいいぞ」

「持参はしてないんだ」

「もってきてない？　じゃあなんのためにそこに座っておれの貴重な時間を無駄にしてる」

「ビールと食料をもってきたじゃないか」バルバロッティが指摘した。「それに、手紙の内容は空で覚えてる」

「お前は空で覚えられたことなんかなかったのに」アクセル・ヴァルマンはぶつぶつ言った。

「だがまあ、聞いてみようじゃないか」

バルバロッティは一口ビールを飲むと、少し考えてから、記憶を頼りに犯人が自分に送ってきたメッセージを暗唱した。アクセル・ヴァルマンはじっと黙ったまま、髭をかいていた。

「もう一度」

分析に必要なのか、それともバルバロッティの記憶機能をチェックしたいだけなのか。バルバロッティは咳ばらいをすると、もう一度同じ過程を繰り返した。暗唱が終わると、ヴァルマンは椅子にもたれ、満足気な笑みを浮かべた。

「おれの分析では、三十八歳のスモーランド人だ」ヴァルマンはごくりとビールを飲んだ。

「え？」

「三十八歳のスモーランド人だ」アクセル・ヴァルマンはそう繰り返し、げっぷをした。「耳まで悪くなったのか?」

「三十八歳のスモーランド人? なぜそうだと主張できる」

「主張? おれは主張などしない。だが言語学的視点から見て唯一導き出せる仮説は、今お前もしかと聞いた内容だ。どういう人間を殺してるんだ?」

「色々だ。だがきみの分析というのは、何に基づいてるんだ?」

「〝今度も〟という言葉を選んだからだ。確かに近年広まりつつある使用法だが、もともとはスコーネ地方以外の南スウェーデン発祥だ」

「おれをからかってるのか?」

「そういう可能性がないこともない。犯罪撲滅の仕事に携わるなら、言語の使用法よりも指紋のほうが確実だろうからな。だが犯人がお前をからかっている可能性だってある。例えば、ノルランド人なのにスモーランド人のふりをしているとか」

「ふうむ。では三十八歳というのは? その根拠は?」

「この国の男の平均年齢は三十九歳のはずだ。一歳引いたのは、暴力犯というのは基本的に平均より心持ち若いからだ。それにはテストステロンが関係している」

ヴァルマンはタバコを消し、くすくす笑った。バルバロッティは椅子にもたれたまま相手を見つめた。アクセル・ヴァルマンが笑うのはごく稀だ。昔からそうだった。だが何度か笑ったのを聞いたとき、十代前半の少女が少し広げた鼻の穴から自分の悦びを少しずつ吐き出すような笑いかただった。ヴァルマンの見た目とキャラクターからして、かなり鮮烈な印象を与える。まったくまともじゃない——とバルバロッティは思った。おれのほうもだ。なぜここでアクセル・ヴァルマンに捜査の相談なんかしてる。仕事を忘れたくてここに来たんじゃないのか？ さあもう別の話をしよう。

「アクセル、きみに乾杯」そう言って、ビールの缶を掲げた。「おれの問題は忘れよう。きみのほうは最近は何をしてるんだ？」

アクセル・ヴァルマンは一口飲み、げっぷをしてみせた。またタバコを巻きながら、考えているようだ。「ハッランド人……そいつはハッランド人の可能性もある。ん？ 今なんて言った？」

「きみは何をしてるんだ？」

「してるも何も。この活動の正しい名称かどうかは定かではないが、バリンの詩をいくつも訳している。聞きたいか？」

バルバロッティは足で靴を脱ぎ捨てると、うなずいた。「もちろんだ」

アクセル・ヴァルマンはリングノートを摑むと、しばらく行ったり来たりページをめくっていた。咳ばらいをして痰をベランダの手すりのほうまで飛ばし、突然、パーティーでなぞなぞを披露する少年のような顔つきになった。「これだ。悪くないぞ。ひょっとしたらオリジナルよりいいかもしれん。そりゃあ何箇所かは劣化させてしまったが、翻訳するときってのは欠点もそのまま訳すのが正義だ。誰もがそのルールを受け入れるわけじゃないが、おれはそうだ。

お前に理解しろというのは無理な話かもしれないが、それでも一応……」

「さあ、読んでくれ、アクセル」バルバロッティが言った。「前置きと分析はもういいから。耳を傾けて待ってるんだ」

「わかったよ、この薄のろめ。聞くがいい。偉大なポエムなんだ」

ヴァルマンはまた一口ビールを飲み、サーリコスキのあごを撫でてやってから、読み始めた。


〝愛する人よ、きみはあの太った子供だ。戦争が来たときに泥の中に転んだ子供。

きみは床についた戦士の足跡。十三歳の少女――そのライ麦のごとき金髪の三つ編みの横についた足跡だ。

きみは塩の入った容器だ。少女の母親がカーディガンのポケットに入れていた容器。あの日、川の向こう側の共同墓地に投げ捨てられたときに。

もう誰も行かないあの場所――しかしきみはほど近い小川でせせらぐ水ではない。

夕暮れに歌う小鳥でもない。

緑の林に広がる明るい木陰でも。

そうなのだ、愛する人よ、それ以外には存在できない〟


ヴァルマンは考え深げに何度かうなずくと、ノートを閉じた。バルバロッティは自分のビールを飲み干し、まぶたを閉じた。蠅《はえ》が一匹うるさく飛び回り、手首に留まった。おれはなぜここにいるんだろう——またそう思った。なぜこの日曜にこの面子《メンツ》なのだ。人生四十七年目の夏に。

その考えがわずかに恐ろしくもあり、しごく当然にも思えた。しばらくその考えをもてあそんでいたが、意味のある答えはみつからない。するとアクセル・ヴァルマンが言った。腹が立つほど素晴らしい詩を旧友に朗読して聞かせることができていい刺激になった。もう一篇読んでもいいか？

そうやってヴァルマンが読み続け、午後が過ぎていった。ヴァルマンが訳したミハイル・バリンの後期の詩。ときには一見単純で、ときには陰鬱《いんうつ》で難解な詩だ。二人はもっとビールを空け、ミートソースパスタを作り、湖に浸かり、夜になる頃には運転して帰るには血中アルコール濃度が高すぎることに気づいた。それゆえに、泊まることを余儀なくされた。

なんの問題もなかった。夜の十一時にアクセル・ヴァルマンがこの神にも見捨てられたような日曜の自分の分はもう使い切ったと宣言し、短くも燃えるような、しかし遺憾ながら理解不能なハンガリー語の自由を願う詩を読みあげてから、サーリコスキを伴って寝室に引っこんだ。バルバロッティは革のソファの上で、鼻をつくような黴《かび》とタバコの臭いが染みついたブランケットと枕をお供に孤独な一夜を過ごすことになった。また『伝道の書』の一節が頭に浮かんだ——〝ひとりだけで、どうして暖かになりえようか〟。バルバロッティは横になったまま数分間、一時的に存在する神にふさわしい祈りを考えようとした。

しかし正しい言葉は浮かんでこず、間もなく、果てしなく遠くにいるという感覚のまま眠ってしまった。

マリアンネから。子供たちから。理由はさっぱりわからないが話しかけてくる殺人犯から――それに自分自身から、何百キロも離れて。

17

そのブラックマンデーは二度の激しい雨と強い南西の風で始まった。朝八時過ぎに、グンナル・バルバロッティは秋の訪れを胸にアクセル・ヴァルマンの小屋を出発した。ところが数キロも行かないうちに、運転席側のワイパーが外れてしまった。まるで出来損ないの思索みたいに、一瞬のうちに道路脇の背の高い雑草の中にくるくると飛んでいってしまった。ケランスへーデのガソリンスタンドに寄って新しいものを入手し、多少苦労しながらも取りつけることができた。ついでにコーヒーとエクスプレッセン紙も購入した。ヨーラン・ペーションには読まないと宣言したのに。車の座席に座って、激しい雨に包まれながら、スター記者がエリック・ベリマンとアンナ・エリクソン殺害事件について言わんとすることすべてに目を通した。

手紙のこと。

警察の無能さについても。

確かに四ページ――つまり見開きふたつ分が〝世紀の怪奇殺人〟〝シムリンゲの予告状殺人〟などと銘打たれ、どのページにも念のためいちばん上に〝スクープ〟という文字が黒地に白抜きで印字されている。読者が一人としてその記事の重要性を見くびらないように。

写真も豊富にあった。捜査責任者ヨンネブラードの小さめの写真。それより倍も大きいバルバロッティ警部補の写真は、待合室で便秘の診断が下されるのを待つ患者にしか見えなかった。シムリンゲの町の航空写真には、現場が二カ所とも教科書のように白いバツで示されていた。それに模造した手紙の写真が、三通とも。犯人の文章が全文再現され、キャプションにはオリジナルではないことが正直に記載されている。なぜなら警察が捜査上の都合により公開を拒んだから、とも。エクスプレッセン紙は従来より真実の報道と情報を提供する媒体である。あとは八ページ目のいちばん上にも、買い物袋を提げた中年女性二人の写真があった。殺人とはまったく無関係な人々。写真の脇についたキャプションにもあるように〝ごく普通の尊厳ある市民の代表〟。恐怖を感じますかという記者の率直な質問に、二人とも感じますと答えていた。外出するのも恐ろしいです。続いて、警察を信頼しているかという質問には、そろそろ治安維持を担う組織の捜査が少しは進展を見せてくれればいいのにと答えていた。

いちばん長い段落では、犯人が稀に見るほど明晰なサイコパスだと描写されていた。ヨンネブラードも検察官シルヴェニウスもバルバロッティの発言も掲載されていたが、バルバロッティは引用された自分の言葉には一語として覚えがなかったし、ヨンネブラードが〝警察の名誉にかけて数日のうちには、遅くとも一週間後には犯人を捕まえる〟と誓ったとは到底思えなかった。

しかし最悪なのは、その中でももっとも最悪なのは、バルバロッティ自身の写真——待合室にいる便秘患者——の上の見出しだった。

犯人と関連が？

関連だって？　おれが犯人と関連してるって？　おれが法王のお袋さんに手紙を書いたとしたら、彼女はおれと関連してることになるのか？

バルバロッティはコーヒーを飲み干し、苛立ちを募らせながら新聞を後部座席に投げ捨てた。その一秒後にアスナンデルから電話がかかってきたが、その声は二日酔いの破砕機のようだった。

「今そっちに向かってます」バルバロッティはそう説明した。「あと二十分で着きますから」

「くーーす」それがアスナンデルの答えだった。シムリンゲまで運転する間、バルバロッティはアスナンデルが本当は何を言おうとしたのだろうかと考えていた。

「誰だ！」アスナンデル警部は言った。「……この……いまいましい……情報を洗いざらい売り渡したやつは！」

アスナンデルの口から出た言葉にしてはセンセーショナルなほど長くて辻褄《つじつま》の合った文章だった。それに続いて、テーブルにはやはり明確な沈黙が流れた。そこに集まった十二人の頭には同じ考えが流れている。バルバロッティはそのことに気づいた。今日は捜査にいちばん近いところにいる巡査四人も会議に呼ばれている。

この中の誰かなのか？　本当にそうなのか？

いや、実際には十一人の頭の中か――とバルバロッティは気づいた。だってこの十二人のうちの一人が本当にマスコミに情報を流して一儲けしようとしたなら、そいつの頭にはこの氷のように冷たい恐怖の一瞬、まったく別の考えが流れているはずなのだから。例えば、〝顔に出ているだろうか〟。あるいは、〝ふん、お前らに尻尾を摑めるわけがない。お前らなど化石化した沖仲士だ！〟。

最後の発想は、バルバロッティのような惨めな頭にしか浮かばないだろう。今日も心のバランスが崩れているようだ――ふとそう思った瞬間、ヨンネブラードが沈黙に終止符を打った。

「このテーブルに座っている者以外にも、十人ほど考えられる」

アスナンデルが聞き取れない言葉をうなった。

「そういうことだ。残念ながら、昨今の警察はこういう状態だ。シムリンゲにかぎったことじゃない、これは全国的な問題だ。警察からはザルのように情報が洩れている。ここにいるきみたちに警告しておこう。なおこの点についてはどんどん広めてもらってけっこうだが、もしまたこのような事態が起きたら――つまり情報がまたマスコミに洩れたら――まだ公開されていない情報が洩れたらだ。内部調査のためにストックホルムからある男を呼ぶつもりだ。ヴィックマンという名前の警視で、彼と二日間話をしたあとに首を吊ったやつもいる」

そこでヨンネブラードは口をつぐんだ。すると、まるで示し合わせたかのようにタリンがあとを継いだ。「今日二時に記者会見を開くが、そこで公開する情報以外は、今後もヨンネブラード警視とわたしだけがマスコミ対応をする。おそらくきみたち一人一人にマスコミから電話がかかってくるだろうが、そのさいはヨンネブラードかわたしにつなぐように。それが捜査のためだ」

「このルールを理解できない者はいるか？」ヨンネブラードが尋ねた。

実に明瞭な質問だったので、ある者は必死に頭を縦に振り、同じくらいの人数が必死に横に振った。バルバロッティは急に、少年サッカーチームでプレーしていた頃のことを思い出した。0対4でとことん負けている試合のハーフタイムに説教をする主将。ボーイズ・ウィル・オールウェイズ・ビー・ボーイズ（少年は永遠に少年のまま）――バルバロッティはそう思いながら、ちらりとエヴァ・バックマンに目をやった。この中で唯一の女性だ。第二の思春期を迎えた雄の群と毎日一緒にいるなんて、あまり楽しいことじゃないだろうな。いやまったく。

それにホームに帰っても、あと四人男がいるのだし――とバルバロッティの考えが発展していった。フロアボール（室内ホッケーのような競技）をやる夫に、フロアボールをやる思春期の息子たち。もちろん、練習が夏休みのとき以外は。まあじゃあ彼女は……。

「バルバロッティ」ヨンネブラードの声に、ジェンダー分析が遮《さえぎ》られた。「特にきみの立場は少々厄介だ。今日のエクスプレッセン紙の記事のせいで」

「なぜです」

「きみはひときわ執拗《しつよう》にマスコミから追われるだろう。そういう意味でだ」

「ノープロブレム。携帯電話の電源を切って、ホテルに泊まります」

「それはいい考えじゃないな」アストル・ニルソンが言う。「毎日郵便を確認しに帰るのを忘れたのか?」

「そろそろ郵便局と話をつけるタイミングでは?」タリンが提案した。

「郵便局?」アストル・ニルソンが言う。「そんなもの、まだあったか? おれはてっきりもう……」

しかしタリンはアストル・ニルソンが郵便局についてどう思うかには関心がないようだった。

「もし犯人がまた手紙を送ってきたら、今までより十二時間早く把握することができる。だがそうすると当然、さらに情報が洩れる可能性も……」

「それに、偽の手紙が何通も届くことを予期しておかなくては」エヴァ・バックマンが口を挟んだ。「そうでしょう?」

「おそらくな」ヨンネブラードがつぶやいた。その瞬間、バルバロッティはエクスプレッセン紙の情報源が誰なのかに気づいた。テーブルの上でさらにいくつか意見が飛び交う間、自分の考えを再検討した。まともな反論をいくつも受けることになってもおかしくない。それでも、脳みそが混乱し激しく動揺した状態でも、自分が正しいのはわかっていた。そうにちがいないのだ。

「失礼」バルバロッティはついに声を上げた。「今気づいた。誰がエクスプレッセン紙に情報を流したのか」

「なんだって?」ヨンネブラードが驚いた声を上げた。

「お前、何を……」アスナンデルも言った。

「簡単なことだ。ここにいるメンバーにはなんの罪もない。流したのは当然、犯人だ」

「なんだって?」ヨンネブラード警視がまた言った。

「なぜそんな……」エヴァ・バックマン警部補も言う。

「いや、さっぱり意味がわからないが?」タリン警部も言う。

「犯人自身がマスコミに連絡を取ったんだ」グンナル・バルバロッティ警部補はゆっくりと言い放った。独特の満足感が心に広がる。盲目の雌鶏がやっと穀物の粒をみつけたときというのは、こんな気分なのだろうか。

十秒間、誰も何も言わなかった。タリンが右手を上げ、また下げた。ヨンネブラードはペンをかちかちいわせ、アスナンデルは自分の入れ歯をかちかちいわせていた。

「そんなばかな……」赤毛のオルシエン巡査見習いもそっとつぶやいた。

「そうに決まってる」アストル・ニルソンが言う。「バルバロッティが正しい。もちろんあいつに決まってる! ぴったり辻褄が合うじゃないか。わからないのか?」


約十五分ほど熱を帯びた議論が続いたあと、大多数は理解したようだった。

事の成りゆきを。

まさにバルバロッティが思いついたとおりだということに。

犯人が自らエクスプレッセン紙に連絡を取ったのだ。

次に誰が命を落とすのかを書いた手紙。これまでのところ警察のほうで秘密にできていたそなくて。シムリンゲの警察署内だけではなかった。警察がその情報を隠しているのが不都合だったのだ。マスコミでも騒ぎになってほしかった。犯人にしてみれば、なんらかの理由で、それを暴露するために。

「もちろんそういうことね」バックマンも言う。「おめでとう、グンナル」

「いやはや、そいつは最大級に注目を引きたいらしいな」アストル・ニルソンが意見をまとめた。「警察でもマスコミでも、どこもかしこも」

バックマンがうなずいた。バルバロッティもうなずいた。タリンはまずはヨンネブラードをちらりと見てから慎重にうなずいた。これは色々な意味で驚愕の結論だった。なのにこの上なく論理的でもある。

ここにいるのは少人数とはいえ、皆の結論を信用するならば。

捜査を支配しているのは、わが道をゆく冷酷な犯人だ——そんな感覚が彼らの元に届いた。まるで手紙のように。

その日の午前中は、自分の部屋で電話をかけて過ごした。エリック・ベリマンやアンナ・エリクソンとなんらかの形で接点があったが、まだちゃんと聴取できていなかった人々と時間を約束するためだ。そして十二時十五分になったとき、決められたとおり自宅に戻った。その日の郵便物を確認するために。

玄関マットの半分が郵便物に覆われていたが、すぐにそれが目に入った。

水色の長方形の封筒。前回とまったく同じだ。バルバロッティの名前と住所が、前の三通と同じように書かれている。ちょっとぎこちない乱れた大文字。住所のシムリンゲという単語の下には線が引かれている。

切手も前のと同じシリーズのヨットの絵柄。

グンナル・バルバロッティは一瞬躊躇《ちゅうちょ》したものの、薄いビニール手袋をはめ、包丁で封筒を切り開いた。二つ折りになった紙を開き、メッセージを読む。

ハンス・アンデションの警備は解いていい。生かしておいてやる。代わりに、ヘンリックとカタリーナ・マルムグリエンを殺すつもりだ。お前は止めはしないだろう？

二度読み返してから、非現実的な気分を振り払おうとした。こんなこと、何もかも現実のはずがない。どうせ犯罪をテーマにしたくだらない演劇だ。そんな感覚がこめかみのあたりで、どくどくと幻想的な激しさで脈打っている。

ヘンリックとカタリーナ・マルムグリエン？

二人なのか？　今回は二人の人間を殺すつもりなのか？　バルバロッティは紙を封筒に戻した。おれはなぜ封筒を開けたんだろう。ヨンネブラードには、今後犯人から連絡があったら、封をしたまま袋に入れて即座に届けると約束したのに。

一瞬躊躇したとはいえ、それ以上は躊躇せずにその誓いを破った。これは……これはあの少年サッカーチームと関係があるにちがいない。皆より背が高くて少しだけ才能のある仲間が主将に任命されたときのような感覚だ。バルバロッティは、自分がすべきことを他人に命じられるのが嫌いだった。昔からいつもそうだった。警部ではなくいまだに警部補という身分に甘んじているのは、単純にそれが理由なのかもしれない。真実に目を向けてみれば、そうなのかも。それに加えて、本物の野心が欠如しているのももちろんだが。ともかく、地位の高い責任者に届ける前に開けて読んだことが大騒ぎになるのは間違いない。

だからどうだってんだ！　バルバロッティはビニール袋を探し、そこに水色の封筒を入れた。どうせ転職するし、ヘルシンボリに引っ越すんだ。それに、自分に届いた郵便物は自分で開ける。それって基本的人権で保障されてることじゃないか？

バルバロッティは手袋を外し、ビニール袋を輪ゴムで縛った。そしてヨンネブラードの携帯電話にかけた。

「今食事中なんだ。終わってからでいいか？」

「いいとは思えませんが」

「ほう？」

「今また手紙を受け取ったんです。ハンス・アンデションはもういいと書いてある。次はヘンリックとカタリーナ・マルムグリエンだと」

「手紙を開けたのか？」

「そうです。わたし宛だったので」

「くそ、まったく……」ヨンネブラードが食べ物を嚙む音が聞こえた。

バルバロッティは続きを待った。人参《にんじん》か――？　一本そのまま、もしくは拍子切りになった人参。ともかく、千切りではないな。

「つまり、二人ということか」

「そのとおり。二人ともマルムグリエンという苗字です」

「わかった、戻ってこい。後生だから。十分後にわたしの部屋で」

「了解です」

しかしヨンネブラードはそこで電話を切らなかった。こうつけ足したのだ。「ところで……念のため、この手紙についてはまだ口外するな。他のメンバーには。まずはわたしとタリンで見る」

「エクスプレッセン紙に情報を流したのは犯人だという結論だったと思いますが？」

「その可能性は高い。隠しておくのは最初だけだ。リスクを負うのもばかばかしいだろう？　それに、二時には記者会見だ。この手紙のことは言及しない。それにはきみも異論はないな？」

バルバロッティは少し考えた。

「ペーション氏にもすでに連絡がいっている可能性も」

「ああ、考えられるな」ヨンネブラードはため息をついた。「ともかく、記者会見のあとにペーションを聴取しよう。さて、では数分後に」

「ええ、もう向かってます」バルバロッティは請け合った。

18

しかし結局、犯人が最新の駒をどう進めたのかを聞くために会議室に招集されたのは五人だった。バルバロッティ、タリン、ヨンネブラードの他に、アストル・ニルソンとエヴァ・バックマンも来ていた。捜査責任者はバルバロッティと電話で話してから数分で、考えを変える余裕があったようだ。

守秘義務よりも、思考力や思考の幅を広げることのほうが大事だと考え直したのだ。皆苦々しい顔で沈黙したまま、手紙の文章をじっと見つめていた。最初に口を開いたのはアストル・ニルソンだった。

「まるで地獄絵図だ」

「どういう意味だ」タリンが尋ねる。

「悪魔のように計算ずくじゃないか。こいつの笛の音に踊らされている……そう、まるでノミのように。おれたちはノミのサーカスだ」

「もう少し詳しく言うと？」ヨンネブラードはシャツの胸についたシミをこすり取ろうとしていた。ランチのときについたらしい。

「ええ、もちろん。まず、ハンス・アンデションについてはどうする？　警備を解いたら、その隙にそのうちの一人を殺すかもしれない。それをまた犯人が洗いざらいエクスプレッセン紙に話すとしたら？　警察の面目はどうなる？」

「地に落ちるでしょうね」エヴァ・バックマンも言う。

「そう。殺人犯が警備はもういらないと言い、馬鹿な警察はそれを鵜呑みにした！　そこからは、たいした想像力はいらないよな？」

「充分だ。ありがとう」ヨンネブラードが言った。「ハンス・アンデションの警備はこのまま続ける。少なくとも当面は。もちろんだ。だが、今現在もっとも優先すべきなのは身元の確認だ。なんて名だったかな、ヘンリックとカタリーナ・マルムグリエン？」

「そうです」バルバロッティが答えた。

「つまり、なんらかの形で関係のある二人か。夫婦か兄弟か。ということは、捜すのはそれほど難しくはないはず。全国に一組しかいないことを祈ろう。で、きみたちはどう思う？」

「運が良ければね」アストル・ニルソンが言う。「マルムグリエンは少なくともアンデションより多少珍しい名前だ」

　ヨンネブラードは時計を見た。「記者会見は五分後に始まる。わたしとタリンで対応するから、きみたちは観たければ内部テレビで観るといい。だが一時間後に記者会見が終わるまでに、二人のマルムグリエンが誰なのかを突き止めておいてほしい。いいな？」

「もちろんです」エヴァ・バックマンが言う。「ソリセンに頼んできます。問題なくみつかるでしょう」

「ソリセン？」タリンが訊き返した。「ボリセンという苗字ではなかったか？」

「愛される子には多くの名前があるんですよ」バルバロッティが言う。

「それでは」ヨンネブラードが立ち上がった。「三時十五分にまたここで集合だ。捜査班の他の者も巻きこめ。手の空いている者を。質問は？」

「ひとつだけ」グンナル・バルバロッティが口を開いた。「記者会見で、記者の誰かがすでにこの手紙のことを知っている場合、どのように対応するつもりで？」

ヨンネブラードは一瞬考えた。「慎重にいく」

「手堅くだ」タリンも言う。

「幸運を祈ります」バルバロッティが言った。

「ヨーラン・ペーションを聴取するのはちょっと微妙だな」アストル・ニルソンが言った。

「必要なことだとはいえ」

「なぜだ」タリンが訊いた。

「なぜかというと、そこで発された言葉のひとつひとつが即座に印刷に回されるからだ。あの男を黙らせておくのは簡単なことじゃない。それに情報源を探ろうとするのもいけてないだろうな。うちの孫たちの表現を借りれば」

ニルソンには孫がいるのか？　バルバロッティは当惑した。それも、いけてないなんて表現を使うほど大きな孫が？

「その点についても認識している」ヨンネブラードが苛立った口調で言った。「タブロイド紙には期待などしていないが、それでも……部数を売るためだけに殺人犯をかばうだろうか。いや、いくらなんでもそこまではしないだろう」

ヨンネブラードは部下のタリンを引きつれ、部屋を出ていった。

ドアが閉まると、アストル・ニルソンが咳ばらいをし、バルバロッティとバックマンを交互に見つめた。「ひとつ告白しなきゃいけないことがある。この事件が面白いとさえ思えてきたよ。まったく、人間ってのは異常な魂をもってるもんだ」

「面白い？」エヴァ・バックマンが言った。「あんたたち男には毎回驚かされるわね。殺人は楽しいものに決まってるじゃない。だから警官という職業を選んだのよ。ただ、エクスプレッセン紙には言っちゃだめよ。誤解される可能性があるから」

アストル・ニルソンはうなずき、しばらくはちょっと気恥ずかしい表情を保つことができていた。バックマンが手でバルバロッティに合図し、二人で二階下のボリセン警部補――通称ソリセンのところへ向かった。署内でも名高い、ソリセンのデータ検索力に頼るために。

ヘンリックとカタリーナ・マルムグリエンをみつけるのには二十分もかからなかった。ともかく、仮にそれが正しい二人だとしてだが。全国には実に五十名のヘンリック・マルムグリエンと六十名のカタリーナ・マルムグリエンがいたし、その大半がなんらかの形で血縁なのだろうが、結婚しているカップルは一組だけだった。なぜか三人とも、犯人が狙っているのはこのカップルだと恐ろしいほど確信していた。

「なぜだ」バルバロッティが言う。「なぜこの二人だと思ってしまうんだ」

「わからない」バックマンも言う。「でもわたしもそう思う。基本的に、考えられる関係は三種類。兄弟、親子、夫婦。そうでしょ？」

「まあ、いとこ同士というのもある」ソリセンが指摘する。「あるいは叔父甥など、なんでもありだ。親戚じゃなきゃいけないわけでもない」

「それは言いすぎよ」

「失礼。いや、わたしもその夫婦に一票だ。ともかく、まず最初に彼らを調べるべきだ」ソリセンは細いふちの眼鏡をかけ、今プリントアウトしたばかりのリストをじっと見つめた。「それに、シムリンゲにはヘンリック・マルムグリエンもカタリーナ・マルムグリエンも住んでいない」

「すぐにこの二人に取りかかろう」バルバロッティが言う。「必要であればそのあと広げればいい。で、彼らの住所は？」

バックマンがリストを手に取り、声に出して読んだ。「ヘンリックとカタリーナ・マルムグリエン。ヨーテボリのベルベリ小路二十四番。確かメルンダールのほうよね。ヴィッレの妹がそのあたりに住んでたはず。かなりおしゃれな地区よ。少なくとも、中流階級の上のほう」

バルバロッティもバックマンの肩越しにリストを覗きこんだ。「電話番号がみっつある。自宅の番号と携帯電話が二台。どうする？」

ソリセンが時計を見た。「記者会見はあと三十分は終わらない」

「時間を無駄にするのはよくないな」バルバロッティが言う。

「ただ座って手をこまねいているのは、職務上の過失に当たる」バックマンも言う。

「電話をこっちに貸してくれ」バルバロッティがソリセンに頼んだ。


外れを三本引くはめになった。留守番電話の応答メッセージを三種類聞き——マルムグリエン氏の声を二回にマルムグリエン夫人の声を一回——事前によく考えられた言葉でうやうやしく〝メッセージを残してください〟あるいは〝他のふたつの電話番号を試してください〟と告げられた。みっつめの通話を切って、同僚たちの苦々しい表情を目にしたとき、確信が冷たい震えになって背骨を上ってきた。

この二人だ。そうにちがいない。

同時に、頭の中で理性の声も響いた。結論を急ぐんじゃない。時刻は午後二時四十分。月曜日だ。もしヘンリックとカタリーナ・マルムグリエンが職場にいるなら——どこだかは知らないが——どちらも電話に出ないのはこの上なく当たり前のことだ。これが夜の七時半なら別の話だが。バックマンとソリセンを見つめると、二人はバルバロッティに次の判断をゆだねたい顔つきをしていた。しかし急に不安も湧いた。見知らぬ夫婦にシムリンゲの警察署に連絡するようにとメッセージを残すのは、本当に正しいことだろうか。

数秒後には、どこからこの不安がやってきたかに気づいた。最終的にはヨンネブラードの批判や怒りのせいではない。そうではなく、犯人のせいなのだ。

より具体的に言うと、これが単に警察が次に取るだろうと思われている行動だから。これ以上に当然の対策はないだろう。鋭い怒りが胸に刺さり、もう敵の好きにはさせるもんかと思った。一度くらい、相手の意表を突く行動に出てやりたい。しかし、問題はどんな行動に出るかだ。

「今回もわたしたちを騙してるのかもよ」バックマンが言う。彼女も同じ考えに行きついたようだ。「殺したかったのは最初の二人だけで、あとはしばらく警察をからかうつもりとか」

「なんのために?」ソリセンが訊く。

エヴァ・バックマンは肩をすくめた。「さあ? そもそもこの事件については、やみくもに動機を探しても無駄だと思う」

「だが、まさにそれをやるはずじゃなかったのか」バルバロッティが言う。「リリエスコーグの言ったことを忘れたのか?」

「忘れてないけど。ある種の専門家にはあまり好感がもてないだけ。それに、わたしは本当に水曜から夏休みが取れるのかしらね」

「後者については、おそらくきみが正しい」ソリセンはそう言って、デスクの上の書類の山をきちんと並べ直した。「これからかなり仕事がある。この夫婦と、前の二人の被害者との接点がみつかればいいんだが。それでだいぶ楽になる」

「それはそのとおりね」エヴァ・バックマンは時計を見た。「で、どうする? 記者会見が終わるまで、暇つぶしでもするの?」

バルバロッティは首を横に振り、ジャケットのポケットの中を探った。「少し静かにしていてもらえるかな？　おれの携帯番号を残すつもりだ。それなら問題にはならないだろう。警察だとは言わないし、もしかけ直してくれれば、とりあえず彼らが生きているのは確認できる。自分で決めさせてもらえないのには、ほとほと疲れたんだ」

「誰も止めてないけど。さあ、やりなさいよ」

バルバロッティはうなずき、またさっきの三種類の番号にかけ、だいたい同じようなありきたりなメッセージを残した。携帯電話をポケットに戻すと、再び同僚たちを見つめた。

「賭けるか？」

「何によ」

「秋にはメルンダールのベルベリ小路の家が売りに出されているかどうか」

イェラルド・ボリセン警部補が今はもう実質秋のようなものだと指摘しただけで、誰もバルバロッティの挑戦を受けようとはしなかった。

月曜の夜は七時半頃に署をあとにした。午後三時以降、バルバロッティの携帯電話には十三件の着信があった。ただ、それはひとつ残らず、探りを入れようとする真実探求型ジャーナリストからで、気合の入った質問をいくつも用意してかけてきたものだった。バルバロッティは十三回とも、愛想はよいながらもはっきりと断った。

しかしヘンリックとカタリーナ・マルムグリエンは連絡をしてこなかった。考えてみると、最後にこれほどの不満を感じたのはいつだろうか。きっと、六年前にヘレナに別れたいと言われたときだ。

しかし仕事上では？　こんなことは一度もなかった。捜査自体が座礁してしまったような気分だ。落ち着かないまま、午後はずっとボー・ベリマンの詩『操り人形たち』が何度も頭に浮かんだ。もちろん偶然ではない。犯人が糸を操り、警官人形たちが従順に滑稽《こっけい》なダンスをくるくる踊っているのだ。ひとつかふたつ名前を渡せば、人形はすぐに立ち上がり、誰だって思いつくような対策を取る。まさに犯人——人形遣いが思いつくような。

だが、なぜ？　警察をからかうという以外に目的はあるのだろうか。手紙を書くことはもともと計画されていたことなのか？　おれたちには見えていない大きな構図の中で。

ここ一週間、そんな問いを千回は繰り返したが、やはりまともな答えは浮かんでこなかった。

記者会見はうまくいった——ヨンネブラードとタリンはそう請け合った。まるで口裏を合わせたように。どうせこの二人がそれ以外の報告をするとは夢にも思わなかったが。集まったマスコミ関係者が八十人以上もいたわけだが、この余興についてどう思ったかは、明日の新聞を読めばわかる。もしくは今夜のラジオやテレビで。

あるいはネットで。記者会見に訪れたジャーナリストは誰一人、ヘンリックとカタリーナ・マルムグリエンについて質問はしなかった。だから犯人がマスコミにも同じように連絡している可能性を恐れる必要はなかったわけだ。まあともかく、今回にかぎっては。

ヨーラン・ペーション記者に情報を与えたのが犯人だとしての話だが、その点についても調査が完了したとは言い難い。あの鋭い直感は六時間前のことで、もうそのときほどは自分の考えを信用できなくなっていた。

きっと苛立ちはそこからきているのだろう。グレーヴ通りを曲がり、川ぞいで自転車を漕ぎながら思った。疑問符の山。それが無秩序に偶発的に絡み合っている。すえた臭いのする洋服ダンスの奥から出てきた古い歪んだハンガーみたいに（いやはやまったく、こういうイメージはいったいどこから湧いてくるのだろう）。犯人が最新の手紙で示唆したのは、本当にメルンダールのベルベリ小路に住むあの夫婦なのか？　もしそうだとしたら、彼らを殺すつもりなのか？　ハンス・アンデションのほうは——結局どのハンス・アンデションだったのかもわからないが——生き永らえさせてもらえるらしいが、なぜ？　もとからそういう計画だったのか、それとも計画を進める間に何かが起きたのか？

それに何より……マルムグリエン夫妻は今どこに？　午後じゅう必死に捜索——ヨーテボリ警察の半ダースほどの同僚たちが必死に支援してくれているのも含めて——したというのに、二人を捜し出すことはできなかった。一方で、二人ともあと十四日間の夏休みが残っている。夫のほうはヨーテボリ大学、妻のほうはサールグリエンスカ病院勤務。だから単に、世界のどこかを旅しているだけという可能性もある。携帯電話は自宅のデスクの引出しに入れたまま旅に出たのかもしれない。捜査班の全員が、その可能性も多いにあると踏んでいる。最近はそういうバカンスの過ごしかたをする人が多いのだ。なんのためかは知らないが。

彼らが電話に出ないもうひとつの理由としては、もう死んでいるというのがある。それについては捜査班の中でも意見が割れたが、どちらの仮説も単なる推測と想像の域を出ないのだからどっちでも変わらないのかもしれない。まだ今夜も明日も親戚や知人に話を聞くことになっているので、遅かれ早かれ全体像は把握できるだろう。バルバロッティ自身もカタリーナ・マルムグリエンの異父姉妹と電話で話し、この夫婦が時として完全に連絡が取れなくなるのは珍しくないというのがわかった。数日間もしくは一週間。ライフスタイルの問題らしかった。進歩的なライフスタイルなのだ。しかしメールや電話で状況を教えてはくれる。そう、でも彼らとはそれほど連絡は取っていないんです。カタリーナとは七歳も離れているし、あの夫婦とはあまり考えかたが合わなくて。

バルバロッティはそれ以上質問しなかった。礼を述べ、また連絡させてもらいますと告げた。それから次の名前に電話をかけ、ますますわけがわからなくなった。次も。そして次も。捜査班全体で——一時的に手伝ってくれているヨーテボリの同僚たちも含めて——四時間の間に合計百名以上の人間と話したが、多くがマルムグリエン夫妻とはわずかにつながりがあるだけで、アストル・ニルソンの発言を引用すると、砂漠で雪の玉を探すようなものだった。この努力の結果、夜七時頃までまるっきり役に立たない情報の山の中で過ごすことになった。

そしてもし、幸運にもそこに価値のある情報が交ざっていたとしても、きれいさっぱりゴミの中に隠されてしまっているわけだ。捜査において目新しい状況ではないが、マルムグリエン夫妻についてはとりわけそれが明確に感じられた。

それに、彼らが正しい標的だともかぎらない。そう遠くない未来に地上での人生を終えるのは、リクセレのカタリーナ・マルムグリエンとストックホルムのヘンリック・マルムグリエンかもしれないのだ。いや、もう終えているのかもしれない。ああ、苛立たしい――おれたちはしょせん操り人形だ。

〝お前は止めはしないだろう?〟

本日の書簡にはそう書かれていた。お前と。お前たちではなく。手紙の主はやはりおれに向けて書いてきている。他の誰でもなく、グンナル・バルバロッティ犯罪捜査官に向けて。なぜ?

なぜ? なぜだ? やはりおれは個人的に犯人とつながりがあるのだろうか。ヨンネブラードが言っていたように。あのあとも過去のリストの名前を八名分増やしたが、頭の中で警鐘が鳴ることもなく、そのやり方は考えれば考えるほど無意味に思えるのだった。

それに、今回の手紙の目的は? 手紙の主の意図は?

バルバロッティとバックマンの推測は今――まあ捜査班の他のメンバーも同じかもしれないが、バルバロッティはバックマンとばかり話し合ったので――こんな方向で落ち着いている。やばい段階はもう過ぎているはずだ。殺すつもりなら、マルムグリエン夫妻はもう殺されているはず。しかし生きた状態で連絡がつけば、二人の命を保障できる可能性はかなり高くなる。最初の二件の殺人事件、まあ少なくとも二件目は、警察が対応するには遅すぎるタイミングで手紙が届いた。それにハンス・アンデションの場合は、まだ被害者自体が出ていない。今後も、警察がしっかり警備をしている人間を襲うとは思えない。それでも襲ったとしたら、そいつはとんでもなくばかなのか、捕まりたいかのどちらかだ。それとも両方か。

その場合は迅速に塀の中にぶちこみ、捜査を終了できるだろう。

しかし、マルムグリエン夫妻が生きていない状態でみつかったら――？　そうすると厄介なことになる。すでに二人とも殺されて、死体はどこかに隠されているのか？　今頃殺人犯は安全な場所にいて、明日の新聞を心待ちにしているのかもしれない。

それだけが犯人を突き進ませている動機だとしたら？　バルバロッティは一縷《いちる》のあきらめに似た気持ちを感じながら、ハーゲンダール通りを曲がった。そんな虚しい理由なのだとしたら？

ともかく、地理的には範囲が広がったようだ。カタリーナもヘンリック・マルムグリエンもシムリンゲには住民登録されていない。それが何を意味するのかを推測するのは難しい。少なくとも、すでに十時間ぶっ続けで頭をひねったあとでは。一瞬、アクセル・ヴァルマンと人生を取り替えたいとすら思った。

アカデミックなゴミ捨て場に生きたいのか？　廃棄された警官のためにも、それと同じようなゴミ捨て場が存在するかもしれない。いや、かなりの確率で存在するはずだ。問題は、そこに入所する資格があるかどうかだ。

そんなこと、どうでもいいだろうが――あさってにはマリアンネに電話をして、この先の人生がすべて決まるのだ。

バルバロッティはそう思うことにして、アパートの中庭で自分の自転車をチャイルドシートつきの自転車の間に力ずくで突っこんだ。

アパートの鍵を開けて玄関に入ると、腹が減っていることに気づいた。午後だけでコーヒーを十杯は飲んだし、おそらくその倍の数のジャム入りクッキーを腹に収めたというのに。素早く冷蔵庫と食糧棚の在庫を確認し、いつもの得意料理を作ることに決めた。ペストソース、ケッパー、オリーブ、薄くスライスしたパルミジャーノのスパゲッティだ。赤ワインも一杯――家にワインがあればだが。それに洋ナシのスライス。やっと料理ができあがったとき、呼び鈴が鳴った。

数秒間はドアを開けないでおこうかと思った。あとになって――起きたことが起きてしまってから――なぜその賢明な直感に耳を傾けるだけの理性を欠いていたのかと自分を責めた。

呼び鈴を鳴らしたのはヨーラン・ペーションと、赤い野球帽をかぶったカメラマンだった。

「やあ、家にいてくれてよかったよ」ヨーラン・ペーションがそう言い、カメラマンがフラッシュをたいた。

「今は時間がない」バルバロッティは答えた。「では失礼」

ドアを閉めようとしたが、記者はサイズ四十五の靴を堂々と敷居の上に置いた。「ちょっと話そうと思っただけだ。まったくの善意からね。市民はこの件に興味を持ってるんだ」

「足をどけろ。コメントはない」

カメラマンがまたシャッターを押した。

「コメントはない？　絶対にあるはずだ。わかった、じゃあこうしよう。きみのキッチンのテーブルに座って、十分だけ意見交換しよう。その内容を書きおこすから、内容を承認するか却下するかは……」

「却下する」

「警察は反抗的で高圧的だと書かれたいのか？」

「反抗……？　いったいなんの話だ。われわれは殺人事件捜査をしているんだぞ。あちこち駆けずり回って衝撃的なゴミを書く記者のために国家に仕えてるわけじゃない。きみの新聞は言論の自由の恥だ」

バルバロッティの胸の中で怒りが雲のように渦巻いた。

「ちょっと待って、今のをもう一度」記者は上着のポケットからペンとノートを取り出した。カメラマンはまだ写真を撮っている。

「最後に一度だけ言う。お前と話をするつもりはない。その足をどけろ！　じゃなきゃあごを殴るぞ」

ヨーラン・ペーションはにやりとした。「おやおや、お巡りさん。発言には気をつけたほうがいいぞ。さあ、ごちゃごちゃ言わないで中に入れろよ。さっきまで一時間以上、お前の上司……ヨンネブラットだかなんだかと話してたんだ。えらそうな警官にはほとほと疲れていてね」

バルバロッティは奥歯を嚙みしめ、一瞬目を閉じた。それから拳《こぶし》を握り、全力で記者の胸を突き、相手を外の廊下に押し出した。そしてドアを閉じ、鍵をかけた。

キッチンに戻る間に網膜ではフラッシュの閃光がゆっくり薄れていったが、鼓膜では何かが階段を転げ落ちるような音がやはりゆっくりと遠ざかっていった。

失敗だ――職業人として誇れる対応ではなかった。

そして椅子に座り、食事を始めた。

IV

ムステルランの手記

二〇〇二年七月七日〜八日

「死んでるのがわからないの？」

カタリーナ・マルムグリエンが一字一句たがわず繰り返し、それから少なくとも一分は誰も何も言わなかった。それは確かに覚えている。わたしたちは操舵席にぎゅうぎゅうになって座っているか立っているかで、その足元には命のない少女が横たわっていた。雨が弱まる音、そして足の下では波が静まっていくのが感じられる。風もやはり弱まり、それとともに闇が深まり、それに包みこまれていくようだ。海、空、海岸、何もかもが見通せない灰色で、唯一目につくのは陸で光るいくつかの小さな点だけ。といっても漆黒《しっこく》を五カ所ほど針で突いたような程度で、そこまでの距離を測るのは不可能だった。一キロもないのかもしれないし、それより相当離れているのかもしれない。ずっと左手のほうに——左は今でも左にちがいないよな？——行ったり来たりする光を認めた。ベグメイユの灯台だろう。そうだとしたら、船はかなり東に流されたわけだ。風向きとも一致する。あとになってみると、なぜそんな分析ができたのか自分でも不思議だ。こんな無駄な分析を。身体の感覚がなくなり、頭は鈍くずきずきと痛んでいた。怪我をした足にはたびたび刺すような痛みが走る。これは絶対零度だ——そう思ったのを覚えている。

最初に口を開いたのはアンナだった。

「死んだ？　そんなわけないでしょ？」

するとヘンリックが——救助活動にいちばん積極的ではなかったヘンリックが鼻で笑った。

「見てみろよ。死んでないとしたらなんなんだ？」

しかしその声は発言の内容よりもずっと弱気だった。

「あなたは黙ってて」カタリーナが言った。「ああ神様、どうしたらいいの……」

「どうしたらいいかだって？」グンナルがばかみたいに訊き返した。「いったい、なぜこんなことに！」

アンナがわたしのほうを向いた。「あんたのせいよ！　あんたがこの子を海に落としたんでしょう」

「手を離してしまったんだ。すまない」

「すまない？」ヘンリックが言う。「すまないですむことか？」

「じゃあなんて言ってほしいんだ？」

カタリーナ・マルムグリエンが泣きだした。それも大声で。その泣き声が場を支配した。

「何泣いてんだよ」エリックが言った。「お前がこの子を船に連れこんだんだろ」

「わたしは……」カタリーナは言い返そうとした。

「そのとおりよ」アンナも言う。「あんたがこの子を連れてきたんじゃない。どうするつもりよ。ねえ」

アンナの声はパニックを帯びていたが、同時に勝利感に近いものも滲んでいた。わたしが今まで聞いたことのない組み合わせだ。「わたしだって溺れそうになったんだから！」アンナは急にそう叫んだ。「でも誰もわたしのことなんか気にしなかったでしょ？」

確かに、大混乱の最中にアンナも海に落ちた。だから彼女の言うとおりなのかもしれない。ともかくすごく怖い思いをしたのだろう。でも誰も彼女のことなど気にしなかったし、全員が少女に夢中だった。数秒間、そのまま沈黙が流れた。

「嵐は落ち着いたようだな」グンナルが言う。「おそらく陸のほうに流されてる。さあ、しっかりしろ。ギャレーに下りて、これからどこへ向かえばいいのかを相談しよう」

皆そのとおりにした。死んだ少女を操舵席に残し、真っ暗なギャレーのベンチにひしめき合った。六人全員が。カタリーナが少なくとも一人は上に残って死体を見張っていたほうがいいんじゃないかと言ったが、誰もその提案には興味を示さなかった。

「なぜひとつも明かりがないの」アンナが文句を言った。「なぜこの船には明かりがないのよ？」

「落ち着け、アンナ」グンナルが言う。「ちょっとは大人らしく振舞えよ」

「大人ですって?」アンナが叫んだ。「あなたに大人の何がわかるのよ。この変態!」

アンナがどういう意味で言ったのかわたしにはわからなかったが、グンナルには通じたのかもしれない。というのも、アンナに平手打ちをくらわせたからだ。まともには当たらなかったと思う。アンナがとっさに手で顔を守ったから。だが彼女を黙らせるには充分だった。

「で、どうするんだよ」ヘンリックが言う。

ヘンリックの声は怯えていた。ある種の不安、少し抑えた恐怖、それを隠しきれていない。

「いい質問だな」エリックが言う。

「まずは全員落ち着こう」グンナルが言う。「怒鳴ったり相手を罵《ののし》ったりしても、なんの役にも立たない」

「なんてこと。あの子は死んだのよ。わからないの?」カタリーナがそう言うのはもう三度目か四度目だった。まるで自分がいちばん理解できないみたいに。まるで定期的に自分にそれを思い出させないといけないみたいに。「なぜもっと早く助けなかったのよ」

「どういう意味だ」わたしは言った。「助けようと必死だったのがわからないのか?」

「さあね」

「二人で必死に助けようとしたんだ」わたしは指摘した。「他の四人は船に立って叫んでるだけだったが」

「彼女を海に落としたのは一人だけだが?」ヘンリックがそう言ったが、そうすることで何か得るものがあるのかはさっぱりわからなかった。

「ああ、なんてこと。このままあの子を上に放置しておいていいの?」カタリーナの声は割れる寸前だった。パニックを起こしかけている。発言したり相手を詰問したりすることで、なんとかそれを押しとどめているのだ。

グンナルが声を上げた。「そういう態度はもういい加減にしろ! お互いのせいにしていても、どうにもならないのがわからないのか? おれたちは皆同じ船に乗っているんだぞ」

エリックが声を上げて笑った。「ブラボー。見事な喩《たと》えだな」

グンナルはエリックの皮肉を無視した。「皆で一緒にこれからどうするのか決めなくては。これは全員で決めることだ。どうするのであれ」

「いったいなんの話?」カタリーナが言う。「どうするって何を」

「いつもこんな調子なのよ」アンナが言う。「だから変態だって言ったでしょ?」

ヘンリックが咳ばらいをした。「この船に少女の死体が乗っているのを思い出させたほうがいいのかな? グンナルの言うとおりだ。決めなければ」

少し正気に戻ったようだった。少なくとも、その努力はしている。

「きみの言うとおりだ」グンナルも言う。

「いったい何を相談するのよ」カタリーナが言う。「相談することなんて何もないでしょう」

「あると思うがな」グンナルが答えた。「他の皆もそれには気づいているようだ」

「陸に……」カタリーナが言う。「なんとか陸にたどりついて、もちろん助けを求めるんでしょう?」

「おれたちに今、なんの助けが必要なんだ?」ヘンリックが言う。

「わかるでしょうが。必要なのは……」しかしカタリーナもその続きが思いつかないようだった。

長い間、黙ったままだった。そのことははっきりと覚えている。このときやっと全員が、それぞれの力量に応じて、自分たちの置かれた状況を把握しようとしていた。普段の凡庸な意識からレベルを上げ、その瞬間、その局面で成熟したのだ。

最初に口を開いたのはアンナだった。

「信じられない。十二歳の少女を勝手に海に連れ出して、溺れさせてしまったのよ。最初からわたしに意見を訊いてもらえたら、一緒に連れていくなんて絶対に……」

エリックがアンナを遮《さえぎ》った。「隠さなくては」

「え?」カタリーナが訊き返した。「隠す? どういう意味?」

「なんとかして、死体を処分するんだ」

「頭おかしいんじゃないの?」

「ああ、そのとおりさ。あの子を処分し、すべてを隠しとおす。それがいちばんの解決策だ」

「そんなひどい話、今まで……」カタリーナの言葉をグンナルが遮った。

「エリック、続けてくれ」

「もちろんだ。だって、死体を警察に差し出したところでどうなる? なんて説明するんだ。どう思われると思う?」

「そのとおりだな」グンナルがそう言ったとき、わたしは彼が普段は何かの先生だったのを思い出した。今は教室で生徒のグループ課題の発表を聞いているような態度だった。エリックが先を続けた。

「おれたちは愚かな行動を取り、今や溺れ死んだ少女の死体と一緒に船に乗っている。このまま愚かな行動を続けたいなら、警察に行こうじゃないか。それがおれの見解だ。だがもう少し理性的になるなら、速やかに死体を処分するしかない」

「吐き気がする」カタリーナが言った。

「速やかだって？」ヘンリックが言う。「どうしたらそんなことを速やかにやれるんだ」

「ちょっと待ってよ」アンナも言う。「そんなことをして、もしあとでバレたらどうするの？」

「なぜバレるんだ」グンナルが訊く。

「だって……だって、すでに誰かに見られていたら？　例えば、あの子と一緒にいたところを。捜索願も出されるでしょう」

「もちろん捜索はされるだろうな。だが今日われわれと一緒だったことを知る者はいない」

「え？　何言ってるのよ」

グンナルはもう一度繰り返した。ゆっくりと、先生のように。「今日トロエがわれわれと一緒に島へ行ったことは誰も知らないと言っただけだ」

「誰もってことはないでしょう」

「じゃあ誰が知ってるっていうんだ？　きみたちが船に乗りこんだとき、海岸は無人だった。

そうだろう?」

「さあ、わたしにはわからない。ええ、でもまあそうだったかもね。だけどあのレストランでは一緒にいるところは見られたでしょう。食事したんだから」

「もう一週間も前のことだ」エリックが言う。「あの日少女と会ったことを否定するわけじゃない。否定するのは、今日彼女と会ったことだけだ」

「でも本当に今朝出発するとき、誰にも見られなかった?」カタリーナが訊く。「本当にその自信がある?」

わたしは考えてみた。他の皆もそうしたようだ。海岸に立ってヘンリックとグンナルが船でやってくるのを待っていたとき、海岸がどんな状態だったか。水の中を歩いて船に向かったときは? 船によじ登ったときは? 付近に人はいただろうか。そうは思えなかった。ずっと遠くに漁師や散歩している人がいたかもしれないが、すぐそばに人がいた覚えはない。

「いなかったと思う」アンナが言った。「本当に誰にも見られてないと思うわ」

「そうよね」カタリーナも同意し、急にさっきとはちがった声を出した。穏やかで、なんとなく協力的な声だった。「そう、少女の存在に気づくほど近くには誰もいなかった」

「じゃあ、そういうことだな」エリックが言う。「わかっただろ?」

「あのカップルは?」アンナが思いついた。「しばらく島に来ていた」

「彼らが島にいた間、少女は海は入っていた」グンナルが言った。「その点については確信がある。少なくとも百五十メートルは離れていた。彼らが見たのはバカンスを楽しむ平和なスウエーデン人の一団だ。人数など数えたりしていないだろうし、そもそも一時間ちょっとくらいしかいなかった」

エリックが咳ばらいをした。「つまり目撃者はいない——か。今日われわれはル・グレナン諸島に行った。ずっと六人だけだった。数日前に少女に出会った。トロエとかそんな名前の。それ以来、姿は見かけていない」

カタリーナは口を開いたが、何も言わなかった。新たな沈黙が流れた。ヘンリックがわたしの右側で寒さに震えた。頭痛がわたしの頭頂部を何度も殴りつけ、船が急に激しく揺れた。ここ三十分——少女を海から引き上げて以来——ずっと緩やかだったのに、一瞬海が自己の存在を主張したかのようだった。

「エリックが正しいな」ついにグンナルが言った。「目撃者はいない。皆どう思う?」

この相談の間わたしはずっと口をつぐんだままだったし、そのあともそのままだった。エリックが少女を連れて島の周囲を散歩しにいったときに、何があったのだろうか——そんな問いが頭をよぎったが、口には出さなかった。ただこの議論にエリックが驚くほど積極的なのは、それが関係あるのだろうと思った。死んでいる上に挿入されたばかりの十二歳の少女を警察に差し出したいわけがないのだから。そろそろ多数決でもやるのかと思って見ていたが、結局その必要もないようだった。

「当然だ」ヘンリックが言う。「この状態で警察に駆けこむなんて、愚の骨頂だ」

「だよな」グンナルが言う。「女性陣はどう思う?」

女性二人にも意見を述べさせるのは実に民主的な流れだった。わたしのことを最後に取っておいたのはわざとだろう。それともたまたまだろうか。アンナもカタリーナも自分が先には答えたくないようだった。二人とも、死体を処分するという提案に先に同意したくはないのだろう。嘘と否定の道を歩むことになるのだから。少なくとも数秒間は、この決定を前に女性ならではの共感や罪悪感と闘っているように見えた。しかしカタリーナが口を開いたとき、わたしの分析は間違っていたことがわかった。

「それが正しい選択だと思うわ。反対するつもりはない。こんなことがばれたら全員大変なことになる……それにバカンスはあと二週間残ってるんだし。少なくとも、ヘンリックとわたしはね」カタリーナはそこで少し考えた。「もちろんこれは恐ろしい事故よ。だけど、どうしたって少女を生き返らせることはできない」

「わたしもそう思うわ」アンナも言った。「あのいまいましいエンジンをなんとかして、さっさと陸にたどりつけない?」

「で、どうやる?」その三十分後にグンナルが訊いた。「そして場所は?」

その間にタバコが何本も吸われた。トロエにはバスタオルがかけられ、アンナは船の柵につかまって用を足した。

それ以外にもいくつかのことが起きた。エリックとヘンリックが二人でまたエンジンをかけようと頑張ったがうまくいかなかった。カタリーナが懐中電灯をみつけたが、一分後には死んだ。少女の死体を海に投げ捨ててはどうかという議論が交錯したが、最後にはそれはよくないという結論にたどりついた。翌日には死体が陸に流れ着き、発見されてしまう危険性がある。即座に警察の捜査が始まるだろう。そうなったら手に負えないし、事態が間違った方向に進展するかもしれない。少女は行方不明になったと思われているほうがいい。そのほうがずっといい。数分間、死体におもしをつけて沈めるという案も検討した。深いところに留まっているように。しかしアルカディア号には適当なおもしがみつからなかった。それに、船の装備が欠けていることに所有者が気づいたら、それももちろんリスクになる。

だからグンナルの疑問は当然だった。「どうやる？」

エリックが答えた。「わからないが……どこかに埋めるのがいい気がする」

「手で掘るの？」アンナが言う。「まったくいい考えね」

「ショベルくらい、誰かの別荘にあるはずよ」カタリーナが言う。

「別荘の近くの海岸に着けるんならね」

「他に選択肢は？」グンナルが訊いた。

「え？」

「死体を埋める以外にだ。本気で処分するつもりなら」

「何言ってんのよ、死体をバラすわけじゃないでしょう。それとも燃やすの？　それならあんたたちが埋めなさいよ。当然よ」

「あんたたち？」エリックが訊き返した。

「そうよ。わたしは手伝うつもりはないわ」

「わたしも」カタリーナも言う。

「一緒に頑張りなさいよ、男同士で。あの子を助けられなかったんだから」

「ちょっと待ってくれ」ヘンリックが口を開いた。

「何よ。電話中?」

「黙れ、アンナ」グンナルが言う。「また平手打ちをくらいたくなければな」

「この変態!」

「おれが言いたいのは、提案があるってことだ」

「聞こうじゃないか」

ヘンリックはちょっとわざとらしく咳ばらいをした。「おれが言いたいのは、複数が捕まるようなリスクを負う必要はないんじゃないかってことだ。誰か一人がやったほうがいい」

沈黙が流れた。「それはつまり……」エリックはそう言いかけたが、後悔したように黙った。

「じゃあ誰がやるのかってのは、かなり明白だと思う」ヘンリックが続けた。ここ数分で新たな威厳をまとったかのようだ。酔いが覚めてきたのだろう。ヘンリックはまた繰り返した。

「かなり明白だ」

「わかるわ」カタリーナがすかさず言った。二人はいつの間にか妻と夫に戻ったのだ。一言で互いを理解できる。ヘンリックがわたしに向き直った。

「これはお前の失敗だ。お前のせいであの子は溺れ死んだ。そうだろう? なんとかここを切り抜けるのはお前の義務のようなもんだ。もちろん」

わたしは皆を見回した。暗いギャレーで表情を見分けようとした。光のない中で目がいくらか慣れ始めてはいたが、細かいところまで見分けるのは不可能だった。彼らの息遣いが聞こえる。彼らの身体がそこにあるのが痛いほど伝わってくる。分解されたアルコールが毛穴から匂ってくる。しかし目を使って彼らの考えを読み取ることはできなかった。それに、誰も何も言わなかった。ヘンリックが提案してから、誰も一言も発していない。十秒、いや十五秒が過ぎた。ボートの揺れは今やほぼ完全に止まっている。もしかすると陸が間近なのではと思うほどに。どこかの湾や入り江に入ったのかもしれない。わたしはドクターLのことを考え、旅行の予算があといくら残っているかも考えた。それからこう言った。

「わかったよ。どうやら選択肢はなさそうだしな」

陸まであと百メートルというところまで来たとき——目に見える範囲では、そこは小さな丸い湾で、わずかに光の点が見えているだけだったが——グンナルが急にエンジンをかけることに成功した。それで当然皆が少しは拍手喝采したわけだが、今では二枚のバスタオルに包まれた少女の死体が、その喜びに水を差していた。エリックとヘンリックにこの見知らぬ海岸線のどこかに少女を埋めるかと訊かれたが、わたしは即座に却下した。埋めるにはショベルが必要だし、ムステルランとベグメイユの間の湿地のどこかにしたかった。ヘンリックもそれは賢い選択だと言い、タバコを一本くれた。わたしは普段タバコは吸わないが、受け取っておいた。それが彼の謝意であり本音であると感じたからだ。この頃には時刻は十一時半近くなり、わたしたちは海岸ぞいをゆっくりと進んでいった。またエンジンが故障したときのことを考えて、陸から五十から百メートル以上離れることはなかった。もちろん、方角を見失わないためでもあった。約十五分後、岬をいくつか過ぎたあと――最後のはコーズ岬にちがいなかったが――ベグメイユの灯台が現れた。そこを通り過ぎる瞬間に、この夜初めて月が雲間から現れ、そのとき上の操舵席にいたわたしたち――わたしとカタリーナとグンナルの三人は一瞬だけお互いの顔を見ることができた。だが、誰もその機会を活用することはなかった。ただ目を伏せ、数秒ののちに月はまた厚い雲の後ろに隠れてしまった。

しばらくして、ムステルラン岬の先端を過ぎた。西側は完全に真っ暗だったので、わたしたちは手分けしてバッグやビニール袋や空の瓶を陸まで運んだ。最後にグンナルとヘンリックがトロエの死体を持ち上げて船から下ろし、陸までの三十メートルほどはわたしがゆっくりと水に浮いた身体を押していった。グンナルとヘンリックは手を振り、船を東に向けるとベグメイユのヨットハーバーへ返しにいった。こんな真夜中に所有者を起こし、エンジンの不調を報告するつもりなのだろうか。いや、船の鍵は翌朝返すことになっているのかもしれない。

砂浜ではほんの短い間だけ、四人が死体の周りに集まった。濃い闇がまるで服のように肌に吸いついている。凪は完全に凪ぎ、月はどこにも見えない。唯一の光は、少し東へ行ったあたりの木々の合間に小さな点がいくつか見えているだけ。岬、つまりポワント・ドゥ・ムステルランの海岸に建つホテルにちがいない。

「どうするつもり?」カタリーナ・マルムグリエンが尋ねた。

一時的にトロエを砂丘に隠し、その間にエリックの別荘に戻ってショベルを取ってくる――わたしはそう答えた。

「うちのを貸してもいいけど」カタリーナが言った。「でも、あるかどうかわからないし、関わらないほうが賢いかも」

「実に賢いな」とわたしは答えた。

エリックは何も言わなかった。アンナも。

「では」わたしは少女を胸に抱き上げた。重くはない。四十から四十五キロくらいだろうか。怪我をした足がわずかに疎《うと》ましいものの、少女を運ぶのに問題はなかった。

「おれは先に帰ってるよ」しばらく沈黙が流れたあと、エリックが言った。

カタリーナはアンナに、グンナルが帰ってくるまで一緒にうちにいればいいと誘った。アンナは一瞬躊躇《ちゅうちょ》したが、その申し出を受けた。

それでも三人とも、優柔不断な様子で立ち止まったままだった。わたしは少女を抱え上げ、右の肩に担いだ。「心配するな。ちゃんとやってくるから」

すると彼らはうなずき、わたしとトロエを残して去った。

これから始まるのは、今後二度とない時間であり、二度とない彷徨《ほうこう》だった。それほど間をおかずして、太古の儀式を執り行っているような感覚にとらわれた。そこに海はなかった。あるのは闇夜と、天地と、永遠だけ。他の皆に言ったこととは異なるが、少女を別荘近くまで運んだ。砂丘のどこかに置き去りにしたら、そのあとみつけられなくなるリスクが高すぎるからだ。自分たちをそのような危険にはさらしたくない。自分たち、というのはスウェーデン人たちのことではなく、わたしと少女のことだ。肩に担いでたいした歩数もいかないうちに、わたしは少女に強い絆を感じ始めた。わたしは生き、彼女は死んでいる。それでも、若さを象徴しているのは彼女であり、その若さが不幸な状況によって、わたしには一生かかっても得られないような経験を得た。彼女は境界を越えたのだ。最後の境界線を。その魂はすでに別の場所にいるのかもしれない。それとも今頃、わたしたちを見守っているのだろうか。広がる湿地の中をゆっくりと、慎重な足取りで進むわたしたちを。その周りではかすかな音だけが聞こえている。腐敗と誕生の朧気《おぼろげ》な過程の音だ。泡立つような、飛び立つような、飲みこむような、絞り出すような、そっと足を踏み出すような音。わたしはこの任務に夢中になった。義務を果たしているような感覚だった。課されたのは、他の皆には到底理解しきれないような濃密な義務。少女を土に埋葬する行為を任されたことに、苦々しくも感謝を感じていた。いや、本当にそうなのだ。同時に狂気が、今は大人しくしているが、生き物のような闇の中を軽い足取りで後ろからついてくる。前からも、周りからも。怖いという感覚はなく、それが現実であり、この彷徨から戻る可能性を秘めた出口でもあるのだ。わたしと少女はただその場に横たわり、周囲を飲みこむような勢いの自然の力に身体をゆだねる。彼女の最後の旅の伴侶となるのだ。そしてついに例の干拓地までやってきた。じっと動かない水の重たい臭い、密に茂った緑がわたしたちを包囲し、わたしはもしかしたら——もしかしたらこの生ぬるいドロドロの水の中に一緒に沈んでいくことが愛の告白になるのかもしれないと思った。そして、自分たちよりもずっと強く原始的な力に身を任せるのだ。

しかしわたしは立ち止まらなかった。そうはしなかったのだ。代わりに、ひたすら歩き続けた。一歩、一歩。一呼吸、一呼吸。ここ数日このあたりを散歩したことで、縦横無尽に走る小道をいくらか把握できていた。あとになって思えばほんの一時間もかからなかったのだろうが、エリックの別荘が見える小道の交差点にようやく差しかかった。エリックが軒下のランプを灯していたが、それ以外は真っ暗だった。わたしは死んだ少女を自分の身体からそっと下ろし、家から二十メートルほど離れた木の幹にもたせかけるように座らせた。自分は別荘の門をくぐると、庭のいちばん暗い隅に建つ物置小屋の扉を開いた。

明かりをつける必要もなかった。ほぼすぐに、壁に立てかけられていたショベルに手が触れたからだ。わたしは静まり返った別荘の横を通り過ぎて、少女を置き去りにした場所に戻った。

墓の場所はすでに考えてあったし、二十分から二十五分後にはそこに着いていた。そこは以前にも来ようとした開けた場所だった。だが地面があまりにドロドロで、引き返さなければいけなかったのだ。今回は草から草へとそっと歩を進めた。暗闇の中で少女を肩に担いだ状態で、簡単なことではなかったが、月がまたしばらくの間、顔を出していた。大きな青白い下弦の月、それがわたしを助けてくれたのだ。小道から外れて十メートルほど、腰まである草むらのなかを歩き、そこで立ち止まり、少女を下ろし、試しにショベルを地面に突き立てた。

想像していたとおり、軽々と掘ることができた。長く辛い話を簡潔にまとめると、間もなくわたしは少女を穴の中に収めることができた。不思議だったのは、その墓に土をかける必要がほとんどなかったことだ。まるで地面が彼女の身体を飲みこんでいくようだった。強い臭いを放つ湿った土に吸いこまれていく。抱かれるようにして。そしてなぜかわたしにはわかった。彼女の居場所はここなのだ。他のどこでもなく。

わたしは小道に戻った。時計を見ると、二時二十分だった。急に、言葉にできないほどの疲労に襲われ、フクロウがほんの数メートルのところで鳴いた。別荘までは到底帰れそうにない。しかしそれもやり遂げた。エリックはわたしが物置小屋からショベルを取ってからもまだしばらく起きていたのだろう。軒下のランプが消えていたからだ。わたしはショベルを戻し、シャワーを浴びた。流れる湯の下に長いこと立ったまま、この恐ろしい一日のあらゆる痕跡と記憶を流し去ろうとした。そしてやっとベッドに入ったときには、時刻は四時近かった。

四時間眠り、またシャワーを浴び、ペンを取った。

エリックの姿はなかった。朝早く出かけたのだろう。そう、確実に他の皆と相談しに行ったはずだ。月曜だった。時刻は二時。昨夜少女を埋めた場所に戻りたいという強い衝動にかられたが、もちろん我慢しなければいけないのはわかっている。

それ以外の衝動も感じた。皆からは荷物をまとめて去るように言われている。しかし疲労で身体が麻痺《まひ》したかのようだった。

おまけに足が痛む。足首の外側が腫れて、黒い三日月のような傷ができている。深刻な怪我ではないが、数日は休息するという選択肢がますます魅力的に思え、到底抗えそうになかった。もちろん、相談の中でどんな計画がもち上がったのかを把握しなければいけない。わたしはテラスのパラソルの下でレストチェアに座り、エリックの帰りを待った。

二十四時間前とは自分が別人になったのを感じながら。

二〇〇七年八月のコメント

とはいえ、そうでもない。脱皮して別の人間になるというのは、ただそれだけのことだ。つまり脱皮しただけ。中身や自分の中核、真のアイデンティティは常に保ち続けていく。そこから逃げることはできないし、過ぎた日々から逃げることもできない。あの人間たちは寄生虫のようにわたしの中に残り、血を吸い上げ、わたしに理性を失わせた。だから、今起きていることはあくまでその自然な続きなのだ。行動には結果が伴う。遅かれ早かれ、一人一人が負うべき責任を負わなければいけない。わたしが自分の責任を全うするように。わたしは血みどろの、しかしどうしても避けられない凶行に走ろうとしている。

あれ以来、何度も少女が夢に現れた。たいていは不安に満ちた冷や汗の流れる夢で、あの波の中の数分間を思い返すことになった。そして生きた者一人と死んだ者一人の夜の湿地での彷徨。しかしついに心を決めたとき、夢の種類も変化した。急に光が差したのだ。はっきりとした赦しの光線が。先日、寝室の柔らかな朝日に包まれながら少女に会い、わたしたちは長く延びた砂浜にいた。ムステルランとベノデの間のあの海岸線かもしれないが、確証はない。ずっと遠くにいるうちにもうお互いに気づき、彼女はいつものイーゼルが突き出たリュックを背負い、独特のちょっと皮肉な笑みを浮かべているのもわかった。そして出会ったとき、お互いちょっとだけ立ち止まり、いくらか前向きな言葉を交わし、彼女はわたしの頰をごく軽く、まるで偶然みたいに触れてから、それぞれの方向にまた進み始めた。

わたしに触れたとき彼女は言葉を発さなかったが、その顔には感謝が見て取れた。わたしがやっとあの人間たちに取りかかったことに対して。彼女が大人の女になり始めたことにも気づいた。

原因と影響、つまりそういうことだ。わたしの仕事が終われば、それが皆にも見えてくるだろう。それだけが大事だったのが。

時折、ドクターＬの夢も見る。いつも同じ短いシーンだ。毎回目を覚まして夢を思い出すたびに、癒しの欲求が一時的に満たされる。彼はいつものように濃い色の大きなデスクの向こう側に座っていて、わたしが部屋に入ってくる。ドクターＬは読んでいた書類から目を上げ、眼鏡を額へと押しやり、やや考え深げにわたしにうなずきかける。

よくわかるよ――と彼は言う。座って説明する必要はない。そのまま続けなさい。

そのまま。

二〇〇七年八月十四日～十六日

19

夢の中で、太った天使たちと一緒にひしめき合っていた。

ちゃんとした列ができているようなできていないような状態で、螺旋《らせん》階段の下に立っている。目指すべき頂上は頭上五十メートルほどのところで、今にも崩れそうな石灰岩の壁についた扉だった。そこをくぐり抜けるのだ。天使の中にはいくらか知った顔もあった。最初に目が留まったのは前妻のヘレナで、階段の数段上にいた。彼女が自分よりずっと上の地位にいることが、バルバロッティには少し不思議だった。彼女を知っていた二十五年の間、一度も天使だったことはなかったのに。むしろ天使には程遠かった。しかしそのすぐ脇にはディーゲルマン兄弟の姿も見える。数年前にぶちこんでやった、古株の野蛮な強盗だ。だから結局、ライフスタイルについてはそれほどうるさく言われないのかもしれない。その瞬間にアクセル・ヴァルマンとヨンネブラード警視が目に入った。二人はお互いの翼の根元に腕を回し、何かとても重要なことを熱心に相談している様子だった。どうすれば列の前のほうに行けるのかを考えているのかもしれない。とにかく階段を上がって、壁の扉を通り抜けなければいけないらしいのだ。しかしバルバロッティは自分でも気づく前に、全員の上を飛び越えて、いちばん上まで上がっていた。

そこで待っていたのは聖ペテロだった。それ以外に誰が待っているというのか。そのくらい予測できたはずだ。しかしバルバロッティは、わずかに斜視で白い髭をたくわえた門番に突きつけられた単純な問いに、すっかり度肝を抜かれてしまった。

「地上での歩みにおいて、そなたがやった善行をみっつ挙げよ」

たったみっつでいいのか？ 楽勝じゃないか。しかしそれからまるで自分自身が店じまいしてしまったみたいだった。脳みそがショートし、口の中で舌がくっつき、脇の下には汗が流れる。何度か口を開けたり閉じたりしているうちに、聖ペテロが不思議そうに眉を上げた。

子供たちのことをこよなく愛してきた——特に娘のことを。しかしそれは確実にちょっと滑《こっ》稽《けい》な答えだろう。わが子を愛するのは誰だって同じだ。シリアルキラーだろうと、異常者だろうと。ここはもう少し印象に残る答えが必要だというのがはっきりと感じ取れた。でも何を……自分はいったい何をしただろうか。胸を張れるようなエピソードはあるだろうか。自分自身のエゴや……そう、陳腐で地味な日々にかすまないようなことで。

幾人もの凶悪犯を逮捕し、その倍は無罪放免になった？ 自慢できたもんじゃないな……おそらく。聖ペテロは心の中を自由に覗けるようだから、躊躇《ちゅうちょ》をはらむような答えを返すわけにはいかない。

「それで？」聖ペテロが訊いた。「そなたは四十七歳だとここに書かれておる。それだけの時間があれば、なんらかは成し遂げられたであろう？」

「いや、ちょっと心の準備ができていなくて」バルバロッティは言い訳をした。「つまり、ここに立つことに」

背後の天使たちが、時間を取りすぎだと文句を言い始めた。彼らにすでに翼と白い衣が与えられているのはまったく不思議だった。まだ天国の扉をくぐれてもいないのに。それともちょっと出かけてきただけなのだろうか。下の地上にあれやこれやと用事があって。彼らはすでに合格しているのか？　ともかく天使たちはよく太っている。一部など形があってないようなものだ。ヨンヌの姿が見えた。のっぽのヨンヌと呼ばれていて、レストラン〈エリエン〉のバーに立つバーテンダーだ。半分閉じたようなまぶたに、口の端には火のついていないタバコ。しかし身体が完全に変形している。身長が百六十センチに縮み、体重は百三十キロくらいに。

聖ペテロがバルバロッティを睨《にら》みつけ、机の上に広げた大きな帳面にチェックを入れ、疎《うと》ましげに手で追い払った。

「さっさと行け。そなたにはあと何年かやろう。だが次来たときにまた同じことを繰り返すでないぞ。そうしたら地獄行きだ」

バルバロッティはありがたくうなずき、聖ペテロが小さな金づちで呼び鈴をカーンと鳴らした。昔風のホテルのフロントにあるようなやつだ。とたんにその光景が霧のように晴れた。

鐘の音だけは残ったまま、あっという間に無機質な現実という名の水面まで浮かび上がった。ベッドの中で、身体がシーツと布団の両方にからまっている。執拗《しつよう》な音は昔風のフロントから聞こえてくるのではなく、ベッド脇のナイトテーブルに置かれた携帯電話だった。バルバロッティは自分でも何をしているかわからないうちに電話に出てしまった。

それはヘレナだった。

一瞬、まだ夢の中にいるのかと思った。前妻が夢にも現実にも現れるなんて本当だとは思えなかった。おまけにこんなに短時間の間に。しかし彼女の声は本物らしい品質で、お酢のような酸っぱさとサンドペーパーのような切れ味がこもっていたものだからバルバロッティの戸惑いはすぐに吹っ切れた。これは本物だ。

「ギッタンから電話があったの。エクスプレッセン紙を読んだって。あなた、いったい何を考えてるの？」

ギッタンというのは昔からの女友達だ。以前は夫婦共通の友人だったが、離婚してからは前妻だけの友達に戻った。フッディンゲに住んでいて、男よりも爬虫類《はちゅうるい》が好きらしい。

「え？　今何時だ？」

「八時十五分前よ。でも関係ない。新聞に、あなたが記者に暴行を加えたと書いてある」

「え？」

「聞こえたでしょ？」

「ああ、もちろん。だがいったい何を……」バルバロッティはやっとそれだけ言い、なんとか布団から這い出た。八時十五分前だって？　七時十五分前に目覚まし時計をセットしたはずだったのに？

「ギッタンは職場に向かう途中に一面を見かけたんですって。あのあたりはタブロイド紙が早く届くから。子供たちになんて説明すればいいのよ」

「そういうことか……」

受け取った情報が、無慈悲に心の中に流れこんできた。蛇に嚙まれた毒が回るかのように。

聖ペテロよ、おれを地上に戻したのは大きな間違いだったようだぞ――。

「あとで電話する。おれは誰も暴行していない。ラーシュとマッティンによろしく伝えてくれ」

バルバロッティは立ち上がり、シャワーキャビンに身を隠した。


次の電話は八時八分にかかってきた。バックマン警部補からだった。

「署は大変なことになってるわ。まだ知らないなら警告しておこうと思って」

「ありがとう。話は聞いたよ」

「暴行で被害届が出てるわよ」

「そのようだな。あとで話そう」

電話を切ると、今度はアフトンブラーデット紙からかかってきた。何かコメントはありませんか？　バルバロッティはないと答えた。きみらのライバル紙が何を書いたかは知らんが、おれは絶対に誰のことも暴行していないという以外には。

それから服を身につけ、ヨンネブラード警視に電話をかけた。

「きみには当面捜査から外れてもらう」ヨンネブラードは鉄筋を嚙んでいたような声だった。

「ありがとうございます。それ以外には何か？」

「今日は出勤しなくていい。マスコミとの接触は避けるように。わかったな?」

「しかとわかりました」

「口輪をつけておけ」

「了解です」バルバロッティは通話を切った。

コーヒーメーカーのスイッチを押し、パン二切れにバターを塗ったところで、スウェーデン公共放送から電話があり、王国の首都へとやってきて、翌朝のニュース番組のソファに座ってみないかという提案をされた。残念ながら捜査上の理由により不可能ですと断り、通話を切った。キッチンのテーブルに座ると今度はTV4から電話があった。夜のニュース番組のソファにゲストとして座らないかというお誘いだった。バルバロッティは彼らにも愛想よくかつ明確に、すでに先約がある、お電話ありがとうございましたと伝えた。

一口コーヒーを飲み、パンを一口かじったところで、今度はラジオ番組『三時です』から電話があった。かけてきた女性が用件を口にする前に、バルバロッティは今大事な取り調べ中だから話す時間はないと伝えた。

それから携帯電話は二台ともオフにし、朝食を食べ終え、地元の朝刊紙を読んだ。警官による暴力のことなど一言も書かれていない。

マリアンネ――マリアンネも今日のエクスプレッセンの記事に被害を受けることになる。

外界との接点に再びスイッチを入れたとき時刻は十時過ぎだったが、その前に四十五分間はバッハの無伴奏チェロ組曲を堪能、三ポイント分の実存的な祈りを唱え終わっていた。固定電話には十二件の不在着信が残っていた。

携帯電話二台には十四件。それぞれに六件のメッセージ。

いやはや、おれもずいぶん有名になったもんだな。

それとも台風の目？　なんと言えばいいのか……。

当面捜査から外れる？

そんなこと、今まで一度もなかった。

被害届が出てる？　それは今までもあった。警官なら誰だってあるだろう。ただ、たいていは名の知れたごろつきが怒り狂って復讐に出ただけのこと。だからその捜査はいつも打ち切りになる。それがしきたりのようなものだった。被害届を出されることも、捜査が打ち切りになることも。残念なことではあるが――というのも、度を超してしまう警官も確かにいるから。それは皆が知っていることだ。

ただ、新聞記者から被害届を出された警官というのは聞いたことがない。まあ過去にはそういうこともあったのかもしれないが。

まだ今はタブロイド紙を買いに外に出る勇気がなかった。シムリンゲに何時頃届くのかもよくわからなかったし、目的を果たせずに帰ることになるのも魅力的には思えない。あと三十分待ってみよう。そう決めた。その間に変装でも考えるか？

しかしまだマリアンネから連絡がない。どうしたんだろうか。実際問題、大事なのはそれだけなのに――。ゆっくりと、身を切るような真実が浮かんできた。世界じゅうが彼のことをどう思おうと、それはどうでもよかった。まあ、たいしたことじゃない。しかしマリアンネの反応は決定的な意味をもつ。文字どおり人生を左右するのだ。

バルバロッティはその問題と携帯電話二台を持ち出し、バルコニーに座った。

つまり、なぜ彼女は連絡を寄越さない？ ただ単に、本日発売のスキャンダルにまだ気づいていないだけか？ それとも……いやそれとも、すでに記事を読み、連絡しないことに決めたのか。

最後のはあってはならないことだ。どんな状況であっても！ あの胸糞悪い聞屋《ぶんや》を玄関から押し出したからといって、おれのプライベートにそんなひどい影響があっていいわけがない。事態がこんな進展を見せていいわけでもない。それについてはバッハ浴をしながらわが主と話し合い、わが主も同じお考えだということは判明している。

バルバロッティは携帯電話に残されたメッセージを聞いた。二件はヨンネブラードから、二台に一件ずつ。同じく、二件はバックマン警部補から。五件はジャーナリストたちからで、残りの三件は良き友人たちから。その声色からして、本日のエクスプレッセン紙の内容を知った上でのことのようだ。

ヨンネブラードとバックマンのメッセージはともに、連絡をしてくれというものだった。どちらにかけるかを決めるのは難しくはない。ちっとも。

かけるなら、エヴァ・バックマンの個人携帯だ。彼女は滅多にそれをオフにはしないし、今回もやはりちゃんと出た。三度目の呼び出し音で。そしてちょっと待つように言った。話す前に独りになりたかったのだろう。電話口に戻ってきたとき、もし無人島に一人だけ同僚を連れていくとしたら、世界じゅうの警官の中からあえて彼女を選ぶだろう理由がわかった。他の人間たちと総計六人の子供をもうけていなければ、彼女と結婚していたのに。急にそう思った。実はそう考えたのは初めてではないが、ずっと心にしまってきた。あくまで想像の話だったから。

「気分はどう？　心配してたんだけど」

「平気だ」そう答えたとき、バルバロッティの固定電話が鳴った。ディスプレイを確認し、マリアンネではないことがわかると、そのまま鳴らしておくことにした。「だがまだ新聞は読んでない。なんて書いてあるんだ？」

「ありえないわよ、一面にでかでかと。本当は何があったの？」

「あの野郎は昨夜、うちに強引に入りこもうとしたんだ。だから廊下に押し出した」

「そうだろうと思った。新聞にはあなたが彼を殴り倒し、階段から投げ落としたと書いてある。なんと怪我までしたんですって。ヨンネブラードは今また小さな記者会見を開いているわ。でもあとであなたと話したいって」

「それはわかってる」

「よかった」

「で、おれは捜査から外されたんだろ？」

「わたしの理解では、当面そうみたいね。それに、姿を見せないほうがいいわよ。ここはちょっと興奮状態だから」

「そうなのか。捜査のほうはどうなってる」

「実は、わずかに進展が」バックマンは無理に楽観的な声を出しているようにも聞こえた。

「進展？」

「ええ、例の夫婦がみつかった。ヘンリックとカタリーナ・マルムグリエンね。どうもバカンスでデンマークに向かったらしい。たった今、ソリセンがフレゼリクスハウン行きフェリーの夜遅い便に乗ったようだと言ってた。日曜にね、わたしの理解が正しければ。それでも不明瞭な点がある。今ソリセンがフェリー会社と話してるけど」

「ほう。何が不明瞭なんだ？」

「まだわからない。ソリセンに聞いてから電話しようか？　手紙は三通とも解析が終わった。国《S》家犯罪科学《K》捜査研究所《L》からの報告では、指紋も唾液もついてなかった。わりと慎重な犯人ね。それはもうわかってたけど」

「そうだろうと思ってたよ。ではヨンネブラードによろしく伝えてくれ。何かあれば携帯に電話してくれればいい。毎時五分と三十五分に携帯をオンにするよ。ずっとつけておくと空気が汚染されるから」

「わかる。感傷的だとは言われたくないけど、あなたがちょっと気の毒」

「やけに感傷的じゃないか」

「そうかもね」バックマンは笑った。「でもわたしが女だってことを忘れてるんでしょう。男には欠如してる、共感力みたいなものがあるんですから」

「きょう……？　なんだって？」

「もう、いいから。ともかく、今日仕事の帰りに寄ってあげる。ここの連中と意見を交わすのはなかなか難しくてね。もちろんあなたが嫌じゃなければだけど」

「待ってるよ。バルコニーでビールをご馳走しよう。ところできみのバカンスはどうなるんだ？」

「数日延期みたいね。ヴィッレには別荘から戻るぞと脅された。どうも坊やたちが食事に文句をつけ始めたみたいで」

「そもそも警官に夏休みを与えるべきじゃないな。日常がややこしくなるだけだ。さてと、きみと話している時間はもうない。そろそろ出かけてタブロイド紙を入手するつもりだ。そのあとはソファに座って、何時間かのんびりするか」

「さっき気の毒だって言ったの、撤回する」エヴァ・バックマンがそう言って、二人は通話を切った。


想像より悪かった。

とはいえ、かなり想像はついていたが。キッチンの椅子に座りこみ、目の前のテーブルに新聞を広げると、自分でも驚いたことに吐き気がした。

自分自身が一面を覆っている。その半分は、太さ一インチはあろうかという文字で見出しが躍っている。

警官が暴行。エクスプレッセン紙の記者が意識を失う

残りの半分は画素の粗い大きな写真で、カメラ小僧はバルバロッティがヨーラン・ペーションの胸を拳《こぶし》で押した瞬間にシャッターを押すことができたようだ。まずいシーンだ。写真の中で唯一ピントが合っているのはバルバロッティの表情で、身を守るすべをもたない相手に本気で死の一撃を与えるカラテキングを思わせた。

おまけにあの記者野郎め。なすすべもなく後ろに倒れていくように見えるじゃないか。

だが、意識まで失うものか？　胸をどんと突いただけで？

八ページ目をめくった。粗暴な警察官についての新たな真実が暴露され、身の毛もよだつような恐ろしい脚色がされている。経験豊かで自他ともに認める優秀な事件記者、ヨーラン・ペーションはこの上なく平和な趣旨で、警察官グンナル・バルバロッティにコメントを求めた。シムリンゲ中心部の３Ｋのアパートに住む警官だ。最近この町で起きた二件の殺人事件の犯人が、当該の警官に手紙を送りつけたという事実に基づいてのことだ。その点については本紙が月曜に詳細を伝えている。相手を挑発したなどということは一切なかったのに、警官はなんの罪もない気の毒な記者を激しく殴り、さらには急な階段から投げ落とした。記者は意識を失い、身体の骨を二カ所折った。

身体の骨だって？　それ以外のどこに骨があるってんだ。

大怪我をし、激しいショック状態にも陥った記者は、本紙カメラマンに支えられて現場を離れ、シムリンゲの病院で一夜を過ごした。この件に関しては警察に被害届を提出。当然のことながらこの一件が、手紙を送ってくる殺人犯の捜査に暗い影を落とし、ブレーキをかけてもいる。現時点で二人の人間の命を奪った犯人。シムリンゲ警察はヨーテボリ警察と国家犯罪捜査局の支援を受けて捜査を続けているのに、現在のところなんの進展もないようだ。

影とブレーキ？　やはりちょっと頭をぶつけたのだろうか。新聞にしては珍しく、記事を書いた人間の名前が表記されていなかった。編集部の誰かが、記事の最後にも名前があっては、ヨーラン・ペーションの登場頻度が多すぎると思ったのかもしれない。

捜査責任者ヨンネブラード警視は月曜の夜遅く、エクスプレッセン紙の取材には応じなかった。本紙が、バルバロッティ警部補による発言の自由とその発信者に対する無慈悲な攻撃についてコメントを求めたにもかかわらず。シムリンゲおよびその近郊の市民に迅速な意見調査を行ったが、六十六パーセントにものぼる人々が、増加する犯罪に対する警察の対応を〝わずかにしか信頼できない〟あるいは〝まったく信頼できない〟と答えている。この夏、例えばこの地域では被害届の出された二十二件もの家宅侵入強盗が一件も解決されていない。警察組織はいったい何をしているのだろうかと訝って当然だ。

五ページ目には、闘士ペーションとバルバロッティの写真がさらに載っていた。バルバロッティの写真をどこから入手したのかはさっぱりわからないが、とんでもなく粗野な男に見える。酔っ払って溝の中で一夜を過ごし、今起きたばかりのような顔だ。目の下には大きなくま、故クリステル・ペッテション（パルメ首相暗殺の嫌疑をかけられていた荒くれ者）に似ていなくもない。一方で記者のほうは唇が切れ、片目の下には青あざ、頭には血のついた包帯を巻いていて、ざっくり言って整地用建設機に轢かれたばかりの肺気腫の患者のようだった。

ああなんてことだ——。もう一度あの悪魔に会ったら、今度こそきっちりわからせてやる。

そのとき、気づいた。こういう類《たぐい》の思考こそ、よくいる暴力犯に共通のものだと。

人差し指を聖書に突っこんだ。

また同じ箇所。実に不思議だ。そんな可能性、どのくらいある？　それとも、前回から開いたままになっていたのか？　そういうトランプのトリックがあるのは知っている。それに、古い書物というのはいちばんよく読まれたページが勝手に開くものなのかもしれない。偶然に任せれば。もしくは人差し指に任せれば。

つまり、またマタイだった。

……〝しかし、あなたの目が悪ければ、全身も暗いだろう。だから、もしあなたの内なる光が暗ければ、その暗さは、どんなであろう〟

その前後の内容も確認してみて、わりと主要な部分だと気づいた。〝あなたの父〟も〝神〟も〝富《マモン》〟もすぐ近くに出てくるからだ。それでも、〝あなたの目が悪ければ〟というのはどういう意味だ。何を学べというんだ？

全身がかなり暗いだろうことは、特に高尚な導きがなくともわかるが。

ため息とともに聖書を閉じ、携帯電話の電源を入れた。

音声メッセージが新しく四件入っていた。そして何より、マリアンネからショートメールが一通。やっとか——バルバロッティは震える指で携帯の画面を押した。今、おれの人生が角を曲がる。


時間がほしいという内容だった。

ポジティブに解釈してほしいんなら、そういう書きかたにしてほしかったが、今日のエクスプレッセン紙の記事を理由に、もう少し考えたいというメッセージだった。〝読んだわ、考えさせて。あわてて決めるのはよくない。でも、電話はしてくれてもいい〟

それですべてだった。バルバロッティは十五分間落ち着きなく、なんの決断もできないまま部屋の中を行ったり来たりしてから、やっと勇気を出した。しかしマリアンネは電話に出なかった。バルバロッティはもう十分間、行ったり来たりした。それからもう一度かけてみると、今度は出た。

「新聞に書かれていることを信じないでくれ。実際には全然ちがうんだ」

われながら、珍しいくらい白々しく聞こえると思った。悪名高い麻薬中毒の男が、三十四度目に奥さんを殴ったときの言い訳みたいだ。おれのせいじゃない！　マリアンネからの答えはすぐには返ってこなかったが、不吉な沈黙が流れる間、それ以上に下手な言い訳をしないだけの理性は保っていた。

「ええ、そうね。何があったのかはとても知りたいわ」やっとマリアンネが言った。「もちろん知りたいわよ。でも子供のこともあって……というか、何より子供のこと。あの子たちも新聞を読んで、あなたがそんなことしたのがちょっと信じられないようなんだけど、わたしもなんと説明していいかわからず……」

バルバロッティは唾を飲みこんだ。子供たちだって？　つい数時間前に、ヘレナもほぼ同じことを言わなかったか？

「わかるよ。実際にはこういうことだったんだ。あの記者は無理やりうちに入ってこようとした。だから玄関から押し出したんだ。それだけだ」

「それだけ？」

「ああ」

また沈黙。バルバロッティは胃の中に突っこまれた拳がぐるりと回るのを感じた。

「おれを信じないのか？」

「やめてよ、グンナル。何を信じていいのか……」

「おれよりもエクスプレッセン紙に書かれていることを信じるのか？」

「そんなわけないでしょう。ただ……子供たちに、こういうことを理解しろと言っても難しくて」

「それはわかるよ。で、どうなるんだ……おれたちは？」

マリアンネはまた黙った。暗然たる数秒が、無人地帯に向かって流れていった。それとも墓場だろうか。それとも地獄《インフェルノ》？ まったく、こういうイメージはどこから次々と湧いてくるんだろう――そう考えるだけの余裕はあった。イメージやら根拠のない発想はもうこりごりなのに。

「わたしたちがどうなるのかはわからない」マリアンネがやっと言った。「もう少し時間をちょうだい」

「今日の記事のせいでそんなことを言うのか？」

「ちがう……」

「正直に答えてもらえるとありがたい、マリアンネ。おれは先週きみにプロポーズしたんだ。そしてきみは今週水曜に返事をすると言った。今日は火曜だ」

「今日が何曜日かはわかってるわよ」

「そうか。じゃあ、決めたとおり明日電話するぞ？」

「明日電話してきたら、答えはノーよ。そんなふうにわたしにプレッシャーをかける権利、あなたにはない」

「オーライ。じゃあ電話はしないよ。新しい日にちを設定するか？ それとも、これはもう終わった話だと理解すればいいのか？」

「なぜそんなふうにプレッシャーをかけるの。今は何も決められない。それがそんなにおかしい？」

バルバロッティは興奮を抑え、考えてみた。同時に、それが誇らしくもあった。自分を抑えられたことがだ。ちょっとは人間として成熟したようじゃないか。ヘレナの時代だったら、もう今頃受話器を投げつけている。

「すまない。今日はどうにもツイてなくて。スウェーデンじゅうに悪者として知れ渡った上に、被害届を出され、クビになり、愛する女性からも拒絶された」

「クビになったの？」

「とりあえず、職場には来るなという命令だ」

「雇用主がそんな命令をしていいわけ……」

「いいんだとも。それに、状況を考えれば当然とも言える処置だ。そうだろう？」

受話器の中でしばらく心配そうな呼吸が聞こえていた。吐息に心配を感じられるとは——電話で心配が聞こえるなんて。なぜかその事実に癒された。

「グンナル、こうしてはどうかしら。土曜に電話をちょうだい。それから考えましょう。それまでにヨハンとイェンヌとは話し合っておくから。それはわたしがやらなくちゃいけない。それであなたは平気？」

「平気だと思う。おれもあれこれカタをつけるのに少し時間が必要かもしれないし」

「じゃあ土曜にね」

「土曜に」

通話を終えたとき、少なくとも電話をする前よりは気分がましになっていた。ともかく、そう思おうとした。残りのメッセージは聞かずに、携帯電話の電源を切った。

おれの心の中――それは闇、それとも光？　墓場、それとも地獄？

それからエクスプレッセン紙をぎゅっと握り潰すと、ゴミ箱に押しこんだ。バルコニーに出ると、今度はクロスワードパズルを手に座った。

訳者紹介 1975年兵庫県生まれ。神戸女学院大学文学部英文科卒。スウェーデン在住。訳書にペーション『許されざる者』、ネッセル『悪意』、ハンセン『スマホ脳』、ヤンソン『メッセージ トーベ・ヤンソン自選短篇集』など、また著書に『スウェーデンの保育園に待機児童はいない』がある。

検印
廃止

殺人者の手記 上

2021年4月23日 初版

著者 ホーカン・ネッセル

訳者 久《く》山《やま》葉《よう》子《こ》

発行所 (株)東京創元社
代表者 渋谷健太郎

162-0814/東京都新宿区新小川町1-5
電話 03・3268・8231-営業部
03・3268・8204-編集部
URL http://www.tsogen.co.jp
DTP キャップス
晩印刷・本間製本

ISBN978-4-488-16909-1 C0197

オーストリア・ミステリの名手登場

RACHESOMMER◆Andreas Gruber

夏を殺す少女

アンドレアス・グルーバー
酒寄進一 訳 創元推理文庫

◆

酔った元小児科医が立入禁止のテープを乗り越え、工事中のマンホールにはまって死亡。市議会議員が山道を運転中になぜかエアバッグが作動し、運転をあやまり死亡……。どちらもつまらない案件のはずだった。事件の現場に、ひとりの娘の姿がなければ。片方の案件を担当していた先輩弁護士が、謎の死をとげていなければ。一見無関係な事件の奥に潜むただならぬ気配に、弁護士エヴェリーンは次第に深入りしていく。

一方、ライプツィヒ警察の刑事ヴァルターは、病院に入院中の少女の不審死を調べていた。

オーストリアの弁護士とドイツの刑事、ふたりの軌跡が出会うとき、事件がその恐るべき真の姿をあらわし始める。ドイツでセンセーションを巻き起こした、衝撃のミステリ。

ARNALDUR INDRIÐASON

VETRARBORGIN

厳寒の町

アーナルデュル・インドリダソン

柳沢由実子 訳　四六判並製

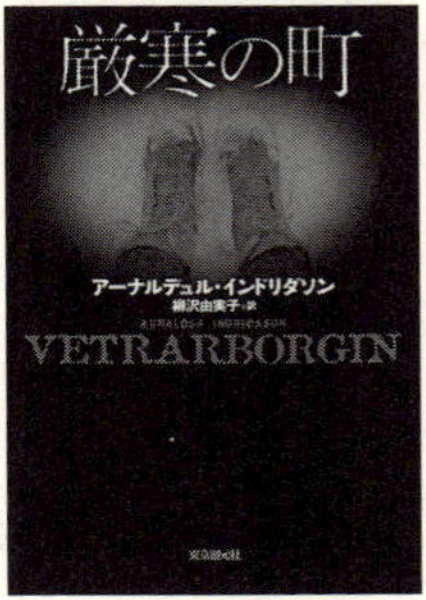

CWAインターナショナルダガー賞
最終候補作

なぜ少年は凍てついた町で殺されねばならなかったのか。
少年を取り巻く人々の慟哭、戸惑い、そして諦念。
ミステリ界をリードする著者の人気シリーズ第5弾。